Gedichte fürs Gedächtnis

fürs *Gedichte Gedächtnis*

zum Inwendig-Lernen und Auswendig-Sagen

Ausgewählt und kommentiert
von Ulla Hahn

Mit einem Nachwort
von Klaus von Dohnanyi

Deutsche Verlags-Anstalt
Stuttgart

Bibliografische Information Der Deutschen Bibliothek
Die Deutsche Bibliothek verzeichnet diese Publikation
in der Deutschen Nationalbibliografie; detaillierte
bibliografische Daten sind im Internet über
<http://dnb.ddb.de> abrufbar.

12. Auflage 2002

Überzug- und Schubergestaltung:
Susanne Gerhards, Düsseldorf
Satz: DTP im Verlag
Druck und Bindearbeit: Clausen & Bosse, Leck
Printed in Germany
ISBN 3-421-05147-X

Inhalt

* an dieser Stelle biographischer Hinweis;
** zusätzlich Internet-Adresse

Für Margaret Johns und Peter Stern

Schläft ein Lied in allen Dingen,
Die da träumen fort und fort,
Und die Welt hebt an zu singen,
Triffst du nur das Zauberwort.

Joseph von Eichendorff, Wünschelrute

Ihr Toren, die Ihr im Koffer sucht!
Hier werdet Ihr nichts entdecken!
Die Contrebande, die mit mir reist,
Die hab ich im Kopfe stecken.

Heinrich Heine, Deutschland.
Ein Wintermärchen (Caput II)

Danksagung

Mein Dank beginnt selbstverständlich bei denjenigen, ohne die keine Anthologie möglich wäre: bei den großen Dichtern, auf deren Werken dieser Band gründet. Und – ich werde in meiner Einleitung darauf eingehen – ich danke den vielen Literaturwissenschaftlern, Interpreten und Kritikern, ohne deren Vorarbeit meine Kommentare nicht hätten geschrieben werden können; sie mögen mir verzeihen, daß ich nicht alle der vielen Einblicke, Gedanken und Anregungen, die ich so gewonnen habe, mit Namen und Quellen nennen konnte.

Zu danken habe ich Frau Ulrike Braun für ihre Mitarbeit beim Auffinden der Quellen und Herrn Dr. Kai Stalmann, der die Internet-Adressen für diejenigen, die auf diesem Wege weiterlesen wollen, zusammengestellt hat.

Vor allem danke ich meinem Mann, Klaus von Dohnanyi, dessen Liebe zur Lyrik mir eine unentbehrliche Hilfe war.

Hamburg, im Januar 1999 *Ulla Hahn*

Vorwort

von Ulla Hahn

»*Mit dem Gaumen des Herzens*«

Jede Anthologie von Gedichten versammelt Gedichte »fürs Gedächtnis«. Anthologien heben auf, »was bleibet« und die »Dichter gestiftet« haben. Das, was des Bewahrens, des Erinnerns wert ist. Wir, die Lebenden, schließen einen Pakt mit den Toten für die Ungeborenen: Wir konservieren. Der Ort dieses Erinnerns ist die Schrift, ist das Buch.

In Platons »Phaidros« erzählt Sokrates von der Erfindung des Schreibens: Teuth, ein ägyptischer Gott, zeigte Thamos, dem König von Ägypten, seine Erfindungen der Arithmetik, der Logik, der Geometrie und Astronomie, vor allem aber der Schrift mit dem Hinweis: »Mit der Schrift habe ich ein Mittel für beides gefunden: für die Weisheit und für das Gedächtnis.« Doch der König wandte ein: »Wer die Schrift gelernt haben wird, in dessen Seele wird zugleich mit ihr viel Vergeßlichkeit kommen, denn er wird das Gedächtnis vernachlässigen ... Theut, du hast ein Mittel für die Erinnerung, nicht für das Gedächtnis erfunden.« Wir haben eben nicht im Gedächtnis, was wir »schwarz auf weiß nach Hause tragen« oder im Internet abrufen können. Mehr und mehr wird unser Gedächtnis »extern«. Wir erinnern uns, wo wir etwas nachschlagen können, aber im Kopf, im eigenen Gedächtnis, haben wir es nicht mehr.

Darum aber geht es mir mit dieser Sammlung: Um eine An-Eignung im eigenen Gedächtnis. Das, was ich im Untertitel nenne: Inwendig-Lernen und Auswendig-Sagen. Mit dem altmodischen Auswendiglernen, wie es einige von uns noch aus der Schule erinnern, hat dies wenig zu tun. Der Begriff des Auswendiglernens enthält eine Distanz zum Gegenstand, etwas Äußerliches und Mechanisches. Mein Begriffs-Paar »inwendiglernen« und »auswendigsagen« meint gerade nicht diesen gestreckten pädagogischen Zeigefinger, der sich hinter dem Einpauken von Gedichten erhebt. Gedichte sind viel zu schade, um sie als Drill- und Disziplinübungen, als bloßes Gedächtnistraining zu mißbrauchen: »Ein gutes Gedächtnis ist ein Talent, wie eine gute Rückhand beim Tennis. Und daher ist auch die Lust am Lernen von Gedichten verschieden groß. Zwang hilft da nichts. Wohl aber Training. Doch die Lust am Gedicht und am Lernen ist das Wichtigste. Ein nicht inwendig erlebtes Gedicht ist keines. Man könnte geradesogut einen Fahrplan auswendig lernen« (Golo Mann).

Mein Verständnis von Inwendiglernen und Auswendigsagen kommt dem beneidenswerten Ausdruck der Engländer *learning by heart* nahe, oder *apprendre par cœur,* wie die Franzosen sagen. Fügen wir zum *heart* ein *head*, zum *cœur* ein *tête*, dann wird klarer, was ich mit Inwendiglernen und Auswendigsagen meine: die Gedanken, Bilder und Gefühle eines anderen in sich hineinzunehmen, sich anzuverwandeln, sich zu eigen zu machen, in Kopf und Herz.

Als Bücher noch eine teure Mangelware waren, war das Gedächtnis von größter Bedeutung. Mnemosyne hieß bei den Griechen die Göttin des Gedächtnisses *und* die Mutter der Musen. Und in der sogenannten »Dialexis«, einem Fragment um 400 v. Chr., heißt es: »Die größte und schönste Erfindung ist das Gedächtnis, es ist zu allem nütze in der Weisheit und im Leben.« Was weiß man aber heute noch von den alten Gedächtnispraktiken? Könnten uns die Methoden der Alten helfen?

Die älteste Technik, wie sie im europäischen Raum bis ins späte Mittelalter geübt wurde, soll auf den Dichter Simonides von Keos zurückgehen, der sein Wort-Gedächtnis auf eine Kombination von Bildern und Orten stützte. Wie er diesen Weg fand, wird von Cicero erzählt. Seine Geschichte läßt auch etwas von der uns so eigenartig anmutenden Denkweise einer Welt ohne Buchdruck und Informationstechnik ahnen: Bei einem Festmahl, das von dem thessalischen Fürsten Skopas veranstaltet wurde, trug Simonides ein Gedicht vor, das Skopas zu seinen eigenen Ehren bestellt hatte. Zum Ärger von Skopas bestanden die Verse aber zu zwei Dritteln aus einem Loblied auf die Zwillinge Castor und Pollux. Der geizige Skopas wollte dem Dichter deswegen nur ein Drittel des versprochenen Honorars zahlen – den Rest solle er sich doch bei den Zwillingen holen! Kaum hatte Skopas das gesagt, als Simonides erfuhr, draußen wollten ihn zwei junge Männer sprechen. Simonides ging hinaus, das Dach des Festsaals stürzte ein und begrub Skopas und seine Gäste. Die Leichen waren so zerschmettert, daß man sie nicht mehr erkennen konnte. Da sich Simonides aber erinnerte, wer wo gesessen hatte, konnte er allen ihre Toten zeigen. Diese Erfahrung soll Simonides auf seine Prinzipien der Gedächtniskunst gebracht haben: die planmäßige Anordnung von Bildern, die Verbindung von *loci* und *imagines*. Wie diese Gedächtniskunst durch die Jahrhunderte überliefert wurde, beschreibt Frances A.Yates in seinem Buch »Gedächtnis und Erinnern«.

Die Bilder eines Gedichtes werden an bestimmten »Orten« des Gedächtnisses gleichsam »abgelegt«, um sie dann während des Auswendigsagens, des Sprechens also, in einer Art virtuellem Spaziergang wieder einzusammeln. Haben wir es mit handfesten Dingen zu tun, ist das einigermaßen einfach. Wir überführen à la Simonides das Gedicht in eine Bilderabfolge, eine Art Bilderleiste. Ein Beispiel: Knabe; Röslein; Heide; jung, morgenschön; laufender Knabe; nahes Hinsehen. Der »Knabe« soll mit dem »Röslein« verknüpft, beides wiederum mit dem Ort, »Heide«, mit dem Zustand des Rösleins und so weiter verbunden werden. Die bildliche Vorstellung soll die Wortfolge, in der sie wurzelt, hervorrufen und gleichzeitig das nächste Bild heranbringen. Die Bilder sollen gleichsam in den Kopf fotografiert, bei Bedarf aufgeblättert und verbalisiert werden. Wer mit dieser Technik arbeitet, könnte eine lange Kette von Bildern miteinander verknüpfen. Auch mit abstrakteren Gedichten läßt es sich auszuprobieren; das Gedicht muß dann zunächst »illustriert« werden, damit die Verse kommen, wenn die Bilder ablaufen, etwa wie ein Sound-track im Film.

Schon eine derart intensive Beschäftigung mit dem Aufbau des Gedichtes hat eine große Bedeutung, nicht nur für das Erinnern, sondern auch für das Begreifen der Verse. Mir erscheint es allerdings oft mühsam, zunächst Wörter in Bilder und diese wieder in Wörter zu verwandeln oder sogar für Abstrakta konkrete Bilder zu finden. Doch für anschauliche Texte läßt sich diese Methode der Visualisierung recht gut verwenden; ich habe sie zum Beispiel beim

Inwendiglernen des »Osterspaziergangs« (S. 175) mit Vergnügen benutzt.

Ich selbst aber bin vor allem ein Ohrenmensch. Und daher
24 scheint es mir sinnvoller, das Gedicht bei seinem Material zu nehmen, dem gesprochenen Wort. Das älteste und wichtigste Merkmal eines Gedichts ist seine Klangstruktur; sind Metrum, Rhythmus, Reim. Die Wiederholung von Klängen, Wörtern, Satzstücken unterscheidet Dichtung nicht nur von gewöhnlicher Sprache; sie war in Zeiten vor der Schrift auch die wichtigste Stütze der mündlichen Überlieferung von Liedern und Geschichten. Lange bevor es die Schrift gab, war das Hörmuster eines Liedes oder einer Geschichte die einzige Stütze, um den Kreislauf von Auswendigsagen, Zuhören, Inwendiglernen und wieder Auswendigsagen zu erleichtern und aufrechtzuerhalten.

Unsere Sprache ist ein hochorganisiertes, uraltes System, das in Bedeutungen wurzelt, die uns oft gar nicht mehr bewußt sind, aber tief und lebendig in unserem Unterbewußtsein weiterwirken. In der Dichtung werden Muster aus diesen verborgenen ebenso wie aus den deutlich hörbaren Bedeutungen gebildet. Diese verborgenen Muster sind die stärkeren, ihnen sollten wir vertrauen. Das Hörgedächtnis greift sich diese Muster, von dem, was es an der Oberfläche hört, heraus; filtert aus der unmittelbar gehörten Oberfläche der Verse diese tieferliegenden Muster. Mitunter trifft uns eine solche Klangfigur, trifft uns ein Strom syntaktischer Kraft mit geradezu physischer Wucht.

Auch nach der Erfindung der Schrift blieben Sinn und Klang der Wörter verbunden. In der Antike, ob im öffentlichen Vortrag oder als individuelle Lektüre, war jedes Lesen, vom Murmeln bis zur Deklamation, lautes Lesen. Diese Gewohnheit blieb bis ins Mittelalter erhalten, man las, so Augustinus, »mit dem Gaumen des Herzens«. Lesen war in erster Linie wiederholtes und lautes Lesen, ein Vor-Lesen, sich selbst und anderen. Erst im 18. Jahrhundert gewann das Optische die Überhand, reduzierte sich die sinnliche Erfahrung beim Lesen weitgehend auf das Auge. Das Lesen wurde still.

Allein für die Dichtung blieb das laute Lesen noch eine Weile üblich, was dem aufgeklärten Herder sogar gefährlich schien: »Worte ... lernen ist der menschlichen Seele ein schädliches Opium, das zwar zuerst einen süßen Traum, einen Tanz von Sylben und Bildern gewährt, vor dem man sich als vor einer Zauberansicht halbwachend und halbschlummernd fühlet; bald aber spürt man bei dem Opium die bösen Folgen dieser Wortträume. Sie ermatten die Seele ... Wortschälle, Opiumträume.« Lautes Lesen als Rauschmittel. Allerdings habe ich etwas unterschlagen: Herder verdammt nur »Worte *ohne* Gedanken« (Hervorhebung U.H.). »Take care of the sense and the sounds will take care of themselves«, sagt die Herzogin in »Alice in Wonderland« (Lewis Carroll).

Wählen Sie das Gedicht aus, das Ihnen das liebste ist. Ziehen Sie sich mit ihm zurück, und dann lesen Sie es. Laut und leise. Mit den Augen und dem Mund und den Ohren. Inwendig und auswendig. Wörter sind Laute, sinnliche Gebilde, sie wollen nicht nur begriffen, sondern ergriffen sein, mit Zunge und Zähnen, Lippen und Zäpfchen, mit der Luft aus dem Raum in die Lunge und wieder hinaus. Im Anfang war das Wort. Nicht die Schrift. Wörter wollen gehört sein. Wenn wir wieder begreifen wollen, was ein Gedicht in seinem Kern ausmacht, müssen wir es wieder in den Mund nehmen. Jedes Wort hat einen Körper, einen Klangkörper. Ein Gedicht ist eine Komposition, eine Partitur, die jeder nachspielen, nachsprechen kann.

Ein Gedicht Wort für Wort immer wieder neu hervorzubringen, seinen Körper aus Vokalen und Konsonanten zu erforschen, ist eine ganz und gar sinnliche Erfahrung. Zu der vorwiegend analytisch-intellektuellen Annäherung an das Gedicht, wie sie heute vorherrscht, ist diese sinnliche Erfahrung eine unabdingbare Ergänzung. Die Wörter im Mund zu formen, ist ebenso Teil des Genusses, wie den Klang in der Luft zu hören. Man beobachte nur einmal Kinder, wenn sie ihre ersten Verse lernen. Ihre Freude am Reim, an der Wiederholung, an der Hebung und Senkung der Silben. Das Ziel der Dichtung ist Gesang.

Goethe behielt seine Vorliebe für das laute Lesen *aller* Literatur ein Leben lang bei. Als auf einer der »Freitagsgesellschaften« in Weimar Zweifel aufkamen, ob die Vossische Übersetzung der »Ilias« verständlich sei, bat sich Goethe aus, »das Gedicht vorzulesen, ... nach alter Ueberzeugung, daß Poesie durch das Auge nicht aufgefaßt werden könne ... Und gewiß schwarz auf weiß sollte durchaus verbannt seyn: das Epische sollte rezitirt, das Lyrische gesungen und getanzt und das Dramatische persönlich mimisch vorgetragen werden.«

Sprechen Sie ein Gedicht wie »Über allen Gipfeln« (S. 223), sprechen Sie »Lebenslauf« (S. 230) oder »Der römische Brunnen« (S. 251). Sie werden spüren, wie die Schriftzeichen sich materialisieren, sich gleichsam verkörpern, aus Ihrem Mund heraus geboren werden; Sie werden spüren, welch unterschiedliche Wesen Sie da in die Welt entlassen, die alle den Familiennamen Gedicht tragen. Sprechen Sie »Die Krähen schrein« (S. 252), und Sie hören das Echo ihres Krächzens in Ihrer Kehle; sprechen Sie den »Erlkönig« (S. 96), und Sie spüren die böse Lockung des Todes in den Alliterationen bis in die Zungenspitze; sprechen Sie ein Gedicht wie »Nänie« (S. 190), und Sie hören, wie die Schönheit der Melodie der Trauer der Worte den Trost der Musik entgegenhält. Dem Klangkörper eines Gedichts kommt eine eigene Bedeutung zu, die den Inhalt stützen, ihm aber auch direkt zuwiderlaufen kann.

Sprechen Sie eine der Oden Hölderlins, und Sie ahnen etwas vom hochgemuten Geist der hellenischen Welt; denn auch mit der Aufnahme antiker *Formen* versuchte Hölderlin eine Brücke zu schlagen in eine andere Zeit, eine andere Gesinnung. Umgreifen Sie die Form des Sonetts nicht nur mit den Augen, sondern ergeben Sie sich ihr mit Mund und Ohren, und Sie werden die strenge Herausforderung der Form, die Unterwerfung der Gedanken, die Hingabe der Gedanken an die Form begreifen. Schlüpfen Sie in die Personen der Ballade in Schillers »Handschuh«, sprechen Sie dem Ritter »Den Dank, Dame, begehr' ich nicht!« aus seiner Seele und aus Ihrem Mund! Manche, besonders die romantischen Gedichte, allen voran die Brentanos, bohren sich geradezu in die Nerven unserer Ohren.

Im Aussprechen machen Sie das Gedicht zu einem Gegenstand, Sie stellen es in den Raum, Sie vollziehen es nach, schaffen es nach, erzeugen es in einer Einmaligkeit, die aus der Durchdringung Ihrer und der Persönlichkeit des Gedichts kommt; Sie schaffen ein Drittes, nie Dagewesenes: Ihr Gedicht. Sie sind ungleich aktiver denn als stiller Leser. Aussprechen prägt ein. Lesen Sie ein Gedicht laut, und Sie werden die Bedeutung der Form in einer Intensität erleben, die stilles Lesen nie vermitteln kann. Je stärker das Muster der Töne, die die Abfolge der Silben hervorbringt, desto leichter läßt sich die Zeile auch behalten.

In allen Gedichten, die der Erinnerung wert sind, tragen die Zeilen ein Muster. Dies gilt auch für Gedichte ohne strenge Form und ohne Reim. Diese Muster können dem ersten Hören verborgen bleiben. Aber auch sogenannte freie Rhythmen machen deutlich: Es gibt keinen freien, sondern nur einen notwendigen Rhythmus. Und diese Notwendigkeit erschließt sich am besten, wenn Sie das Zeilenende nicht nur mit den Augen realisieren, sondern beim lauten Lesen auch durch eine (winzige) Pause respektieren. Bertolt Brecht hat sich in seinem Aufsatz »Über reimlose Lyrik mit unregelmäßigen Rhythmen« hierzu ausführlich geäußert.

Das Wichtigste beim Inwendiglernen ist also, die Hörfähigkeit weit offen zu halten, nicht so sehr auf die Wörter zu *sehen*, sondern auf sie zu *hören*, so weit, so tief und scharf wie nur möglich – und Sie werden feststellen, wieviel weiter, tiefer, schärfer Sie mit einiger Übung hören werden. Prüfen Sie jeden Hauch in der Luft und im Echoraum ihres Körpers. Der ganze Körper kann beteiligt sein beim Lesen eines Gedichts. So wie beim Schreiben. Oft ist der Rhythmus, die Bewegung eines Gedichts in meinem Atem, meiner Körperbewegung, meinem Gehen und Innehalten eher als in meinen Worten. Immer überprüfe ich die Wörterbewegung mit meinem Atem und meiner Körperbewegung. Das heißt, ich schreibe auch mit den Ohren. Und mit den Ohren lese ich auch.

Ein gutes Gedächtnis zum Inwendiglernen ist *ein* Talent. Die Fähigkeit zum Auswendigsagen ein anderes.

Nicht jeder, der ein Talent zum Inwendiglernen hat, hat auch eines zum Auswendigsagen. Vor allem nicht vor Publikum. In Thomas Manns Roman »Die Buddenbrooks« soll der sensible, verträumte Hanno zum hundertjährigen Firmenjubiläum vor der versammelten Festgemeinde »Schäfers Sonntagslied. Von Uhland« auswendig sagen. Hat er es inwendig gelernt? Das ist anzunehmen, denn Hanno lernt gut und kennt viele Gedichte aus »Des Knaben Wunderhorn«. Doch hier vor aller Augen bringt er nur die ersten beiden Zeilen hervor. Die lebhafte, wenngleich etwas oberflächliche Toni hingegen haben wir zuvor mit ihrer besonderen Fähigkeit zum Nachplappern kennengelernt.

Auch eignet sich nicht jedes Gedicht gleich gut zum Vortrag; am besten wohl die robusten Balladen. Je inniger man sich ein Gedicht angeeignet hat, desto vorsichtiger wird man in der Wahl seiner Zuhörer. Wenn Sie es wagen, setzen Sie sich nicht unter Druck, lesen Sie lieber laut vor. Vergessen Sie nie: Inwendiglernen und Auswendigsagen soll Sie »spielend« dem Gedicht nahe bringen. Einen Abend mit Freunden zu verbringen, an dem jeder ein Gedicht vorträgt oder vorliest, kann zu einem unvergeßlichen Erlebnis werden. Ich suche dieses Erlebnis immer wieder mit unseren Freunden, Margaret Johns und Peter Stern, denen ich deswegen dieses Buch gewidmet habe.

Wer Gedichte lernt, lernt immer zweierlei verstehen, das Gedicht und sich. Gedichte lernen heißt auch, sich etwas Fremdes zu eigen machen. Um das Fremde verstehen zu können, muß man es kennen. Daher sind hier den Gedichten Erläuterungen beigegeben, Notizen zum Leben der Autoren und zu der Geschichte des jeweiligen Gedichtes. Diese kurzen Kommentare wollen und können selbstverständlich Biographien und Interpretationen nicht ersetzen. Dafür verweise ich auf Marcel Reich-Ranickis verdienstvolle »Frankfurter Anthologie« und auf die inzwischen auf sieben Bände angewachsene Reclam-Ausgabe »Gedichte und ihre Interpretationen«.

Beim Sammeln meiner Fundstücke ist mir noch einmal klargeworden, welches Verdienst sich die Germanistik um das literarischpoetische Gedächtnis unserer Sprachgemeinschaft gemacht hat und macht. Vor allem den Schatzgräbern unter ihnen möchte ich danken, die für uns die Werke der Dichter mit enormem Fleiß und mit viel Liebe zum Detail in historisch-kritischen Ausgaben zugänglich machen.

Es lag nahe, bei einer Anthologie des Erscheinungsjahres 1999 neben den Anregungen zum Weiterlesen des gedruckten Wortes auch Hinweise auf die wachsende Zahl elektronischer Informationsmöglichkeiten für die einzelnen Dichter und Gedichte zu geben. Im Inhaltsverzeichnis erscheint deswegen ein Doppelstern bei den Namen, zu denen mir eine angemessene Internet-Adresse zugänglich war.

Bei allem Vergnügen, das ich Ihnen an diesen Kommentaren wünsche: Am wichtigsten zum Verständnis eines Gedichts bleibt das Zusammenspiel des Gedichtes mit dem eigenen Kopf, ist die sensible Offenheit des Lesers, seine Bereitschaft, sich auf das Gedicht einzulassen. Dafür braucht man Zeit und Geduld. Lassen Sie sich Zeit. Kosten Sie die Wörter, Bilder, Melodien aus, denken Sie den Bedeutungen nach, beschwören Sie Ihre Assoziationen herauf. Jeder Mensch hat sein eigenes Tempo. Erkennen Sie die Größe eines Gedichts nicht beim ersten Lesen, geben Sie nicht auf. Am Ende ist es mit einem Gedicht nicht anders als mit einem Menschen: Auch ein Gedicht verstehen Sie immer besser, je näher Sie es kennen.

Um für den Leser eine erste Orientierung zu schaffen, habe ich die Gedichte einzelnen Gruppen zugeordnet. Wo feste formale Strukturen gelten, wie beim Sonett, oder klare inhaltliche Kriterien, wie bei der Ballade, war es einfach. Obwohl man auch hier, etwa bei dem Sonett »Die Beiden« von Hofmannsthal, fragen kann, ob es sich nicht eher um eine Ballade oder ein Lied handelt, die Sonettform nur äußerlich ist. Bei der Gedankenlyrik wurden die Zuordnungen schon schwieriger; Gedanken im Gedicht sind von ihrer Sprachmelodie, vom Liedhaften nicht zu lösen, und sie regen immer auch zu »Meditationen« an. »Lieder« und »Meditationen« voneinander zu trennen, war am schwersten; viele Gedichte sind immer wieder von einer in die andere Gruppe gewandert, etwa Goethes »An den Mond« oder Eichendorffs »Zwielicht«. Jedes Gedicht enthält immer Elemente aller Gruppierungen; wie gesagt, die Unterteilung ist nur als Orientierungshilfe gemeint.

Dies ist *meine* Auswahl; sie ist mir schwer genug gefallen. Auch Ihnen werden mancher Dichter und viele Gedichte, die Ihnen lieb sind, fehlen. Soweit möglich, habe ich die Gedichte leicht zugänglichen, verläßlichen und preiswerten Ausgaben entnommen, die gleichzeitig Lust machen sollten, mehr von dem Dichter zu lesen und einiges über ihn und sein Werk zu erfahren. Als umfassendste Sammlung deutscher Gedichte vom »Wessobrunner Gebet« bis zur Gegenwart sei »Das große deutsche Gedichtbuch« von Carl Otto Conrady empfohlen.

Große Gedichte, die »Ahnenkette großer Seelentröster« (Bruno Hillebrand), dem Leser dieser Anthologie wieder nahe zu bringen: dazu habe ich dieses Buch zusammengestellt. Die spöttische Formel Adornos, wonach »gut« gleich »bekannt« ist, hat mich in meiner Auswahl nicht bekümmert. Man tue wohl, so Goethe, »von Zeit zu Zeit wieder zurückzublicken. Was an uns Original ist, wird am besten erhalten und belobt, wenn wir unsre Altvordern nicht aus den Augen verlieren.«

In einigen wenigen Fällen mußte ich aus technischen Gründen Kürzungen in Kauf nehmen (zum Beispiel bei Lessings »Ringparabel« oder Hölderlins »Patmos«); mir waren diese Dichtungen zu wichtig, um ganz auf sie zu verzichten. Das Quellenverzeichnis zeigt den Weg zum vollständigen Werk.

Ich schließe mit einem Gedicht von Ingeborg Bachmann. Sie werden die Kaschnitz, Rose Ausländer, Christine Lavant, Lehmann, Loerke, Heym und viele andere wichtige Namen unseres Jahrhunderts vermissen. Deswegen wird ein zweiter Band folgen.

Zu jeder Beschäftigung mit Kunst, also auch mit Gedichten, gehört zu allererst die Fähigkeit, sich ergreifen zu lassen. Nur was mich ergreift, kann ich begreifen. Jedem Begreifen muß ein Ergriffensein vorausgehen. Man kann es auch Liebe zum Gegenstand nennen.

Zur Lust am Gedicht muß die Freude am Spielen kommen. Inwendiglernen sollte so ein Spiel sein. »Der Mensch ist nur da ganz Mensch, wo er spielt« (Schiller). Aber auch ein Spiel muß man erlernen, seine Regeln beachten, sich Mühe geben. Womit wir dann doch wieder bei der Disziplin wären, allerdings bei einer freiwilligen.

In seinem leichtesten der als schwer zugänglich geltenden »Sonette an Orpheus« hat Rilke für den Vorgang des Inwendiglernens und Auswendigsagens einfache und fröhliche Bilder gefunden. Vielleicht machen Sie ja gleich mit diesem Gedicht den Anfang.

Sonette an Orpheus I

XXI

Frühling ist wiedergekommen. Die Erde
ist wie ein Kind, das Gedichte weiß;
viele, o viele .... Für die Beschwerde
langen Lernens bekommt sie den Preis.

Streng war ihr Lehrer. Wir mochten das Weiße
an dem Barte des alten Manns.
Nun, wie das Grüne, das Blaue heiße,
dürfen wir fragen: sie kanns, sie kanns!

Erde, die frei hat, du glückliche, spiele
nun mit den Kindern. Wir wollen dich fangen,
fröhliche Erde. Dem Frohsten gelingts.

O, was der Lehrer sie lehrte, das Viele,
und was gedruckt steht in Wurzeln und langen
schwierigen Stämmen: sie singts, sie singts!

Lieder

Unbekannter Dichter

Dû bist mîn

Dû bist mîn, ich bin dîn:
des solt dû gewis sîn.
    dû bist beslozzen
    in mînem herzen:
verlorn ist daz slüzzelîn:
dû muost immer drinne sîn.

Du bist mein

Du bist mein, ich bin dein:
dessen sollst du gewiß sein.
    Du bist verschlossen
    in meinem Herzen:
verloren ist das Schlüsselein:
du mußt für immer drinnen sein.

Diese innigen schlichten Verse aus der Mitte des 12. Jahrhunderts gelten als das älteste deutsche Liebesgedicht. Es steht ganz unvermittelt in einer Sammlung lateinischer Briefe, die wohl zu Stilübungen von dem Verfasser abgeschrieben wurden. Die Forschung nimmt an, daß es sich dabei um eine Frau handelte. Aus dem Gedicht geht dies nicht hervor, und es spielt auch keine Rolle. Das Herz ist weder männlich noch weiblich, das Gefühl der Liebe auch nicht.

Vertraut und archaisch zugleich klingen diese Verse. Kein Wort, keine Silbe zuviel. Eine strenge Komposition für Auge und Ohr. Die Mittelzeilen, die die Geborgenheit der oder des Geliebten im Herzen des oder der Liebenden verkünden, sind eingerückt und kürzer als die vorangehenden und nachfolgenden Zeilen. Sie enden auf »-en«, eine Silbe, die damals noch als voller Reim gehört wurde; sie bilden ein Paar. Von den beiden ersten und den beiden letzten Verspaaren wird das mittlere Paar optisch und akustisch (Reime auf »-in«) umarmt: Ein »Herzensschrein« (Peter Wapnewski), gebildet für Auge und Ohr. Bild und Klang sind von dem, was die Worte sagen, nicht zu lösen. Hier beginnt Dichtung. Hier vollendet sie sich.

Walther von der Vogelweide (um 1170–um 1230)

36 Under der linden

Under der linden
an der heide,
dâ unser zweier bette was,
dâ mugt ir vinden
schône beide
gebrochen bluomen unde gras.
Vor dem walde in einem tal,
tandaradei,
  schône sanc diu nahtegal.

Ich kam gegangen
zuo der ouwe:
dô was mîn friedel komen ê.
dâ wart ich enpfangen
hêre frouwe,
daz ich bin sælic iemer mê.
Kust er mich? wol tûsentstunt:
tandaradei,
  seht wie rôt mir ist der munt.

Dô hete er gemachet
alsô rîche
von bluomen eine bettestat.
des wirt noch gelachet
inneclîche,
kumt iemen an daz selbe pfat.
bî den rôsen er wol mac,
tandaradei,
  merken wâ mirz houbet lac.

Unter der Linde,
auf der Heide,
da unser beider Lager war,
da könnt ihr schön
gebrochen finden
die Blumen und das Gras.
Vor dem Wald in einem Tal –
tandaradei –
  sang schön die Nachtigall.

Ich kam gegangen
zu der Aue:
da war mein Liebster schon gekommen.
Da ward ich empfangen –
Gnädige Jungfrau! –,
daß ich für immer glücklich bin.
Ob er mich küßte? Wohl tausendmal:
tandaradei –
  seht, wie rot ist mir der Mund!

Da hat er gemacht
so prächtig
ein Bett von Blumen.
Da lacht noch mancher
herzlich,
kommt er jenen Pfad daher.
An den Rosen mag er wohl –
tandaradei –
  merken, wo das Haupt mir lag.

Daz er bî mir læge,
wessez iemen
(nu enwelle got!), sô schamt ich mich.
wes er mit mir pflæge,
niemer niemen
bevinde daz, wan er unde ich,
und ein kleinez vogellîn:
tandaradei,
daz mac wol getriuwe sîn.

Daß er bei mir lag –
wüßte es jemand
(das verhüte Gott!), so schämt ich mich.
Wie er mit mir war,
niemals, niemand
erfahre das als er und ich
und ein kleines Vögelchen,
tandaradei –
das kann wohl verschwiegen sein.

Über Walther von der Vogelweides Herkunft und Leben ist nur wenig bekannt; er lebte zeitweilig am Wiener Hof neben seinem Vorbild und Rivalen Reimar. Als »Fahrender Sänger« stand er im Dienst verschiedener deutscher Könige sowie zahlreicher weltlicher und geistlicher Herren. 1220 erhielt er von Kaiser Friedrich II. ein kleines Gut bei Würzburg. Als nun schon Fünfzigjähriger mußte er endlich nicht mehr von Hof zu Hof wandern und jubelte: »Ich han min lehen, al die werlt, ich han min lehen ... Ich bin zu lange arm gewesen gegen meinen Willen./ Ich war so voller Scheltens, daß mein Atem stank –/ den hat der König rein gemacht und auch mein Singen.« In Walthers umfangreichem und vielseitigem Werk tritt uns zum ersten Mal in der deutschen Lyrik eine biografisch faßbare Gestalt entgegen, die frei und originell über die verschiedensten Formen der Dichtung verfügen kann. »Unter der linden«, eines der schönsten Liebeslieder der deutschen Dichtung, ist ein Rollengedicht, der Monolog eines Mädchens.

Kaum in Paris, war Heine nichts wichtiger, als »mit eigenen Augen« die Manessische Handschrift zu sehen, »die Gedichte Walthers von der Vogelweide, des größten deutschen Lyrikers«.

http://gutenberg.aol.de/autoren/frames/waltherv.htm

Unbekannter Dichter

Verschneit

Es ist ein Schnee gefallen,
Und ist es doch nit Zeit,
Man wirft mich mit den Ballen,
Der Weg ist mir verschneit.

Mein Haus hat keinen Giebel,
Es ist mir worden alt,
Zerbrochen sind die Riegel,
Mein Stüblein ist mir kalt.

Ach Lieb, laß dich's erbarmen,
Daß ich so elend bin,
Und schleuß mich in dein Arme,
So fährt der Winter hin.

Zu diesem Gedicht nach einer Handschrift von 1467 schreibt Wolfgang Koeppen: »Wir sind im Herbst des Mittelalters ... Beginn der Renaissance. Zerfall des alten Glaubens. Vorabend der Reformation. Ausbreitung des Alphabets. Entdeckung Amerikas. Was hilft es dem Mann? War es ein Volkslied auf verschneitem Weg, ein Liebesgedicht in der Vereisung? Wer bewahrte die Schrift des namenlosen Dichters? Wollte Gott etwas sagen?«

Paul Fleming (1609–1640)

40 Wie er wolle geküsset sein

Nirgends hin als auf den Mund,
da sinkt's in des Herzen Grund.
Nicht zu frei, nicht zu gezwungen,
nicht mit gar zu fauler Zungen.

Nicht zu wenig, nicht zu viel,
beides wird sonst Kinderspiel.
Nicht zu laut und nicht zu leise,
bei der Maß' ist rechte Weise.

Nicht zu nahe, nicht zu weit,
dies macht Kummer, jenes Leid.
Nicht zu trocken, nicht zu feuchte,
wie Adonis Venus reichte.

Nicht zu harte, nicht zu weich,
bald zugleich, bald nicht zugleich.
Nicht zu langsam, nicht zu schnelle,
nicht ohn Unterscheid der Stelle.

Halb gebissen, halb gehaucht,
halb die Lippen eingetaucht.
Nicht ohn Unterscheid der Zeiten,
mehr alleine denn bei Leuten.

Küsse nun ein jedermann,
wie er weiß, will, soll und kann!
Ich nur und die Liebste wissen,
wie wir uns recht sollen küssen.

Paul Fleming, als Sohn eines Pfarrers im sächsischen Vogtland geboren, besuchte in Leipzig die Thomasschule und die Universität. In der Zeit, als er dort zum Magister promovierte, veröffentlichte er seine ersten Gedichte auf lateinisch und deutsch. 1633 bis 1639 reiste er nach Rußland und Persien. Nach seiner Rückkehr promovierte er 1640 in Leiden.

Fleming war der bedeutendste Schüler des Dichters Martin Opitz. Seine »Teütsche Poemata« (1646) gliedern sich wie viele zeitgenössische Sammlungen nach Formen und Themen: »Geistliche Sachen«, Glückwünsche, Hochzeitsgedichte, Liebesgedichte, Leichengedichte. Als Verfasser von Liebesgedichten wird Fleming von der Forschung oft in Zusammenhang mit Petrarca genannt. In dem Gedicht »Wie er wolle geküsset sein« greift er die damals beliebte Form der »Kußgedichte« auf, wie sie seit Catull bekannt war. Auch »Gedichte sind Küsse, die man der Welt gibt« (Goethe).

http://gutenberg.aol.de/autoren/fleming.htm

Paul Gerhardt (1607–1676)

42 Sommerlied

1.
Geh aus, mein Herz, und
suche Freud in dieser lieben Sommerzeit
an deines Gottes Gaben;
schau an der schönen Gärten Zier
und siehe, wie sie mir und dir
sich ausgeschmücket haben.

2.
Die Bäume stehen voller Laub,
das Erdreich decket seinen Staub
mit einem grünen Kleide;
Narzissus und die Tulipan
die ziehen sich viel schöner an
als Salomonis Seide.

3.
Die Lerche schwingt sich in die Luft,
das Täublein fliegt aus seiner Kluft
und macht sich in die Wälder;
die hochbegabte Nachtigall
ergötzt und füllt mit ihrem Schall
Berg, Hügel, Tal und Felder.

4.
Die Glucke führt ihr Völklein aus,
der Storch baut und bewohnt sein Haus,
das Schwälblein speist die Jungen;
der schnelle Hirsch, das leichte Reh
ist froh und kommt aus seiner Höh
ins tiefe Gras gesprungen.

5.
Die Bächlein rauschen in dem Sand
und malen sich an ihrem Rand
mit schattenreichen Myrten;
die Wiesen liegen hart dabei
und klingen ganz vom Lustgeschrei
der Schaf und ihrer Hirten.

6.
Die unverdroßne Bienenschar
fliegt hin und her, sucht hier und da
ihr edle Honigspeise;
des süßen Weinstocks starker Saft
bringt täglich neue Stärk und Kraft
in seinem schwachen Reise.

7.
Der Weizen wächset mit Gewalt;
darüber jauchzet jung und alt
und rühmt die große Güte
des, der so überflüssig labt
und mit so manchem Gut begabt
das menschliche Gemüte.

8.
Ich selber kann und mag nicht ruhn,
des großen Gottes großes Tun
erweckt mir alle Sinnen;
ich singe mit, wenn alles singt,
und lasse, was dem Höchsten klingt,
aus meinem Herzen rinnen.
...

15.
Erwähle mich zum Paradeis
und laß mich bis zur letzten Reis'
an Leib und Seele grünen,
so will ich dir und deiner Ehr
allein und sonsten keinem mehr
hier und dort ewig dienen.

Paul Gerhardt war lutherischer Pfarrer. Aufgewachsen als Sohn des Bürgermeisters von Gräfenhainichen (Sachsen), wirkte er als Probst in Mittenwalde (Mark) und später als Diakon an der Nikolai-Kirche in Berlin. Unnachgiebig in seinem lutherischen Bekenntnis, wurde er vom »reformierten« Großen Kurfürsten zur Trauer seiner großen Berliner Gemeinde schließlich seines Amtes an der Nikolai-Kirche enthoben; Gerhardt verließ die Stadt und starb in Lübben.

Paul Gerhardt verstand sich selbst nicht als Dichter, für ihn waren seine Dichtungen gemeinsam gesungene Gebete oder Predigten: »Weltskribenten und Poeten/ haben ihren Glanz und Schein,/ mögen auch zu lesen sein,/ wenn wir leben außer Nöten:/ In dem Unglück, Kreuz und Übel/ ist nichts Bessers als die Bibel!/ ... Aber wenn der Tod uns trifft,/ was hilft dann Homerus Schrift?/ ... Wenn die ganze Welt verzagt,/ steht und siegt, was Gott gesagt.« Dichtung als praktische Seelsorge. »Ist die Predigt schlecht, so erklingt doch noch mitunter ein Lied von ... Paul Gerhardt, und wenn man fromm sein will, geht's doch«, schrieb Freiherr von Stein.

Doch Paul Gerhardt ist einer der großen Dichter deutscher Sprache. Seine Verse fanden früh Eingang in das erfolgreichste Gesangbuch seiner Zeit, die sogenannte Crügersche »Praxis«, mit meist von Johannes Crüger komponierten Gesängen. Das Gesangbuch enthielt schon 1653 in der fünften Auflage über achtzig Paul-Gerhardt-Lieder.

Das »Sommerlied« wurde wohl 1653 geschrieben und nimmt, so wie Matthias Claudius später ein Lied von Paul Gerhardt (s. S. 47), ein Lied von Bartholomäus Ringwaldt auf. Aber der Ton Paul Gerhardts ist so unmittelbar und anschaulich, wie nur er schreiben konnte.

Paul Gerhardt wurde später auch von anderen Komponisten vertont; Johann Sebastian Bach hat seine Dichtungen (zum Beispiel »Oh Haupt voll Blut und Wunden«) in sein Werk einbezogen. Gerhardts Lieder werden heute in evangelischen und katholischen Gemeinden gesungen – so viele wie wohl von sonst keinem anderen deutschen Dichter.

http://www.spreewald.de/schulen/gymln/html/paul_gerhardt.html

Matthias Claudius (1740–1815)

Abendlied 45

Der Mond ist aufgegangen,
Die goldnen Sternlein prangen
   Am Himmel hell und klar;
Der Wald steht schwarz und schweiget,
Und aus den Wiesen steiget
   Der weiße Nebel wunderbar.

Wie ist die Welt so stille,
Und in der Dämmrung Hülle
   So traulich und so hold!
Als eine stille Kammer,
Wo ihr des Tages Jammer
   Verschlafen und vergessen sollt.

Seht ihr den Mond dort stehen? –
Er ist nur halb zu sehen,
   Und ist doch rund und schön!
So sind wohl manche Sachen,
Die wir getrost belachen,
   Weil unsre Augen sie nicht sehn.

Wir stolze Menschenkinder
Sind eitel arme Sünder,
   Und wissen gar nicht viel;
Wir spinnen Luftgespinste,
Und suchen viele Künste,
   Und kommen weiter von dem Ziel.

Gott, laß uns dein Heil schauen,
Auf nichts Vergänglichs trauen,
Nicht Eitelkeit uns freun!
Laß uns einfältig werden,
Und vor dir hier auf Erden
Wie Kinder fromm und fröhlich sein!

Wollst endlich sonder Grämen
Aus dieser Welt uns nehmen
Durch einen sanften Tod!
Und, wenn du uns genommen,
Laß uns in Himmel kommen,
Du unser Herr und unser Gott!

So legt euch denn, ihr Brüder,
In Gottes Namen nieder;
Kalt ist der Abendhauch.
Verschon uns, Gott! mit Strafen,
Und laß uns ruhig schlafen!
Und unsern kranken Nachbar auch!

Matthias Claudius wurde im holsteinischen Reinfeld als Sohn eines Geistlichen geboren, verbrachte seine Kindheit auf dem Lande und studierte Theologie und Jura in Jena. Von 1771 bis 1775 war Claudius Redakteur beim »Wandsbeker Boten«, eine Stellung, die er zur Veröffentlichung seiner kritischen und satirischen Zeit- und Literaturbetrachtungen nutzte. So schrieb er über Goethes »Werther«: »Weiß nicht, obs'n Geschicht oder 'n Gedicht ist« (1774).

Ab 1777 lebte er als freier Schriftsteller im (damals dänischen) Wandsbek, ab 1785 mit einem Jahresgehalt des dänischen Kronprinzen.

Das »Abendlied« erschien 1779 im »Hamburger Musen-Almanach« und in der »Poetischen Blumenlese für das Jahr 1779«, die Johann Heinrich Voß herausgab. Seine Vorlage fand Claudius in dem Lied »Nun ruhen alle Wälder« von Paul Gerhardt, das 1653, fünf Jahre nach dem Ende des Dreißigjährigen Krieges, geschrieben wurde. Herder nahm das »Abendlied« (allerdings ohne die beiden letzten Strophen) sogleich in den im selben Jahr erscheinenden zweiten Band seiner Volksliedsammlung auf; im gleichen Jahr wurde das Lied zweimal vertont. Die Melodie, die uns das Lied so vertraut gemacht hat, stammt von Johann Abraham Schulz, der sie 1790 in seiner Sammlung »Lieder im Volkston« veröffentlichte. »Abendlied« gilt heute als das populärste deutsche Volkslied, obgleich es im strengen Sinne gar kein Volkslied ist. Wohl weil hier im Bild einer stillen Mondnacht ohne Pathos und ohne rhetorischen Zierat von der Nächstenliebe gesungen und nicht gepredigt wird.

»Abendlied« ist, neben dem vielzitierten »Kriegslied« (»'s ist Krieg, 's ist Krieg!«), das im selben Jahr erschien, das berühmteste Gedicht von Matthias Claudius.

http://gutenberg.aol.de/autoren/claudius.htm

Johann Wolfgang Goethe (1749–1832)

48 Mailied

Wie herrlich leuchtet
Mir die Natur!
Wie glänzt die Sonne!
Wie lacht die Flur!

Es dringen Blüten
Aus jedem Zweig
Und tausend Stimmen
Aus dem Gesträuch,

Und Freud und Wonne
Aus jeder Brust.
O Erd, o Sonne!
O Glück, o Lust!

O Lieb, o Liebe!
So golden schön,
Wie Morgenwolken
Auf jenen Höhn!

Du segnest herrlich
Das frische Feld,
Im Blütendampfe
Die volle Welt.

O Mädchen, Mädchen,
Wie lieb ich dich!
Wie blickt dein Auge!
Wie liebst du mich!

So liebt die Lerche
Gesang und Luft,
Und Morgenblumen
Den Himmelsduft,

Wie ich dich liebe
Mit warmem Blut,
Die du mir Jugend
Und Freud und Mut

Zu neuen Liedern
Und Tänzen gibst.
Sei ewig glücklich,
Wie du mich liebst!

Goethes Biographie hier in einen kurzen Kommentar zu fassen, war mir unmöglich. Seine umfangreichen Lebensdaten finden Sie in jedem, auch im kleinsten Lexikon. Allerdings: »Wenn einem Autor ein Lexikon nachkommen kann, so taugt er nichts« (Goethe).

Das Gedicht »Mailied« entstand vermutlich im Mai 1771, ein Jahr nach dem ersten Besuch Goethes im Straßburg nahegelegenen Sesenheim. Hier hatte er im Oktober 1770 Friederike Brion kennengelernt. Aus dieser Zeit stammen die sogenannten »Sesenheimer Lieder« und die frühen Hymnen. Die »Sesenheimer Lieder« leiteten für die deutsche Lyrik eine neue Epoche ein, ebenso wie »Götz von Berlichingen« (1773) dies für das deutsche Drama und der »Werther« (1774) es für den deutschen Roman taten.

Das »Mailied«, ursprünglich »Maifest«, gilt als Höhepunkt der Sesenheimer Lyrik und als Goethes »erstes ganz großes Gedicht« (Erich Trunz).

http://www.thur.de/org/goethe/
http://www.mala.bc.ca/~mcneil/goethe.htm

Johann Wolfgang Goethe

50 Willkommen und Abschied

Es schlug mein Herz, geschwind zu Pferde!
Es war getan fast eh gedacht.
Der Abend wiegte schon die Erde,
Und an den Bergen hing die Nacht:
Schon stand im Nebelkleid die Eiche,
Ein aufgetürmter Riese, da,
Wo Finsternis aus dem Gesträuche
Mit hundert schwarzen Augen sah.

Der Mond von einem Wolkenhügel
Sah kläglich aus dem Duft hervor,
Die Winde schwangen leise Flügel,
Umsausten schauerlich mein Ohr;
Die Nacht schuf tausend Ungeheuer,
Doch frisch und fröhlich war mein Mut:
In meinen Adern welches Feuer!
In meinem Herzen welche Glut!

Dich sah ich, und die milde Freude
Floß von dem süßen Blick auf mich;
Ganz war mein Herz an deiner Seite
Und jeder Atemzug für dich.
Ein rosenfarbnes Frühlingswetter
Umgab das liebliche Gesicht,
Und Zärtlichkeit für mich – ihr Götter!
Ich hofft es, ich verdient es nicht!

Doch ach, schon mit der Morgensonne
Verengt der Abschied mir das Herz:
In deinen Küssen welche Wonne!
In deinem Auge welcher Schmerz!
Ich ging, du standst und sahst zur Erden,
Und sahst mir nach mit nassem Blick:
Und doch, welch Glück, geliebt zu werden!
Und lieben, Götter, welch ein Glück!

Auch dieses Gedicht hat der zweiundzwanzigjährige Student Goethe an die neunzehnjährige Pfarrerstochter aus Sesenheim gerichtet. Viel wird in der Goethe-Forschung über die Tiefe dieser Beziehung spekuliert. Sicher ist eines: Für beide war diese frühe Begegnung unvergeßlich. Goethe schilderte seinen ersten Eindruck von Friederike noch in »Dichtung und Wahrheit«, als hätte er seine Liebste erst gestern getroffen: »Diese fast verdrängte Nationaltracht kleidete Friederiken besonders gut. Ein kurzes weißes Röckchen mit einer Falbel, nicht länger, als daß die nettesten Füßchen bis auf die Knöchel sichtbar blieben, ein knappes weißes Mieder und eine schwarze Taffetschürze ... Schlank und leicht ... schritt sie, und beinahe schien für die gewaltigen blonden Zöpfe des niedlichen Köpfchens der Hals zu zart. Aus heiteren blauen Augen blickte sie sehr deutlich umher und das artige Stumpfnäschen forschte frei in der Luft.«

Friederike heiratete nie – »Wer von Goethe geliebt worden ist, kann keinen anderen lieben«, schrieb später Friederikes Schwester Sophie –, und Goethe bekennt, ebenfalls in »Dichtung und Wahrheit«: »Ich hatte das schönste Herz in seinem Tiefsten verwundet.« Für Goethe sollte das nicht das einzige Mal bleiben.

Johann Wolfgang Goethe

52 Heidenröslein

Sah ein Knab ein Röslein stehn,
Röslein auf der Heiden,
War so jung und morgenschön,
Lief er schnell, es nah zu sehn,
Sahs mit vielen Freuden.
Röslein, Röslein, Röslein rot,
Röslein auf der Heiden.

Knabe sprach: Ich breche dich,
Röslein auf der Heiden!
Röslein sprach: Ich steche dich,
Daß du ewig denkst an mich,
Und ich wills nicht leiden.
Röslein, Röslein, Röslein rot,
Röslein auf der Heiden.

Und der wilde Knabe brach
's Röslein auf der Heiden;
Röslein wehrte sich und stach,
Half ihm doch kein Weh und Ach,
Mußt es eben leiden.
Röslein, Röslein, Röslein rot,
Röslein auf der Heiden.

Auch das »Heidenröslein« entstand in der Sesenheimer Zeit, vermutlich im Sommer 1771.

Einzelne Bilder und Zeilen erinnern deutlich an ältere Vorlagen. Goethe hat sicher das Liederbuch des Paul von der Aelst von 1602 gekannt, wo es allerdings heißt: »Liebst du mich, so lieb ich dich/ Röslein auf der Heiden.« Und: »Küßt du mich, so küß ich dich/ Röslein.« Dort also ist das Einverständnis, das einzig das Wort »Liebe« rechtfertigt, deutlich ausgesprochen. Goethe unterschlägt es.

Peter von Matt schreibt deswegen: »Es ist ein schauerlich barbarischer Gesang ... Warum aber spricht man seit zweihundert Jahren mit Rührung und Entzücken von dem Gedicht? ... Weil man«, meint er, »auf die ersten zwei Strophen hereinfällt, wir in unserer Harmoniesucht eine glückliche Synthese unterstellen, die beiden letzten Zeilen einfach verdrängen.«

In seinem 1773 veröffentlichten Buch »Von deutscher Art und Kunst« spricht Herder von den altschottischen Volksliedern und versichert, daß man auch im Deutschen einen solchen Schatz finden würde – was Clemens Brentano und Achim von Arnim dann mit »Des Knaben Wunderhorn« (1806-1808) ja auch taten. Als Beispiel druckt er dann Goethes »Heidenröslein«, allerdings mit der Abwandlung der letzten beiden Zeilen: »Aber er vergaß darnach/ beim Genuß das Leiden.« Herders Kommentar: »Ist das nicht Kinderton?«

Goethe selbst hat das Gedicht nie wieder erwähnt.

Johann Wolfgang Goethe

54 Gefunden

Ich ging im Walde
So für mich hin,
Und nichts zu suchen,
Das war mein Sinn.

Im Schatten sah ich
Ein Blümchen stehn,
Wie Sterne leuchtend,
Wie Äuglein schön.

Ich wollt es brechen,
Da sagt' es fein:
Soll ich zum Welken
Gebrochen sein?

Ich grubs mit allen
Den Würzlein aus,
Zum Garten trug ich's
Am hübschen Haus.

Und pflanzt' es wieder
Am stillen Ort;
Nun zweigt es immer
Und blüht so fort.

Hat Goethe, der Naturfreund, hier eines seiner kleinen »Gelegenheitsgedichte« geschrieben? Er selbst schuf diesen von der Germanistik noch heute verwendeten Begriff: »Was von meinen Arbeiten durchaus und so auch von den kleineren Gedichten gilt, ist, daß sie alle, durch mehr oder minder bedeutende *Gelegenheit* aufgeregt, im unmittelbaren *Anschauen* irgendeines Gegenstandes verfaßt worden, deshalb sie sich nicht gleichen, darin jedoch übereinkommen, daß bei besonderen äußeren, oft gewöhnlichen Umständen ein *Allgemeineres*, *Inneres*, *Höheres* dem Dichter vorschwebte.«

Zu dem Gedicht »Gefunden« regte Goethe in der Tat eine »bedeutende Gelegenheit« an: Der Vierundsechzigjährige sandte es seiner Frau Christiane, der er nur höchst selten Gedichte zu schicken pflegte. Es war seine Liebeserklärung zu ihrer »Silbernen Hochzeit«. Fünfundzwanzig Jahre zuvor war er Christiane zum ersten Mal begegnet, als sie ihm ein Bittgesuch für ihren in Schwierigkeiten geratenen Bruder übergab. Dieser Bruder, Christian Vulpius, wurde übrigens mit seinem »Volksroman« »Rinaldo Rinaldini« einer der erfolgreichsten Autoren seiner Zeit. Christiane war Arbeiterin einer Fabrik für künstliche Blumen. Goethe verliebte sich auf der Stelle in das hübsche junge Mädchen und zählte von diesem 13. Juli 1788 seinen »Ehestand«. Christianes Bruder bekam übrigens später eine Anstellung am Weimarer Theater und der dortigen Bibliothek.

Die 1813, also zweiundvierzig Jahre nach »Heidenröslein«, geschriebenen Verse können wie eine Wiedergutmachung jenes Gedichts gelesen werden.

Johann Wolfgang Goethe

56 Freudvoll

Freudvoll
Und leidvoll,
Gedankenvoll sein,
Hangen
Und bangen
In schwebender Pein,
Himmelhoch jauchzend,
Zum Tode betrübt;
Glücklich allein
Ist die Seele, die liebt.

Klärchen singt dieses Lied im dritten Aufzug des Trauerspiels »Egmont« (1788), an dem Goethe seit 1775 mehr als zwölf Jahre gearbeitet hatte. Das Thema: Zwischen dem einfachen Bürgermädchen und dem adligen Egmont entwickelt sich während des Aufstandes der Niederlande gegen Spanien eine tiefe Liebe. Frau von Stein »war über Egmonts freie Hinwendung zu Klärchen ohne einen Zug von Schuld und seine Freude an der offenen und ergebenen Liebe des Mädchens« empört, da sie dies als ein »Zeichen für die Richtung von Goethes Sehnsüchten« sah (K. R. Eissler). Goethe wiederum schrieb, Frau von Stein fehle wohl an der Gestalt des Klärchen »eine Nuance zwischen der Dirne und der Göttin«. Schiller wiederum tadelte Egmont als »einen Liebhaber von ganz gewöhnlichem Schlag«, der, »mit dem besten Herzen zwar, zwei Geschöpfe unglücklich macht; ›um die sinnenden Runzeln von seiner Stirne wegzubaden‹.« Schiller sah durch die Liebesgeschichte die politische Botschaft des Stückes »geschwächt«. Goethe hatte diese »Einlage« dem politischen Stoff erst auf seiner Italienreise (1787) hinzugefügt.

»Schon im voraus dankbar« war Goethe Beethoven, der 1810 Musik zum »Egmont« (Lieder, Ouvertüre) schrieb; seine Vertonung des hier abgedruckten Klärchen-Liedes hat aus den schlichten Versen allerdings einen hochdramatischen Gesang gemacht.

Für Marcel Reich-Ranicki ist dieses Gedicht mit seinen dreiundzwanzig Worten »das schönste, das vollkommenste erotische Gedicht in deutscher Sprache«.

Johann Wolfgang Goethe

An den Mond 57

(Zweite Fassung)

Füllest wieder Busch und Tal
Still mit Nebelglanz,
Lösest endlich auch einmal
Meine Seele ganz,

Breitest über mein Gefild
Lindernd deinen Blick,
Wie des Freundes Auge mild
Über mein Geschick.

Jeden Nachklang fühlt mein Herz
Froh- und trüber Zeit,
Wandle zwischen Freud und Schmerz
In der Einsamkeit.

Fließe, fließe, lieber Fluß!
Nimmer werd ich froh,
So verrauschte Scherz und Kuß,
Und die Treue so.

Ich besaß es doch einmal,
Was so köstlich ist!
Daß man doch zu seiner Qual
Nimmer es vergißt!

Rausche, Fluß, das Tal entlang,
Ohne Rast und Ruh,
Rausche, flüstre meinem Sang
Melodien zu,

58 Wenn du in der Winternacht
Wütend überschwillst,
Oder um die Frühlingspracht
Junger Knospen quillst.

Selig, wer sich vor der Welt
Ohne Haß verschließt,
Einen Freund am Busen hält
Und mit dem genießt,

Was, von Menschen nicht gewußt
Oder nicht bedacht,
Durch das Labyrinth der Brust
Wandelt in der Nacht.

Als Goethe 1775 einer Einladung des Herzogs Karl August nach Weimar folgte, kann er nicht geahnt haben, daß er, mit Ausnahme einiger Reisen, die nächsten sechsundfünfzig Jahre bis zu seinem Tod hier verbringen würde. Über seine Zeit in den Diensten des Herzogs urteilt er später recht kritisch: »Es war das ewige Wälzen eines Steines, der immer von neuem gehoben sein wollte. Hätte ich mich mehr vom öffentlichen und geschäftlichen Wirken und Treiben zurückgehalten und mehr in der Einsamkeit leben können, ich wäre glücklicher gewesen und würde als Dichter weit mehr gemacht haben.«

Die erste Fassung des Gedichts »An den Mond«, zwischen 1776 und 1781 geschrieben, findet sich in den Briefen an Frau von Stein. Der Handschrift waren Noten zum Singen beigefügt. Allerdings hatte der mit Goethe befreundete Zürcher Komponist Philipp Christoph Kayser sie für ein anderes Lied geschaffen. Goethe soll die Melodie im Kopf gehabt und dazu, wie er es gelegentlich tat, erst dann die Verse geschrieben haben.

Die hier abgedruckte Fassung steht in den »Schriften« von 1789 und wurde wohl nach Goethes erster Italienreise (1786 bis 1788) verfaßt. Das Gedicht ist von Franz Schubert wie auch von Johann Friedrich Reichardt vertont worden, den Goethe Schubert vorzog.

Uns erscheint der Ton dieses Gedichts heute vertraut. Doch hören wir dazu einen Zeitgenossen Goethes: »Herr von Goethe apostrophiert zuallererst den Mond und zwar in einer Pöbelsprache, indem er nach Art ungebildeter Menschen in den ersten drei Strophen die Zeitwörter ohne ihre persönlichen Fürwörter ... setzet ... Daß der Mond seinen Blick lindernd verbreitet, läßt mutmaßen, daß die Gegend an einer schmerzhaften Krankheit leidet« (Martin Spann, 1831). Goethes Meinung zu den Kritikern (1774): »Schlagt ihn tot, den Hund! Es ist ein Rezensent!« Später, altersmilde: »Die Kritik erscheint wie Ate: sie verfolgt die Autoren, aber hinkend.«

Zur Erläutung: Ate ist eine Unheilsgöttin; sie hinkt seit ihrem Sturz auf die Erde, wohin Zeus, ihr Vater, sie geschleudert hatte.

Clemens Brentano (1778–1842)

60 Lureley

Singet leise, leise, leise,
Singt ein flüsternd Wiegenlied,
Von dem Monde lernt die Weise,
Der so still am Himmel zieht.

Singt ein Lied so süß gelinde,
Wie die Quellen auf den Kieseln,
Wie die Bienen um die Linde
Summen, murmeln, flüstern, rieseln.

Clemens Brentano wurde auf Ehrenbreitstein bei Koblenz geboren. Seine Großmutter, Sophie von La Roche, war die Verfasserin des erfolgreichen Romans »Geschichte des Fräuleins von Sternheim«. Clemens hatte elf Geschwister, von denen seine sieben Jahre jüngere Schwester Bettina, die Goethe-Freundin und Frau Achim von Arnims, sich ebensfalls durch literarische Arbeiten einen Namen gemacht hat.

Von 1806 bis 1808 gab Brentano zusammen mit Achim von Arnim die wichtigste Sammlung deutscher Volkslieder heraus: »Des Knaben Wunderhorn«. »Das Wunderhorn«, so Goethe in der »Jenaischen Zeitung«, habe seinen Platz »von Rechts wegen in jedem Hause, wo frische Menschen wohnen.« Bedeutend sind auch Brentanos Märchen.

Nur knapp ein Drittel der über eintausend Gedichte Brentanos wurde zu seinen Lebzeiten gedruckt, vor allem Liebeslieder im volksliedhaften Ton.

Das Gedicht »Lureley« aus dem »Rheinmärchen«-Zyklus schrieb Brentano 1806 nach dem Tod seiner Frau Sophie. In dem »Rheinmärchen« ist die »Lureley« eine »freundliche, blonde Mutter«, eine »gute und schöne Wasserfrau«. Sie singt dort dieses Lied. Ihre Vorgängerin, die »Lore Lay« schuf Brentano, angeregt durch den Namen eines Rheinfelsens (mons Lurlaberch), bereits im Spätsommer 1800. In der Ballade »Zu Bacharach am Rheine« ist die Lore Lay eine reuige Sünderin, die von ihrem Geliebten verlassen worden ist. Sie klettert auf einen Felsen, um noch einmal zu seinem Schloß hinüberzuschauen, und stürzt sich in den Rhein. Die Forschung ist sich einig: Clemens Brentano und nicht Heinrich Heine hat die Sagengestalt der Loreley erfunden.

Brentanos Gedicht »Lureley« ist zwar nicht so berühmt wie die »Loreley« von Heine (S. 126), aber mindestens ebenso schön. Das Gedicht lebt von Rhythmus und Klang. Es ist wie ein Zauberspruch.

Thomas Mann empfand die Verfallenheit des Künstlers an Liebe, Kunst und Tod als zutiefst der Romantik zugehörend und läßt Adrian Leverkühn in seinem Roman »Doktor Faustus« Brentano-Gesänge komponieren. Brentano selbst hatte allerdings nach seinem Wiedereintritt in die katholische Kirche seine Dichtung als »sündiges Blendwerk« widerrufen.

http://gutenberg.aol.de/autoren/brentano.htm

Clemens Brentano

62 Der Spinnerin Nachtlied

Es sang vor langen Jahren
Wohl auch die Nachtigall,
Das war wohl süßer Schall,
Da wir zusammen waren.

Ich sing und kann nicht weinen
Und spinne so allein
Den Faden klar und rein,
Solang der Mond wird scheinen.

Als wir zusammen waren,
Da sang die Nachtigall;
Nun mahnet mich ihr Schall,
Daß du von mir gefahren.

So oft der Mond mag scheinen,
Denk ich wohl dein allein,
Mein Herz ist klar und rein,
Gott wolle uns vereinen.

Seit du von mir gefahren,
Singt stets die Nachtigall,
Ich denk bei ihrem Schall,
Wie wir zusammen waren.

Gott wolle uns vereinen,
Hier spinn ich so allein,
Der Mond scheint klar und rein,
Ich sing und möchte weinen.

1818 erschien »Der Spinnerin Nachtlied« in »Die Sängerfahrt« als Lied in der Erzählung »Aus der Chronika eines fahrenden Schülers«.
Das Gedicht will gehört werden, es ist ein Wunder an Wohlklang, an Klang und Widerklang im Spiel der Vokale und der sonoren Konsonanten, die hier wirklich »Mitlaute«, »Mitsinger« sind. (Beachten Sie besonders die Anordnung der Reimwörter.) »Es singt sich selber, indem es einen Menschen singen läßt, von seinem Singen singen läßt und von dem der Nachtigall, wird es gesungen, ein wahrer Singsang« (Richard Alewyn). Für Eichendorff haben Brentanos Lieder »Klänge, die von keiner Kunst der Welt erfunden werden, sondern überall nur aus der Tiefe einer reinen Seele kommen«.

Von den Surrealisten und Existentialisten wurde Brentano neu entdeckt, besonders seine späten Gedichte, etwa »Wenn der lahme Weber träumt, er webe«. Brentano, um noch einmal Eichendorff zu zitieren, versteht es »mit seiner ganz entfesselten Phantasie, den verborgenen Zusammenhang des Entlegendsten blitzartig aufzudecken, als ob sich das Unerhörte von selbst verstünde«.

Ludwig Uhland (1787–1862)

64 Der gute Kamerad

Ich hatt einen Kameraden,
Einen bessern findst du nit.
Die Trommel schlug zum Streite,
Er ging an meiner Seite
In gleichem Schritt und Tritt.

Eine Kugel kam geflogen,
Gilt's mir oder gilt es dir?
Ihn hat es weggerissen,
Er liegt mir vor den Füßen,
Als wär's ein Stück von mir.

Will mir die Hand noch reichen,
Derweil ich eben lad.
Kann dir die Hand nicht geben,
Bleib du im ew'gen Leben
Mein guter Kamerad!

Als Sohn eines Juristen und Universitätssekretärs wurde Uhland in Tübingen geboren, studierte Jura und Literatur und arbeitete nach dem Doktorexamen als Jurist. 1848 wurde er in die Frankfurter Nationalversammlung der Paulskirche entsandt und war dort Mitglied der demokratischen Linken.

1815 veröffentlichte er seine erste Sammlung »Gedichte«, 1820 die »Vaterländischen Gesänge«, 1829 und 1834 entstanden noch einmal Gedichte. Seit 1820 widmete er sich verstärkt der Literaturwissenschaft, 1826 gab er zusammen mit Gustav Schwab eine Sammlung von Gedichten Friedrich Hölderlins heraus, der damals geistig umnachtet in Tübingen lebte.

Uhland war durchdrungen von »jenem spezifisch deutschen, spezifisch idealistischen Glauben an die gesellschaftliche und politische Wirkung des Dichters durch reine Existenz innerhalb des gesellschaftlichen und politischen Organismus« (Peter von Matt). »Für eine Poesie für sich, vom Volke abgewendet, eine Poesie, die nur individuelle Empfindungen ausspricht, habe ich nie Sinn gehabt« – das war das poetische Credo Uhlands.

Das Gedicht vom »Guten Kameraden«, 1809 geschrieben, ist ein Volkslied geworden. Doch wer ist schuld daran, daß es, wie kaum ein anderes in deutscher Sprache, militaristisch vereinnahmt worden ist? Nicht das Gedicht, nicht der Dichter, sondern unsere Geschichte. Es wurde, so Peter Horst Neumann, »an zu vielen Gräbern gesungen, nicht an ›Heldengräbern‹, sondern an Menschengräbern.«

Ich verstehe dieses Gedicht heute als eines der traurigsten in deutscher Sprache; im Grunde ein Gedicht *gegen* den Krieg.

http://gutenberg.aol.de/autoren/frames/uhland.htm

Joseph von Eichendorff (1788–1857)

66 Der frohe Wandersmann

Wem Gott will rechte Gunst erweisen,
Den schickt er in die weite Welt;
Dem will er seine Wunder weisen
In Berg und Wald und Strom und Feld.

Die Trägen, die zu Hause liegen,
Erquicket nicht das Morgenrot,
Sie wissen nur von Kinderwiegen,
Von Sorgen, Last und Not um Brot.

Die Bächlein von den Bergen springen,
Die Lerchen schwirren hoch vor Lust,
Was sollt ich nicht mit ihnen singen
Aus voller Kehl und frischer Brust?

Den lieben Gott lass ich nur walten;
Der Bächlein, Lerchen, Wald und Feld
Und Erd und Himmel will erhalten,
Hat auch mein Sach aufs best bestellt!

Joseph Freiherr von Eichendorff wuchs auf Schloß Lubowitz in Oberschlesien auf, studierte Jura in Halle und in Heidelberg, unternahm Bildungsreisen nach Paris und Wien und kehrte 1808 in seine Heimat zurück. Er nahm 1813 an den Befreiungskriegen teil. Später bekleidete er, die Familie hatte infolge der Napoleonischen Kriege ihre Güter verloren, verschiedene Ämter im Staatsdienst. 1841 mußte er den Staatsdienst aus gesundheitlichen Gründen aufgeben. Er starb in Neiße.

Eichendorff ist der populärste Dichter der deutschen Romantik. Das volksliedhaft Eingängige seiner Verse stützt sich auf wenige Bilder und Motive, die er meisterhaft zu variieren und immer neu zu verknüpfen versteht. Viele seiner Lieder sind durch Vertonungen lebendig geblieben und zu Volksliedern geworden. So auch »Der frohe Wandersmann« mit der Melodie von Friedrich Theodor Fröhlich.

Kaum ein anderes Gedicht drückt die romantische Sehnsucht nach Aufbruch aus den Konventionen des 18. Jahrhunderts deutlicher aus als dieses. In Eichendorffs berühmter Erzählung »Aus dem Leben eines Taugenichts« (1826) schmettert der Held das »recht hübsche Lied«, kaum daß er auf die vorüberfahrende Kutsche aufgesprungen ist, »und wir flogen über die glänzende Straße fort, daß mir der Wind am Hute pfiff. Hinter mir gingen nun Dorf, Gärten und Kirchtürme unter, vor mir neue Dörfer, Schlösser und Berge auf; unter mir Saaten, Büsche und Wiesen bunt vorüberfliegend, über mir unzählige Lerchen in der klaren blauen Luft.«

Für den Romantiker war das »Wandern« eine dem Menschen angemessene Lebensform, Philister sind die »Trägen, die zu Hause liegen«. Wandern ist den Romantikern aber mehr als nur körperliche Bewegung: Es ist immer auch geistige Beweglichkeit gemeint, und meist auch ein Wandern zu Gott hin. Eichendorffs »Taugenichts« allerdings begnügt sich nach seiner wundervollen Wanderwirrsal mit der Liebe seiner »schönen Dame«, mit dem Himmel auf Erden also.

Georg Lukács sieht im »Taugenichts« und seinen »naiven« Liedern eine Revolte gegen die »zwecklose und inhumane Geschäftigkeit des modernen Lebens«. Eine kräftige Grundströmung dieses Gefühls ist auch heute noch in Deutschland zu spüren.

http://gutenberg.informatik.uni-hamburg.de/autoren/eichndrf.htm

Joseph von Eichendorff

68 Mondnacht

Es war, als hätt der Himmel
Die Erde still geküßt,
Daß sie im Blütenschimmer
Von ihm nun träumen müßt.

Die Luft ging durch die Felder,
Die Ähren wogten sacht,
Es rauschten leis die Wälder,
So sternklar war die Nacht.

Und meine Seele spannte
Weit ihre Flügel aus,
Flog durch die stillen Lande,
Als flöge sie nach Haus.

»Die Perle der Perlen« nannte Thomas Mann dieses Gedicht. Es erschien zuerst 1837 und ist heute von der Vertonung Robert Schumanns (1840) als Mittelpunkt seines »Liederkreises« op. 39 kaum noch zu lösen. Theodor W. Adorno erschien dieses Gedicht, »als wäre es mit dem Bogenstrich gespielt«. Schon Ende des 19. Jahrhunderts konnte man über vierzig Vertonungen der »Mondnacht« nachweisen.

Der Mond ist eines der Schlüsselworte Eichendorffs: Er verzaubert die Welt. Durch ihn wird der Mensch seiner himmlischen Abkunft gewahr. Innere und äußere Landschaft verschmelzen miteinander.

»Wo gehen wir denn hin?« fragt Novalis. Seine Antwort: »Immer nach Hause.«

Joseph von Eichendorff

Zwielicht

Dämmrung will die Flügel spreiten,
Schaurig rühren sich die Bäume,
Wolken ziehn wie schwere Träume –
Was will dieses Graun bedeuten?

Hast ein Reh du lieb vor andern,
Laß es nicht alleine grasen,
Jäger ziehn im Wald und blasen,
Stimmen hin und wieder wandern.

Hast du einen Freund hienieden,
Trau ihm nicht zu dieser Stunde,
Freundlich wohl mit Aug und Munde,
Sinnt er Krieg im tückschen Frieden.

Was heut müde gehet unter,
Hebt sich morgen neugeboren.
Manches bleibt in Nacht verloren –
Hüte dich, bleib wach und munter!

»Zwielicht« stammt aus dem zwischen 1810 und 1812 geschriebenen Roman »Ahnung und Gegenwart« und wird dort gesungen. Den Titel bekamen die Verse erst 1837 in Eichendorffs erster Gedichtsammlung. Ein altes Volksliedmotiv, das verfolgte, schutzlose Reh, wird hier zu einem Bild der unbestimmten Gefahren und Gefährdungen. Die Landschaft ist, wie häufig bei Eichendorff, nicht nur Ausdruck für Trost und Sehnsucht, sondern auch für Stimmungen der Bedrohung, des Unheimlichen, des Dämonischen.

1948 befragte die »Welt am Sonntag« Thomas Mann nach seinem Lieblingsgedicht. Er nannte ein ganzes Dutzend und fügte hinzu: »Die Verbindung mit der Musik spielt eine große Rolle. Vielleicht würde ich das Eichendorff-Gedicht, worin es heißt: ›Hast ein Reh du lieb vor andern, laß es nicht alleine grasen‹ ... vielleicht würde ich es nicht so lieben, wenn Schumann es nicht so genial vertont hätte.« Ein erstklassiges Lied setze einen zweitklassigen Text voraus, lautet ein weitverbreitetes Vorurteil. Dieses Gedicht widerlegt es.

Wilhelm Müller (1794–1827)

70 Der Lindenbaum

Am Brunnen vor dem Tore,
da steht ein Lindenbaum;
ich träumt' in seinem Schatten
so manchen süßen Traum.

Ich schnitt in seine Rinde
so manches liebe Wort;
es zog in Freud' und Leide
zu ihm mich immer fort.

Ich mußt' auch heute wandern
vorbei in tiefer Nacht;
da hab' ich noch im Dunkeln
die Augen zugemacht.

Und seine Zweige rauschten,
als riefen sie mir zu:
»Komm her zu mir, Geselle,
hier findst du deine Ruh!«

Die kalten Winde bliesen
mir grad' ins Angesicht;
der Hut flog mir vom Kopfe,
ich wendete mich nicht.

Nun bin ich manche Stunde
entfernt von jenem Ort,
und immer hör' ich's rauschen:
»Du fändest Ruhe dort!«

Wilhelm Müller aus Dessau nahm an den Befreiungskriegen (1813 bis 1815) teil und wurde danach zunächst mit dem Gedichtband »Lieder der Griechen« (1821 bis 1824) als »Griechen-Müller« bekannt. Doch nur seine Liederzyklen »Die schöne Müllerin« und die »Winterreise«, aus der das hier ausgewählte Gedicht stammt, überlebten. Sie wurden durch die Vertonungen Franz Schuberts weltberühmt. Einige, wie »Das Wandern ist des Müllers Lust« oder »Der Lindenbaum«, zählen zu den bekanntesten und beliebtesten deutschen Liedern, allerdings heute in der einfacheren Komposition Friedrich Silchers, der auch Heines »Loreley« vertonte (s. S. 127).

Als der schon todkranke Schubert im Herbst 1827 die »Winterreise« seinen Freunden zum ersten Mal vortrug, fand allein der »Lindenbaum« ihren Beifall. Alles andere war ihnen zu düster. Doch ist nicht auch der »Lindenbaum« eine Verlockung zur Ruhe, zur ewigen Ruhe? Nicht von ungefähr läßt Thomas Mann Hans Castorp, seinen Helden aus dem »Zauberberg«, am Ende des Romans mit dem Lied vom »Lindenbaum« auf den Lippen in den Krieg, in den Tod ziehen.

Der Ort der Inspiration zu diesem Gedicht kann noch heute in Bad Soden-Allendorf besichtigt werden. Der alte Baum wurde zwar 1912 bei einem Gewitter entwurzelt und eine neue Linde gepflanzt, der Brunnen (mit Gedenktafel) ist aber noch derselbe wie zu Wilhelm Müllers Zeiten.

Heinrich Heine (1797–1856)

72 Du bist wie eine Blume

Du bist wie eine Blume,
So hold und schön und rein;
Ich schau dich an, und Wehmut
Schleicht mir ins Herz hinein.

Mir ist, als ob ich die Hände
Aufs Haupt dir legen sollt,
Betend, daß Gott dich erhalte
So rein und schön und hold.

Heinrich Heine wurde in Düsseldorf als Sohn eines jüdischen Tuchhändlers geboren, in Frankfurt und Hamburg zum Kaufmann ausgebildet, studierte Jura in Bonn, Göttingen und Berlin, wo er Vorlesungen auch bei Schlegel und Hegel hörte. 1825 trat er zum Protestantismus über; vergeblich bemühte er sich um eine Professur. 1831 ging er als Korrespondent der »Augsburger Allgemeinen Zeitung« nach Paris. 1835 wurden seine Schriften, wie die des »Jungen Deutschland«, in den deutschen Landen verboten. 1843 lernte er Karl Marx kennen und wurde regelmäßiger Mitarbeiter an dessen »Deutsch-Französischen Jahrbüchern«. 1848 fesselte ihn ein Rückenmarksleiden bis zu seinem Tode ans Bett, seine »Matrazengruft«.

Heines »Buch der Lieder« (1827), aus dem diese Verse stammen, war zunächst ein Ladenhüter. Marcel Reich-Ranicki dokumentiert den interessanten Weg dieses Buches: Zehn Jahre dauerte es, bis die erste Auflage von 5000 Exemplaren verkauft war. Heute gilt die Sammlung als der größte Erfolg der europäischen Liebeslyrik des 19. Jahrhunderts. Die Zahl der Übersetzungen übersteigt alles, was bisher aus der deutschen Lyrik übersetzt wurde, die Gedichte Goethes eingeschlossen. Übertroffen werden die Übersetzungen nur noch von den Vertonungen. Der Heine-Forschung zufolge gibt es allein von »Du bist wie eine Blume« 388 Vertonungen, insgesamt gehen die Kompositionen aus dem »Buch der Lieder« an die zehntausend. Schubert, Schumann, Mendelssohn Bartholdy, Brahms, Liszt, Richard Wagner, Hugo Wolf, Bruckner, Busoni, Rachmaninow haben Heine-Gedichte in Musik gesetzt. Heine selbst hat sich später von seinem »Buch der Lieder« des öfteren distanziert, Gedichte wie dieses als »in Honig getauchte Schmerzen« bezeichnet.

In den »Geständnissen« (1854) schreibt Heine fast dreißig Jahre später, er habe es »auf dieser schönen Erde zu nichts gebracht. Es ist nichts aus mir geworden, nichts als ein Dichter.« Aber er fährt fort: »Man ist viel, wenn man ein Dichter ist, wenn man gar ein großer lyrischer Dichter ist in Deutschland, unter dem Volke, das in zwei Dingen, in der Philosophie und im Liede, alle anderen Nachbarn überflügelt hat.« So wie Heine »im Liede« seine Konkurrenten!

Was dieses Gedicht aus der Fülle der »Mädchenblumen-Gedichte« hervorhebt, ist das Bild der segnenden Hände. Einer Nichte Heines zufolge soll er es für ein armes jüdisches Mädchen geschrieben haben. Elise Krinitz, Heines »Mouche«, die ihn in seiner »Matrazengruft« pflegte, schreibt in »Heinrich Heines letzte Tage« (Jena 1884): »Kein Wort wurde gewechselt, aber die Hand des Freundes, welche auf meinem Haupte lag, schien mich zu segnen. Dies war unser letztes Beisammensein.« Diese Hände sind die »Hände des jüdischen Familienvaters, der seine Kinder segnet« (Werner Kraft).

http://web.phil-fak.uni-duesseldorf.de/~karlowsd/hheine.html
http://web.phil-fak.uni-duesseldorf.de/~karlowsd/fr-salon.html
http://www.xlibris.de/autoren/heine/hebiblio/hebib01.htm

Heinrich Heine

74 Leise zieht durch mein Gemüt

Leise zieht durch mein Gemüt
Liebliches Geläute.
Klinge, kleines Frühlingslied,
Kling hinaus ins Weite.

Kling hinaus, bis an das Haus,
Wo die Blumen sprießen,
Wenn du eine Rose schaust,
Sag, ich laß sie grüßen.

Heines Verse scheinen wie »fürs Gedächtnis« geschrieben und sind ohne jede Mühe zu behalten: poetische Ohrwürmer.

Ob das Lied allerdings dieselbe Begeisterung, etwa bei Felix Mendelssohn Bartholdy, geweckt hätte, wenn Heine nicht so einsichtig gewesen wäre, eine letzte Strophe zu tilgen, die ursprünglich lautete: »Fragt sie, was es Neues gibt,/ Sag ihr: Gutes Wetter;/ Fragt sie, wie es mir ergeht,/ Sag: ich werde fetter.« Diese Strophe zeigt, daß das Gedicht ursprünglich als Parodie auf das Volkslied »An einen Boten« aus »Des Knaben Wunderhorn« gedacht war, wo es heißt: »Wenn du zu meinem Schätzel kommst/ Sag: ich ließ sie grüßen;/ Wenn sie fraget, wie mirs geht?/ Sag: auf beyden Füßen./ Wenn sie fraget: ob ich krank?/ Sag: ich sey gestorben,/ Wenn sie an zu weinen fangt,/ Sag: ich käme morgen.«

Entstanden ist das Gedicht wahrscheinlich zwischen Dezember 1830 und Mai 1831; es wurde erstmals in den »Reisebildern II« (1831) abgedruckt.

Heinrich Heine

Ein Jüngling liebt ein Mädchen *75*

Ein Jüngling liebt ein Mädchen,
Die hat einen andern erwählt;
Der andre liebt eine andre,
Und hat sich mit dieser vermählt.

Das Mädchen heiratet aus Ärger
Den ersten besten Mann,
Der ihr in den Weg gelaufen;
Der Jüngling ist übel dran.

Es ist eine alte Geschichte,
Doch bleibt sie immer neu;
Und wem sie just passieret,
Dem bricht das Herz entzwei.

Dieses Gedicht aus dem »Lyrischen Intermezzo« (1832) ist Heines Cousine Amalie zu verdanken. Es macht, für Heines frühe Periode unüblich, keinen Gebrauch von den romantischen Requisiten wie Mondlicht, Blumen, Rosen, Mai. Denn diesmal war es ernst, und beinahe verschlug es Heine die Sprache, so knapp faßte er sich. Heine liebte seine Hamburger Cousine Amalie, sie aber einen anderen. Diesem wiederum war ein anderes Mädchen lieber. Dennoch heiratete Amalie nicht ihren Vetter. Diese Erfahrung hinterließ bei Heine eine tiefe Wunde: »Ja, das ist die Klippe, woran mein Verstand gescheitert ist, und die ich dennoch in Todesangst umklammern möchte. Es ist eine alte Geschichte.«

Robert Schumann hat auch dieses Lied vertont und – darauf hat Marcel Reich-Ranicki zu Recht hingewiesen – gänzlich mißverstanden, weil verharmlost. Werner Kraft hält das Gedicht für »banal«, Reich-Ranicki für »vollkommen«. Wer hat recht? Am Ende beide? Jedenfalls liest es sich wie das Exposé zu einem Film: Immer wieder neu zu besetzen.

Nikolaus Lenau (1802–1850)

76 Die drei Zigeuner

Drei Zigeuner fand ich einmal
Liegen an einer Weide,
Als mein Fuhrwerk mit müder Qual
Schlich durch sandige Heide.

Hielt der eine für sich allein
In den Händen die Fiedel,
Spielte, umglüht vom Abendschein,
Sich ein feuriges Liedel.

Hielt der zweite die Pfeif im Mund,
Blickte nach seinem Rauche,
Froh, als ob er vom Erdenrund
Nichts zum Glücke mehr brauche.

Und der dritte behaglich schlief,
Und sein Zimbal am Baum hing,
Über die Saiten der Windhauch lief,
Über sein Herz ein Traum ging.

An den Kleidern trugen die drei
Löcher und bunte Flicken,
Aber sie boten trotzig frei
Spott den Erdengeschicken.

Dreifach haben sie mir gezeigt,
Wenn das Leben uns nachtet,
Wie man's verraucht, verschläft, vergeigt,
Und es dreimal verachtet.

Nach den Zigeunern lang noch schaun
Mußt ich im Weiterfahren,
Nach den Gesichtern dunkelbraun,
Den schwarzlockigen Haaren.

Lenau wurde als Nikolaus Niembsch in Ungarn geboren. Nachdem der Großvater 1820 zum Edlen von Strehlenau geadelt worden war, nannte er sich (Streh)Lenau. Seit seinem dreißigsten Lebensjahr war Lenau ständig auf Reisen. Sie führten ihn bis nach Amerika, wo er sich als Farmer versuchte und scheiterte. Nach seiner Rückkehr lebte er nur noch als reisender Poet, ohne festen Wohnsitz, ohne bürgerlichen Beruf, ohne festes Einkommen, umgetrieben zwischen Wiener Kaffeehäusern und schwäbischen Dichtersalons. Nach mehreren Selbstmordversuchen wurde er 1844 in eine Heilanstalt bei Stuttgart, dann nach Wien gebracht. Dort lebte er noch sechs Jahre im Wahnsinn.

Lenau war einer der bekanntesten Dichter der Restaurationszeit. Er machte sich selbst zur Poesie: »Ich will mich selbst an das Kreuz schlagen, wenn es nur ein gutes Gedicht gibt.«

»Die drei Zigeuner« schrieb Lenau in der Zeit um 1837/38. Sein Freund Max von Löwenthal berichtet, wie es bei der Begegnung zwischen dem österreichisch-ungarischen Adligen und den Zigeunern wirklich zuging: Auf zerlumpte, hungrige Bettelzigeuner sei er in Wien gestoßen, habe sie auf ungarisch angeredet, sie mit ins Bierhaus genommen, »wo er sie mit Speis und Trank versorgte und sich von ihnen aufspielen ließ«.

Bei wiederholtem lauten Lesen hören Sie den eigenartigen Rhythmus des Gedichts; mit Recht nennt Hans Mayer es deshalb »ein deutsches Poem, das Ungarisch spricht«. In dem Gedicht von den drei Zigeunern halten sich Melancholie und Liebe zum Leben auf eine für Lenau einzigartige Weise die Waage.

http://www.conat.com/lenau/
http://gutenberg.aol.de/autoren/lenau.htm

Eduard Mörike (1804–1875)

78 Er ists

Frühling läßt sein blaues Band
Wieder flattern durch die Lüfte;
Süße, wohlbekannte Düfte
Streifen ahnungsvoll das Land.
Veilchen träumen schon,
Wollen balde kommen.
– Horch, von fern ein leiser Harfenton!
Frühling, ja du bists!
Dich hab ich vernommen!

Eduard Mörike wuchs in Ludwigsburg auf, als siebtes Kind des Stadt- und Amtsarztes, und studierte Theologie am Tübinger Stift. Nach Abschluß des Studiums übernahm er ein Vikariat, versuchte aber immer wieder – vergeblich – als freier Schriftsteller Fuß zu fassen. 1832 erschien sein Roman »Maler Nolten«, 1838 die erste Ausgabe der »Gedichte«. 1843 wurde er auf eigenen Wunsch pensioniert und übernahm 1851 die sogenannten »Frauenzimmerlektionen« am Stuttgarter Katharinenstift. In den folgenden Jahren in Stuttgart schrieb Mörike Gedichte, Erzählungen und Novellen, darunter eine der schönsten Novellen deutscher Sprache: »Mozart auf der Reise nach Prag«.

Mörike gehört zu den großen Dichtern schwäbischer Herkunft. Gottfried Keller, der Schweizer, nannte ihn wegen seiner musikalisch-gefühlvollen Kunst einen »Sohn des Horaz und einer feinen Schwäbin«. Von Mörikes Lyrik wurden viele Lieder-Komponisten angezogen; es gibt u.a. Vertonungen von Schumann, Brahms, Reger, Pfitzner, Schoeck und vor allem von Hugo Wolf.

»Mochten Uhland und Lenau, Herwegh oder Freiligrath mit ihren Gedichten zu ihrer Zeit mehr gehört und gelesen worden sein, vielleicht auch mehr den Aktualitäten des Tages entsprochen haben, den Weg in die Zukunft erschloß nicht ihre Dichtung, sondern die Lyrik Mörikes« (Bernhard Zeller). Schon Friedrich Gundolf hat auf die Verwandtschaft mit Baudelaire, andere haben auf die Nähe zu Rimbaud und Verlaine und zu der Dichtung des Symbolismus hingewiesen.

Das sprichwörtlich gewordene »blaue Band« des Frühlings flattert zum ersten Mal im zweiten Teil des »Maler Nolten«. Nolten erholt sich gerade von einer Krankheit, als »der lieblichste Gesang ertönte ... wovon wir wenigstens einen Vers anführen wollen«. Es folgt das Gedicht »Er ists«, und dann heißt es: »Die Strophen bezeichneten ganz jene zärtlich aufgeregte Stimmung, womit die neue Jahreszeit den Menschen, und den Genesenden weit inniger als den Gesunden, heimzusuchen pflegt.«

Lesen Sie das Gedicht, nicht zu laut, so vor sich hin, und Sie werden es durch die Zeilen flattern *hören*, das »blaue Band«!

http://gutenberg.aol.de/autoren/moerike.htm

Gottfried Keller (1819–1898)

80 Die Zeit geht nicht

Die Zeit geht nicht, sie stehet still,
Wir ziehen durch sie hin;
Sie ist ein Karawanserei,
Wir sind die Pilger drin.

Ein Etwas, form- und farbenlos,
Das nur Gestalt gewinnt,
Wo ihr drin auf und nieder taucht,
Bis wieder ihr zerrinnt.

Es blitzt ein Tropfen Morgentau
Im Strahl des Sonnenlichts;
Ein Tag kann eine Perle sein
Und ein Jahrhundert nichts.

Es ist ein weisses Pergament
Die Zeit, und jeder schreibt
Mit seinem roten Blut darauf,
Bis ihn der Strom vertreibt.

An dich, du wunderbare Welt,
Du Schönheit ohne End',
Auch ich schreib' meinen Liebesbrief
Auf dieses Pergament.

Froh bin ich, daß ich aufgeblüht
In deinem runden Kranz;
Zum Dank trüb' ich die Quelle nicht
Und lobe deinen Glanz.

Gottfried Keller war der Sohn eines Drechslermeisters in Zürich und wuchs in ärmlichen Verhältnissen auf. Er war fünf Jahre alt, als der Vater starb. Versuche, sich als Maler auszubilden, scheiterten. In den vierziger Jahren beteiligte er sich an den politischen Kämpfen in der Schweiz. Anschließend ging er mit einem Stipendium der Stadt Zürich nach Heidelberg (1848/49), wo er Vorlesungen bei Ludwig Feuerbach hörte. Nach einem Aufenthalt in Berlin kehrte Keller 1856 als Stadtschreiber nach Zürich zurück. Berühmt ist Keller vor allem durch seinen an Goethes »Wilhelm Meister« orientierten Bildungsroman »Der grüne Heinrich« und seine Erzählungen, u.a. »Die Leute von Seldwyla«.

Keller hat das Gedicht »Die Zeit geht nicht« in seine »Gesammelten Gedichte« (1883) aufgenommen, als zweites Gedicht der Abteilung »Sonnwende und Entsagen«. Zuerst gedruckt, in einer etwas abweichenden Fassung, wurde es in den »Neueren Gedichten« von 1851 in der Abteilung »Aus dem Leben«. Mit Sicherheit ist das Gedicht entstanden, nachdem Keller in Heidelberg die Vorlesungen von Feuerbach gehört hatte.

Auf die Frage, ob ihm Feuerbachs Thesen das Leben prosaischer und gewöhnlicher gemacht hätten, schreibt Keller: »Die Welt ist mir unendlich schöner und tiefer geworden, das Leben ist wertvoller und intensiver, der Tod ernster, bedenklicher und fordert mich nun erst recht mit aller Macht auf, meine Aufgaben zu erfüllen und mein Bewußtsein zu reinigen und zu befriedigen, da ich keine Aussicht habe, das Versäumte in irgendeinem Winkel der Welt nachzuholen.«

Walter Benjamin hat recht, wenn er Kellers Welt nicht als ein »besonntes Hieronymusstübchen« sieht, sondern als einen »Bannraum, wo ... immer wieder Gesichte sich bildeten«.

http://www.xlibris.de/Autoren/Keller/KeBio/KeBio01.htm
http://gutenberg.aol.de/keller/gedichte/0htmldir.htm

Gottfried Keller

82 Abendlied

Augen, meine lieben Fensterlein,
Gebt mir schon so lange holden Schein,
Lasset freundlich Bild um Bild herein:
Einmal werdet ihr verdunkelt sein!

Fallen einst die müden Lider zu,
Löscht ihr aus, dann hat die Seele Ruh';
Tastend streift sie ab die Wanderschuh',
Legt sich auch in ihre finstre Truh'.

Noch zwei Fünklein sieht sie glimmend stehn
Wie zwei Sternlein, innerlich zu sehn,
Bis sie schwanken und dann auch vergehn,
Wie von eines Falters Flügelwehn.

Doch noch wandl' ich auf dem Abendfeld,
Nur dem sinkenden Gestirn gesellt;
Trinkt, o Augen, was die Wimper hält,
Von dem goldnen Überfluß der Welt!

Welch ein zärtlicher Lobgesang auf unsere Augen! Wehmütig gedämpft scheint das stürmische Lied des Turmwärters Lynkeus (s. S. 229) noch einmal aufzuklingen.

Durch das Bewußtsein der Vergänglichkeit, das in jeder letzten Zeile der vorangehenden Strophen beschworen wird, gewinnen die berühmten beiden letzten Zeilen der letzten Strophe ihre besondere Leuchtkraft. Theodor Storm nannte dieses Gedicht, das 1879 entstand, das »reinste Gold der Lyrik«, andere Gedichte Kellers kritisierte er. Darauf schrieb ihm Keller: »Die Aufnahme meines kleinen Abendliedes bei Ihnen hatte ... mich, wie die menschlichen Dinge sind, um so mehr gefreut, je müheloser und aus sich selbst die paar Ströphchen entstanden sind. Wir können nun aber nicht, wie Sie kritisch verlangen, mit fünf oder sechs dergleichen Lufttönen allein durchs Leben kommen, sondern brauchen noch etwas Ballast dazu, sonst verfliegen und verwehen uns jene sofort.«

Was die »fünf oder sechs Lufttöne« angeht ist interessant zu lesen, was Gottfried Benn über die Anzahl »vollendeter Gedichte« als Fazit eines Dichterlebens schrieb (s. S. 269).

Conrad Ferdinand Meyer (1825–1898)

84 Zwei Segel

Zwei Segel erhellend
Die tiefblaue Bucht!
Zwei Segel sich schwellend
Zu ruhiger Flucht!

Wie eins in den Winden
Sich wölbt und bewegt,
Wird auch das Empfinden
Des andern erregt.

Begehrt eins zu hasten,
Das andre geht schnell.
Verlangt eins zu rasten,
Ruht auch sein Gesell.

Conrad Ferdinand Meyer wuchs in Zürich als Sohn einer alten Patrizierfamilie in enger Bindung an die Mutter auf. Das Jurastudium mußte er wegen eines Aufenthalts in einer Nervenheilanstalt abbrechen. Nach dem Selbstmord seiner Mutter lebte er in Paris und Rom. 1871 begann Meyer zu schreiben; aus Bewunderung für die Politik Bismarcks, trotz seiner französischen Bildung, in deutscher Sprache. Noch im selben Jahr veröffentlichte er die Verserzählung »Huttens letzte Tage«. Meyer litt zeitlebens an Depressionen, mußte 1892 noch einmal in eine Nervenheilanstalt und starb geistig gestört in Kilchberg bei Zürich.

Das Gedicht »Zwei Segel« schrieb Meyer, als er, schon über fünfzig Jahre alt, durch eine Heirat endlich einen festen gesellschaftlichen Halt in Kilchberg am Zürichsee gefunden hatte (dort lebte übrigens nach seiner Rückkehr aus den USA bis zu seinem Tod auch Thomas Mann). Meyer veröffentlichte seinen Band »Gedichte« erst 1882 (Teilsammlungen 1864 und 1869), nachdem er als epischer Dichter und Erzähler bereits ein bewunderter Schriftsteller geworden war.

Meyers Handschrift sucht den »großen Styl«. Er selbst sagte, er verdanke »die stärksten Impulse zum dichterischen Schaffen« Michelangelo und dessen Überzeugung, daß die wesentliche Form allen künstlerischen Schaffens bereits im Stoff selber angelegt sei. Diese Form herauszuarbeiten wie der Bildhauer die Form aus dem Marmor, war Meyer unermüdlich bestrebt. Das erweisen die zahlreichen Fassungen zu seinen Gedichten, die aus Entwürfen durch Weglassen jedes überflüssigen Wortes das Gedicht gewissermaßen herausmeißeln. Wegen dieser Formstrenge hatte die Lyrik Meyers einen bedeutenden Einfluß auf die Moderne; wir spüren sie bei Rilke, bei George und sogar beim späten Benn.

»Zwei Segel« findet sich in der Mitte des Gedichtbandes von 1882, im Teil V, dem Abschnitt »Liebe«.

http://gutenberg.aol.de/autoren/frames/cfmeyer.htm

Bertolt Brecht (1898-1956)

86 Erinnerung an die Marie A.

1
An jenem Tag im blauen Mond September
Still unter einem jungen Pflaumenbaum
Da hielt ich sie, die stille bleiche Liebe
In meinem Arm wie einen holden Traum.
Und über uns im schönen Sommerhimmel
War eine Wolke, die ich lange sah
Sie war sehr weiß und ungeheuer oben
Und als ich aufsah, war sie nimmer da.

2
Seit jenem Tag sind viele, viele Monde
Geschwommen still hinunter und vorbei.
Die Pflaumenbäume sind wohl abgehauen
Und fragst du mich, was mit der Liebe sei?
So sag ich dir: ich kann mich nicht erinnern
Und doch, gewiß, ich weiß schon, was du meinst.
Doch ihr Gesicht, das weiß ich wirklich nimmer
Ich weiß nur mehr: ich küßte es dereinst.

3
Und auch den Kuß, ich hätt ihn längst vergessen
Wenn nicht die Wolke dagewesen wär
Die weiß ich noch und werd ich immer wissen
Sie war sehr weiß und kam von oben her.
Die Pflaumenbäume blühn vielleicht noch immer
Und jene Frau hat jetzt vielleicht das siebte Kind
Doch jene Wolke blühte nur Minuten
Und als ich aufsah, schwand sie schon im Wind.

Brecht wuchs als Sohn eines erfolgreichen Papiermachers in Augsburg auf, begann in München ein Medizinstudium und wurde dort Dramaturg an den Kammerspielen. Für sein erstes Stück, »Trommeln in der Nacht«, erhielt er 1922 den Kleistpreis, zwei Jahre später ging er als Dramaturg nach Berlin zu Max Reinhardt. Seit den zwanziger Jahren stand er der Kommunistischen Partei Deutschlands nahe und beschäftigte sich intensiv mit dem Marxismus. 1933 emigrierte er über die Tschechoslowakei und Frankreich nach Dänemark, später nach Finnland und Kalifornien. 1947 kehrte er über Zürich und Wien nach Ostberlin zurück. Brecht, der die List als eine für das Überleben notwendige Tugend pries, hatte, als er bei seiner Rückkehr den ostdeutsch-sozialistischen Teil Deutschlands wählte, einen österreichischen Paß, einen westdeutsch-kapitalistischen Verlag, ein ostdeutsches Theater (das Berliner Ensemble) und ein Konto in der Schweiz. Er starb in Ostberlin und ist dort auf dem Dorotheenstädtischen Friedhof begraben.

Im Februar 1920 schrieb der knapp zweiundzwanzigjährige Brecht das Gedicht »Erinnerung an die Marie A.« zunächst als »Sentimentales Lied Nr. 1004« ins Notizbuch. Quelle und Anregung für dieses Gedicht war ein französischer Schlager, der in deutscher Fassung als »Verlornes Glück« zu Anfang des Jahrhunderts weit verbreitet war. Der ursprüngliche Titel dieses Gedichts ist mit seiner Zahl »1004« eine Anspielung auf Don Juan, der in seinem Liebesregister »aber in Spanien 1003« Frauen verzeichnet. Für die »Hauspostille« überarbeitete Brecht das »Sentimentale Lied« geringfügig und gab ihm den jetzigen Titel. Marie A. bezieht sich wahrscheinlich auf Marie Rose Aman, eine Jugendliebe Brechts in Augsburg.

http://polyglot.lss.wisc.edu/german/brecht/index.htm
http://ourworld.compuserve.com/homepages/literaturforum_im_brechthaus/default.htm

Bertolt Brecht

88 Die Liebenden

Sieh jene Kraniche in großem Bogen!
Die Wolken, welche ihnen beigegeben
Zogen mit ihnen schon, als sie entflogen
Aus einem Leben in ein andres Leben.
In gleicher Höhe und mit gleicher Eile
Scheinen sie alle beide nur daneben.
Daß so der Kranich mit der Wolke teile
Den schönen Himmel, den sie kurz befliegen
Daß also keines länger hier verweile
Und keines andres sehe als das Wiegen
Des andern in dem Wind, den beide spüren
Die jetzt im Fluge beieinander liegen
So mag der Wind sie in das Nichts entführen
Wenn sie nur nicht vergehen und sich bleiben
Solange kann sie beide nichts berühren
Solange kann man sie von jedem Ort vertreiben
Wo Regen drohen oder Schüsse schallen.
So unter Sonn und Monds wenig verschiedenen Scheiben
Fliegen sie hin, einander ganz verfallen.
Wohin, ihr? – Nirgendhin. – Von wem davon? – Von allen.
Ihr fragt, wie lange sind sie schon beisammen?
Seit kurzem. – Und wann werden sie sich trennen? – Bald.
So scheint die Liebe Liebenden ein Halt.

Brecht hatte diese Verse ursprünglich 1928 als Gedicht entworfen und im Jahr darauf in die Oper »Aufstieg und Fall der Stadt Mahagonny« eingearbeitet.

Ernst Bloch zufolge hat er sie nach einer Lektüre Shakespeares in einer Nacht geschrieben, um durch »hohe Kunst« die Aufführung der »Mahagonny«-Oper dem drohenden Verbot zu entziehen. Jenny und Paul sprechen die Verse in der 14. Szene, die mit »Lieben« überschrieben ist, im Zimmer eines Bordells als Duett (Regieanweisung: »Er raucht, sie schminkt sich«).

1950 hat Brecht den Dialog wieder in ein monologisches Gedicht umgeformt, ein Gedicht vom Glück und von der Vergänglichkeit der Liebe; Verse, die wie das Kranichpaar schweben. Karl Kraus schrieb: »Für die Verse von Kranich und Wolke jedoch gebe ich die Literatur sämtlicher Literaten hin, die sich irrtümlich für seine Zeitgenossen halten.«

Bertolt Brecht

90 Liebeslied (1)

Als ich nachher von dir ging
An dem großen Heute
Sah ich, als ich sehn anfing
Lauter lustige Leute.

Und seit jener Abendstund
Weißt schon, die ich meine
Hab ich einen schönern Mund
Und geschicktere Beine.

Grüner ist, seit ich so fühl
Baum und Strauch und Wiese
Und das Wasser schöner kühl
Wenn ich's auf mich gieße.

Brecht schrieb dieses Gedicht 1950 und gab ihm zuerst den Titel »Lied einer Liebenden«. Es wäre dann als Rollengedicht, als Lied einer Frau zu verstehen gewesen. Doch schon als er das Gedicht (mit drei weiteren Gedichten) dem Komponisten Paul Dessau gab, hatte Brecht den Titel in »Liebeslied (1)« geändert. »Einen schönern Mund/ Und geschicktere Beine« gönnte Brecht wohl jeder »Seele, die liebt«, ob männlich oder weiblich.

Gedruckt wurde das Lied zuerst 1953 im Programmheft zu einem Konzert Paul Dessaus.

Bertolt Brecht

Das Lied von der Moldau

Am Grunde der Moldau wandern die Steine
Es liegen drei Kaiser begraben in Prag.
Das Große bleibt groß nicht und klein nicht das Kleine.
Die Nacht hat zwölf Stunden, dann kommt schon der Tag.

Es wechseln die Zeiten. Die riesigen Pläne
Der Mächtigen kommen am Ende zum Halt.
Und gehn sie einher auch wie blutige Hähne
Es wechseln die Zeiten, da hilft kein Gewalt.

Am Grunde der Moldau wandern die Steine
Es liegen drei Kaiser begraben in Prag.
Das Große bleibt groß nicht und klein nicht das Kleine.
Die Nacht hat zwölf Stunden, dann kommt schon der Tag.

Brecht schrieb das »Moldaulied«, wie er es genannt hat (im Typoskript »Es wechseln die Zeiten«), für sein Stück »Schweyk«. Am Ende von Szene 6 heißt es in der Regieanweisung: »Ihre Gläser spülend singt Frau Kopecka das Lied von der Moldau.« Brecht tat sich mit diesen Versen außerordentlich schwer: »Es fehlt noch das Moldaulied. Merkwürdigerweise kann ich es nicht schreiben. Ich habe den Inhalt und die Verse, aber das ganze wird nichts. Hin und wieder kriege ich einen Schimmer von der Agonie der Unbegabten.«

Angeregt wurde das Gedicht von dem französischen Chanson »Au fond de la Seine« von Maurice Magre. Hanns Eisler vertonte es für den »Schweyk« als »Das Lied von der Moldau«.

Zur Erläuterung: Im St.-Veit-Dom auf dem Hradschin von Prag sind deutsche Kaiser und König Wenzel begraben.

Balladen

Unbekannter Dichter

Es waren zwei Königskinder

Es waren zwei Königskinder,
die hatten einander so lieb,
sie konnten zusammen nicht kommen,
das Wasser war viel zu tief.

»Ach, Liebster, kannst du nicht schwimmen,
so schwimme doch her zu mir,
drei Kerzen will ich dir anzünden,
und die sollen leuchten dir.«

Das hört' eine falsche Nonne,
die tat, als wenn sie schlief,
sie tät' die Kerzen auslöschen,
der Jüngling ertrank so tief.

Ein Fischer wohl fischte lange,
bis er den Toten fand:
»Sieh da, du liebliche Jungfrau,
hast hier deinen Königssohn.«

Sie nahm ihn in die Arme
Und küßt' ihm den bleichen Mund,
es mußt' ihr das Herze brechen,
sank in den Tod zur Stund'.

Das Motiv dieser Volksballade ist uralt, es geht auf die antike Sage von Hero und Leander zurück. Durch Ovids »Heroiden« wurde es in die nationalen Literaturen des Abendlandes getragen und dort jeweils neu geformt. In Deutschland finden wir erste Fassungen im 16. Jahrhundert. Schon damals sang man diese Ballade als Lied. Annette von Droste-Hülshoff schätzte das Gedicht so sehr, daß sie es in westfälischer Mundart notierte.

Johann Wolfgang Goethe (1749–1832)

96 Erlkönig

Wer reitet so spät durch Nacht und Wind?
Es ist der Vater mit seinem Kind;
Er hat den Knaben wohl in dem Arm,
Er faßt ihn sicher, er hält ihn warm.

Mein Sohn, was birgst du so bang dein Gesicht? –
Siehst, Vater, du den Erlkönig nicht?
Den Erlenkönig mit Kron und Schweif? –
Mein Sohn, es ist ein Nebelstreif. –

»Du liebes Kind, komm, geh mit mir!
Gar schöne Spiele spiel ich mit dir;
Manch bunte Blumen sind an dem Strand,
Meine Mutter hat manch gülden Gewand.«

Mein Vater, mein Vater, und hörest du nicht,
Was Erlenkönig mir leise verspricht? –
Sei ruhig, bleibe ruhig, mein Kind;
In dürren Blättern säuselt der Wind. –

»Willst, feiner Knabe, du mit mir gehn?
Meine Töchter sollen dich warten schön;
Meine Töchter führen den nächtlichen Reihn,
Und wiegen und tanzen und singen dich ein.«

Mein Vater, mein Vater, und siehst du nicht dort
Erlkönigs Töchter am düstern Ort? –
Mein Sohn, mein Sohn, ich seh es genau:
Es scheinen die alten Weiden so grau. –

»Ich liebe dich, mich reizt deine schöne Gestalt;
Und bist du nicht willig, so brauch ich Gewalt.«
Mein Vater, mein Vater, jetzt faßt er mich an!
Erlkönig hat mir ein Leids getan! –

Dem Vater grausets, er reitet geschwind,
Er hält in Armen das ächzende Kind,
Erreicht den Hof mit Müh und Not;
In seinen Armen das Kind war tot.

Die Ballade verkörpert für Goethe den Urtypus der Poesie, weil hier die »drei Grundarten der Poesie«, das Lyrische, Epische und Dramatische, »noch nicht getrennt, sondern wie in einem lebendigen Ur-Ei zusammen sind«, aus dem sich dann erst die jeweiligen Dichtungsarten entfalten. Und weiter heißt es: »Die Ballade hat etwas Mysterioses, ohne mystisch zu sein; diese letzte Eigenschaft eines Gedichts liegt im Stoff, jene in der Behandlung.« Das Heraufbeschwören eines »uraltgeschichtlich Überlieferten« ist ein bevorzugter Themenbereich der Goetheschen Balladen. Deshalb spielt die märchenhaft phantasievolle Sicht des Kindes für Goethes Balladen eine so große Rolle, nicht nur im »Erlkönig«, sondern auch in »Die wandelnde Glocke« oder »Der getreue Eckart«.

Goethe schrieb den »Erlkönig« 1782. Die Ballade wurde seinem Singspiel »Die Fischerin« eingefügt und dort im selben Jahr zum ersten Mal gedruckt. Den Stoff kannte er aus der dänischen Volksballade »Erlkönigs Tochter« in der Herderschen Übersetzung. Durch falsche Übersetzung war aus dem dänischen »ellerkonge« nicht ein Elfenkönig, wie es korrekt hätte heißen müssen, sondern ein »Erlkönig« geworden, was Goethes Phantasie erst recht angeregt haben mag.

Beim lauten Sprechen des Gedichts spüren wir die Verlockung des »Erlkönigs« in der Häufung der Alliterationen buchstäblich auf der Zunge, insbesondere in der dritten Strophe: »Kind, komm; mit mir; schöne Spiele spiel; bunte Blumen; Meine Mutter hat manch gülden Gewand.«

Golo Mann nannte den »Erlkönig« die »deutsche Urballade«.

Johann Wolfgang Goethe

98 Der Schatzgräber

Arm am Beutel, krank am Herzen,
Schleppt ich meine langen Tage.
Armut ist die größte Plage,
Reichtum ist das höchste Gut!
Und, zu enden meine Schmerzen,
Ging ich, einen Schatz zu graben.
Meine Seele sollst du haben!
Schrieb ich hin mit eignem Blut.

Und so zog ich Kreis' um Kreise,
Stellte wunderbare Flammen,
Kraut und Knochenwerk zusammen:
Die Beschwörung war vollbracht.
Und auf die gelernte Weise
Grub ich nach dem alten Schatze
Auf dem angezeigten Platze;
Schwarz und stürmisch war die Nacht.

Und ich sah ein Licht von weiten,
Und es kam gleich einem Sterne
Hinten aus der fernsten Ferne,
Eben als es zwölfe schlug.
Und da galt kein Vorbereiten:
Heller ward's mit einem Male
Von dem Glanz der vollen Schale,
Die ein schöner Knabe trug.

Holde Augen sah ich blinken
Unter dichtem Blumenkranze;
In des Trankes Himmelsglanze
Trat er in den Kreis herein.
Und er hieß mich freundlich trinken;
Und ich dacht: es kann der Knabe
Mit der schönen lichten Gabe
Wahrlich nicht der Böse sein.

»Trinke Mut des reinen Lebens!
Dann verstehst du die Belehrung,
Kommst, mit ängstlicher Beschwörung,
Nicht zurück an diesen Ort.
Grabe hier nicht mehr vergebens:
Tages Arbeit! Abends Gäste!
Saure Wochen! Frohe Feste!
Sei dein künftig Zauberwort.«

»Der Schatzgräber« entstand, wie »Der Zauberlehrling« (S. 101) oder Schillers »Der Handschuh« (S. 106), 1797 für den »Musenalmanach für das Jahr 1798«; das Gedicht war das Ergebnis der engen Zusammenarbeit der Freunde im »Balladenjahr« (obwohl es sich bei dem »Schatzgräber« eher um eine Parabel handelt).

Den Stoff zum Gedicht entdeckte Goethe vermutlich im Mai 1797; er sah eine Kupferstich-Illustration zu einem Werk Petrarcas in deutscher Übersetzung, »Trostspiegel in Glück und Unglück«; jedenfalls notierte er am 21. Mai 1797 im Tagebuch: »Artige Idee; daß ein Kind einem Schatzgräber eine leuchtende Schale bringt.«

Es gab aber auch einen sehr persönlichen Anlaß für dieses Gedicht zu diesem Zeitpunkt: Goethe hatte am 20. Mai 1797 über den Justizrat Hufeland bei der Hamburger Stadtlotterie ein Los für die 116. Ausspielung bestellt. Goethe hatte diese Ausspielung wohl besonders gereizt, weil er – allerdings irrtümlich – die Ankündigung so verstanden hatte, als wären 60000 Mark und dazu der Erwerb des schlesischen Gutes Schockwitz dem glücklichen Gewinner in Aussicht gestellt.

100 Am 23. Mai schickte er dann den »Schatzgräber« an Schiller, und dieser – offenbar in Kenntnis des Vorausgegangenen – antwortete prompt am selben Tage nicht nur, daß dieses Gedicht »so musterhaft schön und rund und vollendet [sei], daß ich recht dabei gefühlt habe, wie auch ein kleines Ganze, eine einfache Idee durch die vollkommene Darstellung einem den Genuß des Höchsten geben kann«; belustigt meinte Schiller, dem Gedicht sei »die Geistesatmosphäre anzumerken, in der Sie gerade leben mochten«.

Das Lotteriespiel Goethes, um das sich in erster Linie seine Mutter in Frankfurt kümmerte, war vermutlich nicht sehr ertragreich. »Der Schatzgräber« jedoch wurde zu einem der Gedichte, ohne das kein Deutschunterricht auskommen konnte.

Spüren Sie beim lauten Lesen, wie Sie in den Sog der trochäischen Verse geraten, wie Sie von Zeile zu Zeile mit dem »Schatzgräber« hoffen, endlich auf das ersehnte Gold zu stoßen, innehalten zu dürfen. Aber die kunstvolle Reimverschränkung läßt Sie nicht zur Ruhe kommen, bis Sie aus dem Munde des »schönen Knaben« mit einem Satz für den »Zitaten-Schatz« erlöst werden. So anmutig und spielerisch ist Arbeitsmoral mit gutbürgerlicher Lebensfreude kaum wieder verbunden worden.

Johann Wolfgang Goethe

Der Zauberlehrling *101*

Hat der alte Hexenmeister
Sich doch einmal wegbegeben!
Und nun sollen seine Geister
Auch nach meinem Willen leben.
Seine Wort' und Werke
Merkt ich und den Brauch,
Und mit Geistesstärke
Tu ich Wunder auch.

Walle! walle
Manche Strecke,
Daß, zum Zwecke,
Wasser fließe
Und mit reichem, vollem Schwalle
Zu dem Bade sich ergieße.

Und nun komm, du alter Besen!
Nimm die schlechten Lumpenhüllen;
Bist schon lange Knecht gewesen:
Nun erfülle meinen Willen!
Auf zwei Beinen stehe,
Oben sei ein Kopf,
Eile nun und gehe
Mit dem Wassertopf!

Walle! walle
Manche Strecke,
Daß, zum Zwecke,
Wasser fließe
Und mit reichem, vollem Schwalle
Zu dem Bade sich ergieße.

Seht, er läuft zum Ufer nieder,
Wahrlich! ist schon an dem Flusse,
Und mit Blitzesschnelle wieder
Ist er hier mit raschem Gusse.
Schon zum zweiten Male!
Wie das Becken schwillt!
Wie sich jede Schale
Voll mit Wasser füllt!

Stehe! stehe!
Denn wir haben
Deiner Gaben
Vollgemessen! –
Ach, ich merk es! Wehe! wehe!
Hab ich doch das Wort vergessen!

Ach, das Wort, worauf am Ende
Er das wird, was er gewesen.
Ach, er läuft und bringt behende!
Wärst du doch der alte Besen!
Immer neue Güsse
Bringt er schnell herein,
Ach! und hundert Flüsse
Stürzen auf mich ein.

Nein, nicht länger
Kann ichs lassen;
Will ihn fassen.
Das ist Tücke!
Ach! nun wird mir immer bänger!
Welche Miene! welche Blicke!

O, du Ausgeburt der Hölle!
Soll das ganze Haus ersaufen?
Seh ich über jede Schwelle
Doch schon Wasserströme laufen.
Ein verruchter Besen,
Der nicht hören will!
Stock, der du gewesen,
Steh doch wieder still!

Willsts am Ende
Gar nicht lassen?
Will dich fassen,
Will dich halten
Und das alte Holz behende
Mit dem scharfen Beile spalten.

Seht, da kommt er schleppend wieder!
Wie ich mich nur auf dich werfe,
Gleich, o Kobold, liegst du nieder;
Krachend trifft die glatte Schärfe.
Wahrlich! brav getroffen!
Seht, er ist entzwei!
Und nun kann ich hoffen,
Und ich atme frei!

Wehe! wehe!
Beide Teile
Stehn in Eile
Schon als Knechte
Völlig fertig in die Höhe!
Helft mir, ach! ihr hohen Mächte!

Und die laufen! Naß und nässer
Wirds im Saal und auf den Stufen.
Welch entsetzliches Gewässer!
Herr und Meister! hör mich rufen! –
Ach, da kommt der Meister!
Herr, die Not ist groß!
Die ich rief, die Geister
Werd ich nun nicht los.

»In die Ecke,
Besen! Besen!
Seids gewesen.
Denn als Geister
Ruft euch nur, zu diesem Zwecke,
Erst hervor der alte Meister.«

Die Ballade »Der Zauberlehrling« erschien erstmals im »Musenalmanach für das Jahr 1798« zusammen mit vier anderen Balladen von Goethe und sechs Balladen von Schiller. Beide Dichter haben in dieser Zeit besonders an ihren Balladen eng zusammengearbeitet. In rascher Folge war von Ende Mai bis Anfang Juli 1797 eine Reihe ihrer großen Balladen entstanden, der »Zauberlehrling« während Schillers Besuch in Weimar.

Die Quelle findet sich bei Lucian (125-190 n. Chr.) »Der Lügenfreund oder der Ungläubige«, vermutlich in der Übersetzung Wielands. Vielleicht kannte Goethe den Stoff aber auch schon aus seiner Schulzeit. »Mir drückten sich gewisse große Motive, Legenden, uraltgeschichtlich Überliefertes so tief in den Sinn, daß ich sie vierzig bis fünfzig Jahre lebendig im Inneren erhielt«, schrieb er 1823 in seinem Aufsatz »Bedeutende Fördernis durch ein einziges geistreiches Wort«. Das Motiv kommt auch in »Wilhelm Meisters Lehrjahre« vor (Drittes Buch, Neuntes Kapitel).

Man muß die ganze Ballade und nicht nur die berühmten letzten Zeilen laut lesen: »Das Geheimnisvolle der Ballade entspringt aus der Vortragsweise« (Goethe). An Zelter schrieb er im Juni 1827: »Die glücklich lebendige Verschmelzung des Epischen und Dramatischen in höchst lakonischem Vortrag ist nicht genug zu bewundern.« Goethe selbst las gern vor, gründete dafür 1801 die sogenannte »Mittwochsgesellschaft« und stellte 1804 ein »Taschenbuch« zusammen, in dem er eine Abteilung »Der Geselligkeit gewidmete Lieder« nannte, darunter vor allem Balladen, die ausdrücklich für den Vortrag geschrieben waren.

Friedrich Schiller (1759–1805)

106 Der Handschuh

Vor seinem Löwengarten,
Das Kampfspiel zu erwarten,
Saß König Franz,
Und um ihn die Großen der Krone,
Und rings auf hohem Balkone
Die Damen in schönem Kranz.

Und wie er winkt mit dem Finger,
Auf tut sich der weite Zwinger,
Und hinein mit bedächtigem Schritt
Ein Löwe tritt
Und sieht sich stumm
Rings um,
Mit langem Gähnen,
Und schüttelt die Mähnen
Und streckt die Glieder
Und legt sich nieder.

Und der König winkt wieder,
Da öffnet sich behend
Ein zweites Tor,
Daraus rennt
Mit wildem Sprunge
Ein Tiger hervor.
Wie der den Löwen erschaut,
Brüllt er laut,
Schlägt mit dem Schweif
Einen furchtbaren Reif
Und recket die Zunge,
Und im Kreise scheu
Umgeht er den Leu

Grimmig schnurrend,
Drauf streckt er sich murrend
Zur Seite nieder.

Und der König winkt wieder,
Da speit das doppelt geöffnete Haus
Zwei Leoparden auf einmal aus,
Die stürzen mit mutiger Kampfbegier
Auf das Tigertier;
Das packt sie mit seinen grimmigen Tatzen,
Und der Leu mit Gebrüll
Richtet sich auf – da wird's still,
Und herum im Kreis,
Von der Mordsucht heiß,
Lagern sich die greulichen Katzen.

Da fällt von des Altans Rand
Ein Handschuh von schöner Hand
Zwischen den Tiger und den Leun
Mitten hinein.

Und zu Ritter Delorges spottenderweis'
Wendet sich Fräulein Kunigund:
»Herr Ritter, ist Eure Lieb' so heiß,
Wie Ihr mir's schwört zu jeder Stund',
Ei, so hebt mir den Handschuh auf.«

Und der Ritter in schnellem Lauf
Steigt hinab in den furchtbarn Zwinger
Mit festem Schritte,
Und aus der Ungeheuer Mitte
Nimmt er den Handschuh mit keckem Finger.

Und mit Erstaunen und mit Grauen
Sehen's die Ritter und Edelfrauen,
Und gelassen bringt er den Handschuh zurück.
Da schallt ihm sein Lob aus jedem Munde,
Aber mit zärtlichem Liebesblick –
Er verheißt ihm sein nahes Glück –
Empfängt ihn Fräulein Kunigunde.
Und er wirft ihr den Handschuh ins Gesicht:
»Den Dank, Dame, begehr' ich nicht!«
Und verläßt sie zur selben Stunde.

Schiller wuchs als Sohn eines Offiziers und einer pietistisch-frommen Mutter in Marbach am Neckar auf, besuchte die berüchtigt-strenge Militärschule auf der Solitude bei Stuttgart. Unter harter militärischer Zucht studierte er Jura und Medizin, war anschließend (schlecht bezahlter) Regimentsmedikus in Stuttgart. Heimlich las er Lessing und die Dramen des »Sturm und Drang« und schrieb sein erstes Drama, »Die Räuber«. Wegen einer ungenehmigten Reise zu deren Uraufführung 1782 (ein sensationeller Erfolg) wurde er mit Arrest und Schreibverbot bestraft. Noch im selben Jahr gelang ihm die Flucht nach Mannheim, wo er anschließend als Theaterdichter lebte. 1789 erhielt er auf Vermittlung Goethes eine (unbesoldete) Gastprofessur für Geschichte in Jena, die er aus Krankheitsgründen bald wieder aufgeben mußte. 1792 wurde er Ehrenbürger der Französischen Republik. Die entscheidende Begegnung mit Goethe fand 1794 statt; 1799 zog Schiller nach Weimar, wo er seine »Wallenstein«-Trilogie beendete und einige seiner großen Dramen schrieb (»Maria Stuart«, »Die Jungfrau von Orleans«, »Wilhelm Tell«). Er starb während der Arbeit an dem Trauerspiel »Demetrius«.

Schiller schrieb den »Handschuh« 1797, im sogenannten »Balladenjahr«, als Auftragsarbeit für den »Musenalmanach für das Jahr 1798«. Viele der Balladen Schillers sind in dieser Zeit entstanden (»Der Ring des Polykrates«, »Die Kraniche des Ibykus«, »Der Gang nach dem Eisenhammer«). Bei diesen Arbeiten für den Musenalmanach nahm Schiller Anregungen von Goethe auf – und blieb doch ganz in seiner Art: ein Anwalt von Sitte und Moral. Schiller-Zitate, die in die deutsche Alltagssprache übernommen wurden, haben fast immer einen moralischen Appellcharakter.

Die Geschichte, die dem »Handschuh« zugrunde liegt, geht auf eine vorrevolutionäre französische Erzählung zurück. Schiller konfrontiert in dieser dramatischen Ballade höfische Konvention mit freiheitlicher Ehre. Um dieser Ehre willen verletzt Ritter Delorges die Sitten seiner Zeit: »Und er wirft ihr den Handschuh ins Gesicht.« Goethes Freundin Frau von Stein (ganz konventionelle Aristokratin) hatte gebeten, diese Stelle so zu ändern: »Und der Ritter sich tief verbeugend spricht:/ Den Dank, Dame, begehr' ich nicht!« Das wäre kein Schiller!

Überhaupt Goethe: Seine Balladen (zum Beispiel »Der Schatzgräber«, »Der Zauberlehrling«) beschwören nicht die Sitten, sondern erzählen von Lebenserfahrung. Während Schiller die hohen Tugenden besingt, bleibt bei Goethe (etwa in »Die Braut von Korinth«, »Gott und die Bajadere«) die Erotik bedeutsam. »Wenn nämlich die Künste sich dem Sittengesetz unterordnen«, schrieb Goethe, »so wären sie verloren und es wäre besser, daß man ihnen gleich einen Mühlstein um den Hals hängt und sie ersäuft.«

http://rueckert-gym.de/schiller/hompage.htm
http://www.weimar-klassik.de/gsa/pg00.html

Friedrich Schiller

110 Die Bürgschaft

Zu Dionys, dem Tyrannen, schlich
Damon, den Dolch im Gewande;
Ihn schlugen die Häscher in Bande.
»Was wolltest du mit dem Dolche, sprich!«
Entgegnet ihm finster der Wüterich.
»Die Stadt vom Tyrannen befreien!«
»Das sollst du am Kreuze bereuen.«

»Ich bin«, spricht jener, »zu sterben bereit
Und bitte nicht um mein Leben;
Doch willst du Gnade mir geben,
Ich flehe dich um drei Tage Zeit,
Bis ich die Schwester dem Gatten gefreit;
Ich lasse den Freund dir als Bürgen –
Ihn magst du, entrinn' ich, erwürgen.«

Da lächelt der König mit arger List
Und spricht nach kurzem Bedenken:
»Drei Tage will ich dir schenken.
Doch wisse: wenn sie verstrichen, die Frist,
Eh' du zurück mir gegeben bist,
So muß er statt deiner erblassen,
Doch dir ist die Strafe erlassen.«

Und er kommt zum Freunde: »Der König gebeut,
Daß ich am Kreuz mit dem Leben
Bezahle das frevelnde Streben;
Doch will er mir gönnen drei Tage Zeit,
Bis ich die Schwester dem Gatten gefreit.
So bleib du dem König zum Pfande,
Bis ich komme, zu lösen die Bande.«

Und schweigend umarmt ihn der treue Freund
Und liefert sich aus dem Tyrannen,
Der andere ziehet von dannen.
Und ehe das dritte Morgenrot scheint,
Hat er schnell mit dem Gatten die Schwester vereint,
Eilt heim mit sorgender Seele,
Damit er die Frist nicht verfehle.

Da gießt unendlicher Regen herab,
Von den Bergen stürzen die Quellen,
Und die Bäche, die Ströme schwellen.
Und er kommt ans Ufer mit wanderndem Stab –
Da reißet die Brücke der Strudel hinab,
Und donnernd sprengen die Wogen
Des Gewölbes krachenden Bogen.

Und trostlos irrt er an Ufers Rand:
Wie weit er auch spähet und blicket
Und die Stimme, die rufende, schicket –
Da stößet kein Nachen vom sichern Strand,
Der ihn setze an das gewünschte Land,
Kein Schiffer lenket die Fähre,
Und der wilde Strom wird zum Meere.

Da sinkt er ans Ufer und weint und fleht,
Die Hände zum Zeus erhoben:
»O hemme des Stromes Toben!
Es eilen die Stunden, im Mittag steht
Die Sonne, und wenn sie niedergeht
Und ich kann die Stadt nicht erreichen,
So muß der Freund mir erbleichen.«

Doch wachsend erneut sich des Stromes Wut,
Und Welle auf Welle zerrinnet,
Und Stunde an Stunde entrinnet.
Da treibt ihn die Angst, da faßt er sich Mut
Und wirft sich hinein in die brausende Flut
Und teilt mit gewaltigen Armen
Den Strom, und ein Gott hat Erbarmen.

Und gewinnt das Ufer und eilet fort
Und danket dem rettenden Gotte;
Da stürzet die raubende Rotte
Hervor aus des Waldes nächtlichem Ort,
Den Pfad ihm sperrend, und schnaubet Mord
Und hemmet des Wanderers Eile
Mit drohend geschwungener Keule.

»Was wollt ihr?« ruft er für Schrecken bleich,
»Ich habe nichts als mein Leben,
Das muß ich dem Könige geben!«
Und entreißt die Keule dem nächsten gleich:
»Um des Freundes willen erbarmet euch!«
Und drei, mit gewaltigen Streichen,
Erlegt er, die andern entweichen.

Und die Sonne versendet glühenden Brand,
Und von der unendlichen Mühe
Ermattet sinken die Kniee:
»O hast du mich gnädig aus Räubershand,
Aus dem Strom mich gerettet ans heilige Land,
Und soll hier verschmachtend verderben,
Und der Freund mir, der liebende, sterben!«

Und horch! da sprudelt es silberhell
Ganz nahe, wie rieselndes Rauschen,
Und stille hält er, zu lauschen;
Und sieh, aus dem Felsen, geschwätzig, schnell,
Springt murmelnd hervor ein lebendiger Quell,
Und freudig bückt er sich nieder
Und erfrischt die brennenden Glieder.

Und die Sonne blickt durch der Zweige Grün,
Und malt auf den glänzenden Matten
Der Bäume gigantische Schatten;
Und zwei Wanderer sieht er die Straße ziehn,
Will eilenden Laufes vorüber fliehn,
Da hört er die Worte sie sagen:
»Jetzt wird er ans Kreuz geschlagen.«

Und die Angst beflügelt den eilenden Fuß,
Ihn jagen der Sorge Qualen;
Da schimmern in Abendrots Strahlen
Von ferne die Zinnen von Syrakus,
Und entgegen kommt ihm Philostratus,
Des Hauses redlicher Hüter,
Der erkennet entsetzt den Gebieter:

»Zurück! du rettest den Freund nicht mehr,
So rette das eigene Leben!
Den Tod erleidet er eben.
Von Stunde zu Stunde gewartet' er
Mit hoffender Seele der Wiederkehr,
Ihm konnte den mutigen Glauben
Der Hohn des Tyrannen nicht rauben.«

»Und ist es zu spät und kann ich ihm nicht
Ein Retter willkommen erscheinen,
So soll mich der Tod ihm vereinen.
Des rühme der blut'ge Tyrann sich nicht,
Daß der Freund dem Freunde gebrochen die Pflicht –
Er schlachte der Opfer zweie
Und glaube an Liebe und Treue.«

Und die Sonne geht unter, da steht er am Tor
Und sieht das Kreuz schon erhöhet,
Das die Menge gaffend umstehet;
An dem Seile schon zieht man den Freund empor,
Da zertrennt er gewaltig den dichten Chor:
»Mich, Henker!« ruft er, »erwürget!
Da bin ich, für den er gebürget!«

Und Erstaunen ergreift das Volk umher,
In den Armen liegen sich beide
Und weinen für Schmerzen und Freude.
Da sieht man kein Auge tränenleer,
Und zum König bringt man die Wundermär;
Der fühlt ein menschliches Rühren,
Läßt schnell vor den Thron sie führen.

Und blicket sie lange verwundert an;
Drauf spricht er: »Es ist euch gelungen,
Ihr habt das Herz mir bezwungen,
Und die Treue, sie ist doch kein leerer Wahn –
So nehmet auch mich zum Genossen an.
Ich sei, gewährt mir die Bitte,
In eurem Bunde der Dritte.«

»Die Bürgschaft« wurde 1798 vollendet und erschien ein Jahr nach dem »Handschuh« im »Musenalmanach für das Jahr 1799«.

Dieses Hohelied auf freundschaftliche Treue in Gefahr und Verfolgung wurde in den langen Jahren politischer Tyrannei des 20. Jahrhunderts oft erinnert und zitiert. Wer kennt sie nicht die beiden letzten Zeilen: »Ich sei, gewährt mir die Bitte,/ In eurem Bunde der Dritte.« Allerdings wird ihr wirklicher Sinn oft übersehen: Den Satz spricht nicht irgendein Dritter, sondern der Verfolger und Fast-Mörder. So weit konnte nur Schiller mit seinem unbeugsamen Glauben an die Überzeugungskraft des Guten gehen!

Bertolt Brecht schrieb in seinem dänischen Exil ein Sonett »Über Schillers Gedicht ›Die Bürgschaft‹«. In dessen Schlußzeilen konstatiert der von Hitler Vertriebene wehmütig-ironisch: »Und schließlich zeigte es sich ja auch dann:/ Am End war der Tyrann gar kein Tyrann!«

Schiller betrachtete seine Balladen als »Darstellungen von Ideen«, gelegentlich auch auf Kosten der Realität. Darauf machte ihn schon der weit realistischere Goethe aufmerksam: »In der Bürgschaft möchte es physiologisch nicht ganz zu passieren sein, daß einer, der sich an einem regnigen Tag aus dem Strome gerettet, vor Durst umkommen will, da er noch ganz nasse Kleider haben mag. Aber auch das Wahre abgerechnet und ohne an die Resorption der Haut zu denken, kommt der Phantasie und der Gemütsstimmung der Durst hier nicht ganz recht.«

Annette von Droste-Hülshoff (1797–1848)

116 Der Knabe im Moor

O schaurig ists übers Moor zu gehn,
Wenn es wimmelt vom Heiderauche,
Sich wie Phantome die Dünste drehn
Und die Ranke häkelt am Strauche,
Unter jedem Tritte ein Quellchen springt,
Wenn aus der Spalte es zischt und singt,
O schaurig ists übers Moor zu gehn,
Wenn das Röhricht knistert im Hauche!

Fest hält die Fibel das zitternde Kind
Und rennt, als ob man es jage;
Hohl über die Fläche sauset der Wind –
Was raschelt drüben am Hage?
Das ist der gespenstische Gräberknecht,
Der dem Meister die besten Torfe verzecht;
Hu, hu, es bricht wie ein irres Rind!
Hinducket das Knäblein zage.

Vom Ufer starret Gestumpf hervor,
Unheimlich nicket die Föhre,
Der Knabe rennt, gespannt das Ohr,
Durch Riesenhalme wie Speere;
Und wie es rieselt und knittert darin!
Das ist die unselige Spinnerin,
Das ist die gebannte Spinnlenor',
Die den Haspel dreht im Geröhre!

Voran, voran! nur immer im Lauf,
Voran, als woll es ihn holen!
Vor seinem Fuße brodelt es auf,
Es pfeift ihm unter den Sohlen

Wie eine gespenstige Melodei;
Das ist der Geigemann ungetreu,
Das ist der diebische Fiedler Knauf,
Der den Hochzeitheller gestohlen!

Da birst das Moor, ein Seufzer geht
Hervor aus der klaffenden Höhle;
Weh, weh, da ruft die verdammte Margret:
»Ho, ho, meine arme Seele!«
Der Knabe springt wie ein wundes Reh;
Wär nicht Schutzengel in seiner Näh,
Seine bleichenden Knöchelchen fände spät
Ein Gräber im Moorgeschwele.

Da mählich gründet der Boden sich,
Und drüben, neben der Weide,
Die Lampe flimmert so heimatlich,
Der Knabe steht an der Scheide.
Tief atmet er auf, zum Moor zurück
Noch immer wirft er den scheuen Blick:
Ja, im Geröhre wars fürchterlich,
O schaurig wars in der Heide!

Seit dem späten 19. Jahrhunderts wird sie Deutschlands größte Dichterin genannt. Das Leben des adligen Landfräuleins verlief ohne große äußere Ereignisse zwischen ihrem Geburtsort Hülshoff und dem Rüschhaus, beide im Münsterland, und der Meersburg, dem Wohnsitz ihrer Schwester am Bodensee. Bedeutsam für ihr Schreiben, das ihre Familie mit Mißtrauen betrachtete, wurde die Begegnung mit Levin Schücking. In der Zeit dieser Freundschaft entstanden ihre schönsten Gedichte, schrieb sie ihre berühmte Erzählung »Die Judenbuche« (1842).

118 Das Gedicht »Der Knabe im Moor« entstand 1841 parallel zu den Arbeiten am sogenannten Westfalenroman »Bei uns zu Lande auf dem Lande«. Dort heißt das Gedicht noch »Der Knabe im Rohr« und wird einem Herrn Everwin in den Mund gelegt. In den 1844 veröffentlichten »Gedichten« schließt »Der Knabe im Moor« den Zyklus »Heidebilder« ab; von der Droste wurde das Gedicht nicht unter die Gruppe der »Balladen« aufgenommen, obwohl es heute als eines der typischen Beispiele dieser Gattung gilt.

Wie im »Erlkönig« erscheint auch in dieser Ballade das Mysteriöse aus der Perspektive des Kindes. Erscheinungen der Natur werden in seiner Phantasie in Gestalten des Märchens, des Mythos, des Aberglaubens verwandelt. In den »Westfälischen Schilderungen« findet sich eine Passage über den Aberglauben im Münsterland, die sich wie ein ironischer, für eine fromme Katholikin wie die Droste recht gewagter Kommentar zu diesem Gedicht liest: »Die häufigen Gespenster in Moor, Heide und Wald sind arme Seelen aus dem Fegefeuer, deren täglich in vielen tausend Rosenkränzen gedacht wird, und ohne Zweifel mit Nutzen, daß man zu bemerken glaubt, daß die ›Sonntagsspinnerin‹ ihre blutigen Arme immer seltener aus dem Gebüsch streckt, der ›diebische Torfgräber‹ nicht halb so kläglich mehr im Moor ächzt und vollends der ›kopflose Geiger‹ seinen Sitz auf dem Waldsteige gänzlich verlassen zu haben scheint.«

http://gutenberg.aol.de/autoren/droste.htm
http://www.xlibris.de/Autoren/Huelshof/HuZWerk/HuZW01.htm

Eduard Mörike (1804–1875)

Der Feuerreiter *119*

Sehet ihr am Fensterlein
Dort die rote Mütze wieder?
Nicht geheuer muß es sein,
Denn er geht schon auf und nieder.
Und auf einmal welch Gewühle
Bei der Brücke, nach dem Feld!
Horch! das Feuerglöcklein gellt:
  Hinterm Berg,
  Hinterm Berg
Brennt es in der Mühle!

Schaut! da sprengt er wütend schier
Durch das Tor, der Feuerreiter,
Auf dem rippendürren Tier,
Als auf einer Feuerleiter!
Querfeldein! Durch Qualm und Schwüle
Rennt er schon und ist am Ort!
Drüben schallt es fort und fort:
  Hinterm Berg,
  Hinterm Berg
Brennt es in der Mühle!

Der so oft den roten Hahn
Meilenweit von fern gerochen,
Mit des heilgen Kreuzes Span
Freventlich die Glut besprochen –
Weh! dir grinst vom Dachgestühle
Dort der Feind im Höllenschein.
Gnade Gott der Seele dein!
  Hinterm Berg,
  Hinterm Berg
Rast er in der Mühle!

Keine Stunde hielt es an,
Bis die Mühle borst in Trümmer;
Doch den kecken Reitersmann
Sah man von der Stunde nimmer.
Volk und Wagen im Gewühle
Kehren heim von all dem Graus;
Auch das Glöcklein klinget aus:
    Hinterm Berg,
    Hinterm Berg
Brennts! –

Nach der Zeit ein Müller fand
Ein Gerippe samt der Mützen
Aufrecht an der Kellerwand
Auf der beinern Mähre sitzen:
Feuerreiter, wie so kühle
Reitest du in deinem Grab!
Husch! da fällts in Asche ab.
    Ruhe wohl,
    Ruhe wohl
Drunten in der Mühle!

Die Ballade entstand im Sommer 1824 »auf einem schönen Rasenplätzchen beim Philosophenbrunnen« in Tübingen. Erst 1841 fügte ihr Mörike die dritte Strophe hinzu, in der der »Feuerreiter« als unchristlicher Bösewicht verurteilt wird.

In Mörikes Roman »Maler Nolten« (1832) steht die Ballade demnach in der Urfassung. Sie wird bei einer Gesellschaft vorgetragen, »eine schöne schauerliche Weise«. Über Mörikes Anregungen zu dieser Ballade ist viel spekuliert worden. War es der Anblick Hölderlins, dessen weiße Mütze bald an diesem, bald an jenem Fenster seines Tübinger Turmzimmers aufblitzte? Reizte ihn das Wort »Feuerreiter«, wie sich der Freundeskreis um Wilhelm Hauff nannte, dem Mörike wegen dessen radikaler Gesinnung fernstand?

Winfried Freund sieht in der Ballade vom »Feuerreiter« eine Absage Mörikes an den politischen Radikalismus des 19. Jahrhunderts und eine Rechtfertigung seines eigenen passiven Verhaltens, ein »Bekenntnis zum Privatidyll«.

Heinrich Heine (1797–1856)

Belsatzar

121

Die Mitternacht zog näher schon;
In stummer Ruh lag Babylon.

Nur oben in des Königs Schloß,
Da flackerts, da lärmt des Königs Troß.

Dort oben in dem Königssaal
Belsatzar hielt sein Königsmahl.

Die Knechte saßen in schimmernden Reihn,
Und leerten die Becher mit funkelndem Wein.

Es klirrten die Becher, es jauchzten die Knecht;
So klang es dem störrigen Könige recht.

Des Königs Wangen leuchten Glut;
Im Wein erwuchs ihm kecker Mut.

Und blindlings reißt der Mut ihn fort;
Und er lästert die Gottheit mit sündigem Wort.

Und er brüstet sich frech, und lästert wild;
Der Knechtenschar ihm Beifall brüllt.

Der König rief mit stolzem Blick;
Der Diener eilt und kehrt zurück.

Er trug viel gülden Gerät auf dem Haupt;
Das war aus dem Tempel Jehovahs geraubt.

Und der König ergriff mit frevler Hand
Einen heiligen Becher, gefüllt bis am Rand.

Und er leert ihn hastig bis auf den Grund,
Und rufet laut mit schäumendem Mund:

Jehovah! dir künd ich auf ewig Hohn –
Ich bin der König von Babylon!

Doch kaum das grause Wort verklang,
Dem König wards heimlich im Busen bang.

Das gellende Lachen verstummte zumal;
Es wurde leichenstill im Saal.

Und sieh! und sieh! an weißer Wand
Da kams hervor wie Menschenhand;

Und schrieb, und schrieb an weißer Wand
Buchstaben von Feuer, und schrieb und schwand.

Der König stieren Blicks da saß,
Mit schlotternden Knien und totenblaß.

Die Knechtenschar saß kalt durchgraut,
Und saß gar still, gab keinen Laut.

Die Magier kamen, doch keiner verstand
Zu deuten die Flammenschrift an der Wand.

Belsatzar ward aber in selbiger Nacht
Von seinen Knechten umgebracht.

»Belsatzar« gehört zu den frühen Gedichten Heines, die, zunächst von der Maurerschen Buchhandlung in Berlin 1821 herausgegeben, dann als Teil des berühmten Gedichtbandes »Buch der Lieder« (1827) erschienen sind.

Den Anlaß zu »Belsatzar« gab wahrscheinlich die Lektüre einer Rezension der Übersetzung von Byrons »Hebrew Melodies« im »Rheinisch Westfälischen Anzeiger« desselben Jahres. Dort war eine höchst mittelmäßige Übersetzung der »Vision of Belshazzar« abgedruckt. Hinzu kommt, daß Heine, der Anfang 1821 nach Berlin gegangen war, sich dort für den »Verein für Kultur und Wissenschaft der Juden« zu interessieren begann und diesem 1822 (im Jahr der Belsatzar-Ballade) beitrat.

Die Geschichte geht auf einen Bericht des alttestamentlichen Buches Daniel (5. Kapitel) zurück: König Belsatzar von Babylonien ließ im Zustand der Trunkenheit die von seinem Vater Nebukadnezar aus dem Tempel in Jerusalem geraubten heiligen Gefäße holen, um aus ihnen in einem wilden Gelage zu trinken und die eigenen Götterbilder zu loben. Da malte eine phantastische Menschenhand Feuerzeichen an die Wand und Belsatzar erschrak. Weder er selbst noch einer seiner Magier und Sterndeuter konnte die Schrift lesen. Erst Daniel, ein Gefangener aus Judäa, vermochte dies: »Mene, mene, tekel, u=pharsin: Dein Königreich ist gezählt; Du wurdest gewogen und zu leicht befunden; Dein Reich wurde verteilt an Meder und Perser.« Belsatzar ließ Daniel wie versprochen in Purpur kleiden. Doch die Chaldäer töteten den König in derselben Nacht. In der Ballade stehen die Lästerung des Gottes der Juden durch den babylonischen König und dessen Ermordung im Mittelpunkt.

Heines »Belsatzar« gilt als ein Gedicht über jeden frevlerischen Hochmut, der zu Fall kommen muß. Das Gedicht ist, wie die frühe Lyrik Heines noch häufig, frei von skeptischer Ironie.

Heinrich Heine

124 Der Asra

Täglich ging die wunderschöne
Sultanstochter auf und nieder
Um die Abendzeit am Springbrunn,
Wo die weißen Wasser plätschern.

Täglich stand der junge Sklave
Um die Abendzeit am Springbrunn,
Wo die weißen Wasser plätschern;
Täglich ward er bleich und bleicher.

Eines Abends trat die Fürstin
Auf ihn zu mit raschen Worten:
Deinen Namen will ich wissen,
Deine Heimat, deine Sippschaft!

Und der Sklave sprach: Ich heiße
Mohamet, ich bin aus Yemmen,
Und mein Stamm sind jene Asra,
Welche sterben, wenn sie lieben.

»Mein Wahlspruch bleibt: Kunst ist der Zweck der Kunst, wie Liebe der Zweck der Liebe, und gar das Leben selbst der Zweck des Lebens ist« (Heine an Gutzkow, 1838).

Das Gedicht »Der Asra« wurde zum ersten Mal 1846 im »Morgenblatt für gebildete Stände« gedruckt. Heine war von seiner Krankheit schon gezeichnet, aber noch nicht an die »Matrazengruft« gefesselt. Den endgültigen Platz bekommt das Gedicht 1851 im Zyklus »Historien« des »Romanzero«. Es ist dort eines der kürzesten und konzentriertesten Gedichte und kann durchaus auch als Vermächtnis des sterbenskranken Dichters gelesen werden. Sein Publikum hatte ihn im »Buch der Lieder« 1827 als unglücklich verliebten Ironiker kennengelernt, wegen seiner »Neuen Gedichte« (1844) als einen vom Pariser Großstadtleben desillusionierten Lebemann geschmäht. Im »Romanzero« endlich erzählt der Dichter wieder Geschichten von der Liebe. Mag sein, daß Heine eine Anekdote aus Stendhals »De l'amour« aufgriff, doch liebte er den Orient immer schon als exotischen Hintergrund seiner Liebesgedichte.

Beim lauten Lesen drängt sich mit dem Rhythmus und den Stabreimen (»Wo die weißen Wasser plätschern«) die ganze Unerbittlichkeit dieser Liebe auf.

Heinrich Heine

126 Ich weiß nicht was soll es bedeuten

Ich weiß nicht was soll es bedeuten,
Daß ich so traurig bin;
Ein Märchen aus uralten Zeiten,
Das kommt mir nicht aus dem Sinn.

Die Luft ist kühl und es dunkelt,
Und ruhig fließt der Rhein;
Der Gipfel des Berges funkelt
Im Abendsonnenschein.

Die schönste Jungfrau sitzet
Dort oben wunderbar;
Ihr goldnes Geschmeide blitzet,
Sie kämmt ihr goldenes Haar.

Sie kämmt es mit goldenem Kamme
Und singt ein Lied dabei;
Das hat eine wundersame,
Gewaltige Melodei.

Den Schiffer im kleinen Schiffe
Ergreift es mit wildem Weh;
Er schaut nicht die Felsenriffe,
Er schaut nur hinauf in die Höh.

Ich glaube, die Wellen verschlingen
Am Ende Schiffer und Kahn;
Und das hat mit ihrem Singen
Die Lore-Ley getan.

»Die Loreley«, 1824 geschrieben, 1837 von Friedrich Silcher vertont, ist wohl das berühmteste Gedicht Heinrich Heines und eines der beliebtesten Lieder deutscher Chöre (vgl. Brentanos »Lureley«, S. 60). Selbst die Nationalsozialisten wollten – laut Adorno – auf dieses »urdeutsche Lied« nicht verzichten, weshalb »sie unter die Loreley jenes berühmt gewordene ›Dichter unbekannt‹ setzten«.

Warum diese nicht nur deutsche, sondern Welt-Berühmtheit? Wohl kaum, weil Heine hier seiner unglücklichen Liebe zur Cousine Amalie nachhängt oder seinen Sorgen um Deutschland Ausdruck verleihen will, wie es uns mancher Heine-Forscher nahelegt. Es ist jene unbestimmbare Trauer, die Menschen aller Länder und Zeiten zuweilen überfällt, für die Heine hier Bilder findet, Bilder, die zwischen dem Ausdruck dieses Gefühls und seiner ironischen Brechung eine vollkommene Balance halten.

Der spanische Schriftsteller Jorge Semprún (geboren 1923) ist einer der Überlebenden des Konzentrationslagers Buchenwald. 1994 hat er ein Buchenwald-Buch veröffentlicht: »L'écriture ou la vie« (»Schreiben oder Leben«). »Viele Gedichte von ihm [Charles Baudelaire, U.H.] und von anderen Dichtern der Weltliteratur weiß Semprún auswendig, und man tauscht im Lager den poetischen Wissensbesitz mit anderen Gefangenen aus. Namentlich genannt werden von ihm die Dichter Paul Valéry, César Vallejo, Ruben Darío und Heinrich Heine, dessen ›Lorelei‹, gemeinsam rezitiert und gesungen, bei Jorge Semprún und seinen Gefährten ›eine unsagbare Fröhlichkeit‹ (une indicible allégresse) auslöst« (Harald Weinrich).

Theodor Fontane (1819–1898)

128 Herr von Ribbeck auf Ribbeck im Havelland

Herr von Ribbeck auf Ribbeck im Havelland,
Ein Birnbaum in seinem Garten stand,
Und kam die goldene Herbsteszeit
Und die Birnen leuchteten weit und breit,
Da stopfte, wenn's Mittag vom Turme scholl,
Der von Ribbeck sich beide Taschen voll,
Und kam in Pantinen ein Junge daher,
So rief er: »Junge, wiste 'ne Beer?«
Und kam ein Mädel, so rief er: »Lütt Dirn,
Kumm man röwer, ick hebb 'ne Birn.«

So ging es viel Jahre, bis lobesam
Der von Ribbeck auf Ribbeck zu sterben kam.
Er fühlte sein Ende. 's war Herbsteszeit,
Wieder lachten die Birnen weit und breit;
Da sagte von Ribbeck: »Ich scheide nun ab.
Legt mir eine Birne mit ins Grab.«
Und drei Tage drauf, aus dem Doppeldachhaus,
Trugen von Ribbeck sie hinaus,
Alle Bauern und Büdner mit Feiergesicht
Sangen »Jesus meine Zuversicht«,
Und die Kinder klagten, das Herze schwer:
»He is dod nu. Wer giwt uns nu 'ne Beer?«

So klagten die Kinder. Das war nicht recht –
Ach, sie kannten den alten Ribbeck schlecht;
Der *neue* freilich, der knausert und spart,
Hält Park und Birnbaum strenge verwahrt,
Aber der *alte*, vorahnend schon
Und voll Mißtrauen gegen den eigenen Sohn,
Der wußte genau, was damals er tat,

Als um eine Birn' ins Grab er bat,
Und im dritten Jahr aus dem stillen Haus
Ein Birnbaumsprößling sproßt heraus.

Und die Jahre gehen wohl auf und ab,
Längst wölbt sich ein Birnbaum über dem Grab,
Und in der goldenen Herbsteszeit
Leuchtet's wieder weit und breit.
Und kommt ein Jung' übern Kirchhof her,
So flüstert's im Baume: »Wiste 'ne Beer?«
Und kommt ein Mädel, so flüstert's: »Lütt Dirn,
Kumm man röwer, ick gew' di 'ne Birn.«

So spendet Segen noch immer die Hand
Des von Ribbeck auf Ribbeck im Havelland.

Theodor Fontane wuchs in Neuruppin als Sohn einer hugenottischen Apothekerfamilie auf und war zunächst selbst Apotheker in Leipzig und Berlin, wo er 1844 Mitglied des Dichtervereins »Tunnel über der Spree« wurde. 1850 beginnt seine Arbeit als Journalist, er ist Berichterstatter aus England, später Kriegsberichterstatter der Feldzüge der Bismarck-Ära. 1862 bis 1882 schreibt er an den »Wanderungen durch die Mark Brandenburg«, von 1870 bis 1890 macht er sich als Theaterkritiker der »Vossischen Zeitung« einen Namen. Seine großen Romane schreibt Fontane erst nach dem sechzigsten Lebensjahr.

Fontanes Balladendichtung, Anfang der fünfziger Jahre begonnen, brach mit dem »Archibald Douglas« 1854 zunächst ab und wurde erst nach drei Jahrzehnten im ähnlich psychologisch-dramatischen Stil fortgeführt. Die Ballade »Herr von Ribbeck« entstand im Sommer 1889. Dem Gedicht liegt eine Sage zugrunde, die Fontane wohl aus der Zeitschrift »Der Bär«, deren Mitherausgeber er war, kannte. Ribbeck liegt bei Nauen, nordwestlich von Berlin. Kennzeichnend für diese Ballade, wie auch für die übrigen späten Balladen Fontanes, ist deren Verzicht auf alles Magische, Mystische, Übersinnliche. Es sind Balladen, die im Ton und vor allem im Ethos seinen großen Gesellschaftsromanen »Effi Briest« und »Stechlin« entsprechen.

http://www.cseditors.com/archive/fontane_archiv/fonthome.htm

Theodor Fontane

130 John Maynard

John Maynard!

»Wer ist John Maynard?«

»John Maynard war unser Steuermann,
Aus hielt er, bis er das Ufer gewann,
Er hat uns gerettet, er trägt die Kron',
Er starb für uns, unsre Liebe sein Lohn.
        John Maynard.«

*

Die »Schwalbe« fliegt über den Eriesee,
Gischt schäumt um den Bug wie Flocken von Schnee;
Von Detroit fliegt sie nach Buffalo –
Die Herzen aber sind frei und froh,
Und die Passagiere mit Kindern und Fraun
Im Dämmerlicht schon das Ufer schaun,
Und plaudernd an John Maynard heran
Tritt alles: »Wie weit noch, Steuermann?«
Der schaut nach vorn und schaut in die Rund':
»Noch dreißig Minuten ... Halbe Stund'.«

Alle Herzen sind froh, alle Herzen sind frei –
Da klingt's aus dem Schiffsraum her wie Schrei,
»Feuer!« war es, was da klang,
Ein Qualm aus Kajüt' und Luke drang,
Ein Qualm, dann Flammen lichterloh,
Und noch zwanzig Minuten bis Buffalo.

Und die Passagiere, buntgemengt,
Am Bugspriet stehn sie zusammengedrängt,
Am Bugspriet vorn ist noch Luft und Licht,
Am Steuer aber lagert sich's dicht,
Und ein Jammern wird laut: »Wo sind wir? wo?«
Und noch fünfzehn Minuten bis Buffalo. –

Der Zugwind wächst, doch die Qualmwolke steht,
Der Kapitän nach dem Steuer späht,
Er sieht nicht mehr seinen Steuermann,
Aber durchs Sprachrohr fragt er an:
»Noch da, John Maynard?«
              »Ja, Herr. Ich bin.«
»Auf den Strand! In die Brandung!«
              »Ich halte drauf hin.«
Und das Schiffsvolk jubelt: »Halt aus! Hallo!«
Und noch zehn Minuten bis Buffalo. – –

»Noch da, John Maynard?« Und Antwort schallt's
Mit ersterbender Stimme: »Ja, Herr, ich halt's!«
Und in die Brandung, was Klippe, was Stein,
Jagt er die »Schwalbe« mitten hinein,
Soll Rettung kommen, so kommt sie nur so.
Rettung: der Strand von Buffalo.

*

Das Schiff geborsten. Das Feuer verschwelt.
Gerettet alle. Nur *einer* fehlt!

Alle Glocken gehn; ihre Töne schwell'n
Himmelan aus Kirchen und Kapell'n,
Ein Klingen und Läuten, sonst schweigt die Stadt,

Ein Dienst nur, den sie heute hat:
Zehntausend folgen oder mehr,
Und kein Aug' im Zuge, das tränenleer.

Sie lassen den Sarg in Blumen hinab,
Mit Blumen schließen sie das Grab,
Und mit goldner Schrift in den Marmorstein
Schreibt die Stadt ihren Dankspruch ein:
»Hier ruht John Maynard. Im Qualm und Brand
Hielt er das Steuer fest in der Hand,
Er hat uns gerettet, er trägt die Kron',
Er starb für uns, unsre Liebe sein Lohn.
John Maynard.«

Die Geschichte geht auf ein Ereignis im Jahre 1841 zurück. Auf der Fahrt von Buffalo nach Detroit war die »Erie« in Brand geraten. Die meisten der etwa zweihundert Passagiere starben an Bord oder ertranken im Eriesee. Der Steuermann Luther Fuller, der auf seinem Posten ausharrte, um auf kürzestem Wege Land zu erreichen, fand in den Flammen den Tod, während der Kapitän gerettet wurde.

Vermutlich hatte Fontane schon 1841 in Leipzig die Zeitungsberichte über den Brand des Dampfschiffes gelesen. Als ihn die Arbeit an seinem Roman »Quitt« veranlaßte, sich wieder eingehender mit den USA zu befassen, schrieb er 1885 »John Maynard«.

Walter Hinck sieht in dieser Ballade den »beispielhaften Versuch, sittliche Vorbilder in der zeitgenössischen Wirklichkeit, genauer: in der modernen Arbeitswelt zu entdecken«.

Bertolt Brecht (1898–1956)

133

Ballade von der Hanna Cash

1
Mit dem Rock von Kattun und dem gelben Tuch
Und den Augen der schwarzen Seen
Ohne Geld und Talent und doch mit genug
Vom Schwarzhaar, das sie offen trug
Bis zu den schwärzeren Zeh'n:
    Das war die Hanna Cash, mein Kind
    Die die »Gentlemen« eingeseift
    Die kam mit dem Wind und ging mit dem Wind
    Der in die Savannen läuft.

2
Die hatte keine Schuhe und die hatte auch kein Hemd
Und die konnte auch keine Choräle!
Und sie war wie eine Katze in die große Stadt geschwemmt
Eine kleine graue Katze zwischen Hölzer eingeklemmt
Zwischen Leichen in die schwarzen Kanäle.
    Sie wusch die Gläser vom Absinth
    Doch nie sich selber rein
    Und doch muß die Hanna Cash, mein Kind
    Auch rein gewesen sein.

3
Und sie kam eines Nachts in die Seemannsbar
Mit den Augen der schwarzen Seen
Und traf J. Kent mit dem Maulwurfshaar
Den Messerjack aus der Seemannsbar
Und der ließ sie mit sich gehn!
    Und wenn der wüste Kent den Grind
    Sich kratzte und blinzelte
    Dann spürte die Hanna Cash, mein Kind
    Den Blick bis in die Zeh.

4

Sie »kamen sich näher« zwischen Wild und Fisch
Und »gingen vereint durchs Leben«
Sie hatten kein Bett und sie hatten keinen Tisch
Und sie hatten selber nicht Wild noch Fisch
Und keinen Namen für die Kinder.
    Doch ob Schneewind pfeift, ob Regen rinnt
    Ersöff auch die Savann
    Es bleibt die Hanna Cash, mein Kind
    Bei ihrem lieben Mann.

5

Der Sheriff sagt, daß er ein Schurke sei
Und die Milchfrau sagt: er geht krumm.
Sie aber sagt: Was ist dabei?
Es ist mein Mann. Und sie war so frei
Und blieb bei ihm. Darum.
    Und wenn er hinkt und wenn er spinnt
    Und wenn er ihr Schläge gibt:
    Es fragt die Hanna Cash, mein Kind
    Doch nur: ob sie ihn liebt.

6

Kein Dach war da, wo die Wiege war
Und die Schläge schlugen die Eltern.
Die gingen zusammen Jahr für Jahr
Aus der Asphaltstadt in die Wälder gar
Und in die Savann aus den Wäldern.
    Solang man geht in Schnee und Wind
    Bis daß man nicht mehr kann
    So lang ging die Hanna Cash, mein Kind
    Nun mal mit ihrem Mann.

7
Kein Kleid war arm, wie das ihre war
Und es gab keinen Sonntag für sie
Keinen Ausflug zu dritt in die Kirschtortenbar
Und keinen Weizenfladen im Kar
Und keine Mundharmonie.
    Und war jeder Tag, wie alle sind
    Und gab's kein Sonnenlicht:
    Es hatte die Hanna Cash, mein Kind
    Die Sonn stets im Gesicht.

8
Er stahl wohl die Fische, und Salz stahl sie.
So war's. »Das Leben ist schwer.«
Und wenn sie die Fische kochte, sieh:
So sagten die Kinder auf seinem Knie
Den Katechismus her.
    Durch fünfzig Jahr in Nacht und Wind
    Sie schliefen in einem Bett.
    Das war die Hanna Cash, mein Kind
    Gott mach's ihr einmal wett.

Die »Ballade von der Hanna Cash«, geschrieben 1921, wurde von Brecht in die Abteilung »Chroniken« seiner »Hauspostille« (1927) aufgenommen, die er vor allem als Balladenbuch verstand. Vorbild für diese Sammlung war wohl Martin Luthers »Haußpostil« in einer Bearbeitung von Veit Dietrich aus dem Jahre 1544. »Postille« meint ursprünglich die Erklärung eines vorangestellten Bibeltextes – post illa verba texta (nach den eigentlichen Texten) –, Texte zur erbaulichen Bibelauslegung also. Brecht, katholisch erzogen, nahm mit seiner Einteilung der »Hauspostille« aber keine protestantischen, sondern Muster katholischer Rituale auf und gab ihnen einen profanen Sinn.

Eingeteilt ist die »Hauspostille« in »Lektionen«, denen Brecht jeweils eine besondere »Anleitung zum Gebrauch« zuschrieb: »Die erste Lektion (Bittgänge) wendet sich direkt an das Gefühl des Lesers ... Die zweite Lektion wendet sich mehr an den Verstand ... Die dritte Lektion (Chroniken) durchblättere man in den Zeiten der rohen Naturgewalten. In den Zeiten der rohen Naturgewalten (Regengüsse, Schneefälle, Bankrotte usw.) halte man sich an die Abenteuer kühner Männer und Frauen in fremden Erdteilen; solche eben bieten die Chroniken, welche so einfach gehalten sind, daß sie auch für Volkschullesebücher in Betracht kommen ... Kapitel 8 (Von der Hanna Cash) gilt für die Zeit einer beispiellosen Verfolgung. (In der Zeit der beispiellosen Verfolgung wird die Anhänglichkeit eines Weibes offenbar werden.)« Und was ist in solchen Zeiten, lieber Bertolt Brecht, mit den Männern?!

Der »gestische Rhythmus«, wie ihn Brecht später nennt, ist schon hier zu erkennen; seit den ersten Gedichten beweist Brecht sein rhythmisches Genie. »Bei einem Vortrag der Chroniken empfiehlt sich das Rauchen; zur Unterstützung der Stimme kann er mit einem Saiteninstrument akkordiert werden.« (typisch Brecht – mit Zigarre!)

Bertolt Brecht

Die Seeräuber-Jenny *137*

1
Meine Herren, heute sehen Sie mich Gläser abwaschen
Und ich mache das Bett für jeden.
Und Sie geben mir einen Penny und ich bedanke mich schnell
Und Sie sehen meine Lumpen und dies lumpige Hotel
Und Sie wissen nicht, mit wem Sie reden.
Aber eines Abends wird ein Geschrei sein am Hafen
Und man fragt: Was ist das für ein Geschrei?
Und man wird mich lächeln sehn bei meinen Gläsern
Und man sagt: Was lächelt die dabei?
    Und ein Schiff mit acht Segeln
    Und mit fünfzig Kanonen
    Wird liegen am Kai.

2
Man sagt: Geh, wisch deine Gläser, mein Kind
Und man reicht mir den Penny hin.
Und der Penny wird genommen, und das Bett wird gemacht!
(Es wird keiner mehr drin schlafen in dieser Nacht.)
Und Sie wissen noch immer nicht, wer ich bin.
Aber eines Abends wird ein Getös sein am Hafen
Und man fragt: Was ist das für ein Getös?
Und man wird mich stehen sehen hinterm Fenster
Und man sagt: Was lächelt die so bös?
    Und ein Schiff mit acht Segeln
    Und mit fünfzig Kanonen
    Wird beschießen die Stadt.

3
Meine Herren, da wird wohl Ihr Lachen aufhörn
Denn die Mauern werden fallen hin
Und die Stadt wird gemacht dem Erdboden gleich
Nur ein lumpiges Hotel wird verschont von jedem Streich
Und man fragt: Wer wohnt Besonderer darin?
Und in dieser Nacht wird ein Geschrei um das Hotel sein
Und man fragt: Warum wird das Hotel verschont?
Und man wird mich sehen treten aus der Tür gen Morgen
Und man sagt: Die hat darin gewohnt?
    Und das Schiff mit acht Segeln
    Und mit fünfzig Kanonen
    Wird beflaggen den Mast.

4
Und es werden kommen hundert gen Mittag an Land
Und werden in den Schatten treten
Und fangen einen jeglichen aus jeglicher Tür
Und legen ihn an Ketten und bringen vor mir
Und fragen: Welchen sollen wir töten?
Und an diesem Mittag wird es still sein am Hafen
Wenn man fragt, wer wohl sterben muß.
Und dann werden Sie mich sagen hören: Alle!
Und wenn dann der Kopf fällt, sag ich: Hoppla!
    Und das Schiff mit acht Segeln
    Und mit fünfzig Kanonen
    Wird entschwinden mit mir.

Obwohl diese Ballade 1927 unabhängig von der »Dreigroschenoper« geschrieben wurde, verdankt sie ihre große Popularität der Musik von Kurt Weill, wie viele andere Balladen Brechts auch; zur Erinnerung: »Und der Haifisch, der hat Zähne« (»Die Moritat von Mackie Messer«), »Nur wer im Wohlstand lebt, lebt angenehm« (»Ballade vom angenehmen Leben«), »Denn für dieses Leben ist der Mensch nicht gut genug« (»Ballade von der Unzulänglichkeit menschlichen Planens«).

Die große Popularität der Songs hat von der Dichtung Brechts eher abgelenkt. Wenn man diese wieder aufmerksam *liest* und *spricht*, wird neben der Schönheit der Bilder auch wieder ihr gesellschaftskritischer Sprengstoff spürbar.

»Die Seeräuber-Jenny« erinnert im übrigen auch an Richard Wagners »Fliegenden Holländer« und parodiert gleichzeitig die Heilserwartung eines »Lohengrin«. Ernst Bloch schreibt 1938 über das Lied, man müsse »bis zu den Gnostikern und Kirchenvätern zurück, um einer solchen Phantasmagorie von Inkognito, Rache und Auferstehung zu begegnen«.

Erich Kästner (1899–1974)

140 Sachliche Romanze

Als sie einander acht Jahre kannten
(und man darf sagen: sie kannten sich gut),
kam ihre Liebe plötzlich abhanden.
Wie andern Leuten ein Stock oder Hut.

Sie waren traurig, betrugen sich heiter,
versuchten Küsse, als ob nichts sei,
und sahen sich an und wußten nicht weiter.
Da weinte sie schließlich. Und er stand dabei.

Vom Fenster aus konnte man Schiffen winken.
Er sagte, es wäre schon Viertel nach Vier
und Zeit, irgendwo Kaffee zu trinken.
Nebenan übte ein Mensch Klavier.

Sie gingen ins kleinste Café am Ort
und rührten in ihren Tassen.
Am Abend saßen sie immer noch dort.
Sie saßen allein, und sie sprachen kein Wort
und konnten es einfach nicht fassen.

Erich Kästner besuchte das Lehrerseminar in Dresden, machte nach dem Militärdienst das Abitur, studierte in Leipzig, Rostock und Berlin Germanistik, schrieb währenddessen seine ersten Gedichte und arbeitete bei der »Neuen Leipziger Zeitung«. In Berlin war er regelmäßiger Mitarbeiter zahlreicher Zeitschriften, u.a. der »Weltbühne«. Während des »Dritten Reichs« blieb Kästner zwar in Deutschland, doch wurden seine Bücher 1933 (nicht »Emil und die Detektive«) verbrannt; er selbst wurde mehrfach verhaftet, sein Recht zu veröffentlichen eingeschränkt. Nach dem Zweiten Weltkrieg wurde er Feuilletonchef der von den Amerikanern herausgegebenen »Neuen Zeitung« und Mitbegründer der Kabaretts »Die Schaubude« und »Die kleine Freiheit«.

Viele der Gedichte Erich Kästners reiben sich an den politischen und gesellschaftlichen Zuständen. Allerdings niemals revolutionär, niemals gewaltsam. Walter Benjamin kritisierte Haltungen wie diese in seinem Aufsatz »Linke Melancholie« als positionslosen politischen Radikalismus. Allerdings, aus heutiger Sicht weiß man auch, wohin der »positionierte Radikalismus« geführt hat.

Kästner sah sich schon als junger Mann, wie Hermann Kesten nach einer Begegnung in den zwanziger Jahren berichtet, als »Moralist und Satiriker«. Er glaubte fest, »daß der Mensch nämlich durch Einsicht zu bessern sei«. Seine Gedichte hat er selbst als »Gebrauchslyrik« bezeichnet. »Die Lyriker«, schrieb er, »rangieren unmittelbar nach den Handwerkern.« In seinem Gedicht »Kurzgefaßter Lebenslauf« heißt es: »Nun bin ich zirka 31 Jahre und habe eine kleine Versfabrik«; die nannte er: »Kästner & Co.«

Das Gedicht »Sachliche Romanze« erschien 1929 in seinem zweiten Gedichtband »Lärm im Spiegel«. Sichtbar wird für Auge und Ohr: Sie konnten »es« nicht nur »nicht fassen«, auch einander lassen können sie (noch) nicht. In der letzten Strophe geraten der geregelte Kreuzreim und der »gleichberechtigte« Wechsel von männlichen und weiblichen Reimwörtern aus den Fugen wie die Welt dieses Paares, das gerade noch ein Liebespaar war. Anders als die vorangegangenen beginnt die letzte Strophe mit einem männlichen Reimwort, das in der dritten Zeile aufgegriffen und sogleich in der nächsten Zeile wiederholt wird (»Ort«, »dort«, »Wort«); die Reime folgen, fast gewaltsam, Schlag auf Schlag. Der weibliche Reim scheint nur zweimal aufzutauchen (»Tassen«, »fassen«). Aber im »saßen« in der dritten und vierten Zeile klingt er, wenn auch unrein, an. Die lähmende Verzweiflung des Paares ist bis in die Silben spürbar, als könnten Silben, Klänge und eine zusätzliche Zeile festhalten, was der Verstand, die Wortbedeutungen längst aufgekündigt haben: das Gefühl, die Liebe.

http://www.stuttgart.de/chilias/literatur/aut_i-l/kaestner/titel.html

Sonette

Diese Gedichtform wurde im 13. Jahrhundert in Italien entwickelt; die »Canzoniere« Petrarcas bildeten den ersten Höhepunkt. Heute ist das Sonett in fast allen europäischen Literaturen zu finden.

Das Sonett ist in Vers und Strophe, ursprünglich auch im inhaltlichen Ablauf, streng festgelegt. In den ersten beiden Quartetten wird ein Bild, ein Gedanke aufgebaut und variiert. Es folgt ein Einschnitt mit dem ersten Terzett, das die Schlußfolgerung, die Pointe, einleitet, die dann im zweiten Terzett in einer abschließenden Wendung ausgesprochen wird; dabei wird dem Vorangegangenen oft noch einmal ein neuer Aspekt hinzugefügt.

Paul Fleming (1609–1640)

An Sich *145*

Sei dennoch unverzagt, gib dennoch unverloren,
weich keinem Glücke nicht, steh höher als der Neid,
vergnüge dich an dir und acht es für kein Leid,
hat sich gleich wider dich Glück, Ort und Zeit verschworen!
Was dich betrübt und labt, halt alles für erkoren,
nimm dein Verhängnis an, laß alles unbereut,
tu was getan muß sein und eh man dir's gebeut!
Was du noch hoffen kannst, das wird noch stets geboren.
Was klagt, was lobt man doch? Sein Unglück und sein Glücke
ist ihm ein jeder selbst. Schau alle Sachen an:
Dies alles ist in dir – laß deinen eitlen Wahn
und eh du förder gehst, so geh in dich zurücke!
Wer sein selbst Meister ist und sich beherrschen kann,
dem ist die weite Welt und alles untertan.

Die italienische Dichtung hatte schon im 14. Jahrhundert mit Dante, Petrarca, Boccaccio ihren ersten, mit Ariost und Tasso im 16. Jahrhundert einen zweiten Höhepunkt erreicht. Auch die Dichtung Frankreichs und Spaniens, Englands und Hollands erlebten im 16. Jahrhundert glanzvolle Zeiten. In Deutschland war die Sprache der Dichtung noch das Lateinische. Deutschland die »verspätete Nation« auch im Felde der Literatur. Ein entscheidender Schritt zur Entstehung einer deutschen Nationalliteratur gelang erst Martin Opitz' »Buch von der Deutschen Poeterey« (1624).

Das Sonett »An Sich« erscheint wie ein Gegenstück zu dem verspielten Liebesgedicht »Wie er wolle geküsset sein« (S. 40) aus den »Teütschen Poemata«. In eindringlichen Imperativen formuliert Fleming sein moralisches Credo, das weit weniger an christliche Gottergebenheit denn an die Lehre der Stoiker mit ihren Begriffen von der Eigenständigkeit des Ich und den Vorzügen des Gleichmuts erinnert.

Andreas Gryphius (1616–1664)

146 Es ist alles eitel

Du siehst, wohin du siehst, nur Eitelkeit auf Erden!
Was dieser heute baut, reißt jener morgen ein;
wo jetzund Städte stehn, wird eine Wiese sein,
auf der ein Schäferskind wird spielen mit den Herden.
Was jetzund prächtig blüht, soll bald zertreten werden,
was jetzt so pocht und trotzt, ist morgen Asch und Bein;
nichts ist, das ewig sei, kein Erz, kein Marmorstein.
Jetzt lacht das Glück uns an, bald donnern die Beschwerden.
Der hohen Taten Ruhm muß wie ein Traum vergehn.
Soll denn das Spiel der Zeit, der leichte Mensch bestehn?
Ach, was ist alles dies, das wir für köstlich achten,
als schlechte Nichtigkeit, als Schatten, Staub und Wind,
als eine Wiesenblum, die man nicht wiederfind't!
Noch will, was ewig ist, kein einig Mensch betrachten!

Andreas Gryphius (Andreas Greif) wurde als Sohn eines Predigers in Glogau (Schlesien) geboren. Früh verwaist, war seine Jugend hart, dennoch wurden ihm Studien an den großen europäischen Universitäten ermöglicht, u.a. auch in Leiden (»Leidener Sonette«). Gryphius schrieb außer Gedichten auch Dramen und Versepen. Er sprach elf Sprachen, hielt Vorlesungen über Anatomie, Geschichte, Mathematik und Philosophie. Gryphius starb als Landessyndikus in Glogau.

Das Sonett war in der formstrengen Dichtung des Barock eine der beliebtesten Gedichtarten. Es kam mit seiner Festlegung nicht nur auf Vers und Strophe, sondern auch auf den Aufbau des Inhalts dem rhetorischen, formelhaften Sprechen dieser Zeit sehr entgegen. Man war auf effektvolle sprachliche Gestaltung bedacht, da man nur für den öffentlichen Vortrag dichtete. Bei Gryphius hat die Sonettkunst des Barock in Deutschland ihren Höhepunkt erreicht.

»Es ist alles eitel« erschien 1637 in Lissa (Polen) als eines von vier Vanitas-Gedichten der »Lissener Sonette«, der ersten Veröffentlichung Gryphius'. In diesem Sonett nennt der Titel das Thema. Zu Gryphius' Zeiten wird sich der Leser sogleich an den Spruch aus dem Prediger Salomo (Kapitel I, Vers 2) erinnert haben. »Eitel« heißt leer, nichtig, vergeblich. Die Eitelkeit der Welt (vanitas mundi) ist in der christlichen Überlieferung ein häufig ausgesprochener Gedanke. Für Erich Trunz verkörpert dieses Gedicht die Lyrik des Barock ebenso wie Goethes »Das Göttliche« (S. 178) die der Klassik.

http://gutenberg.aol.de/autoren/frames/gryphius.htm

Johann Wolfgang Goethe (1749–1832)

148 Natur und Kunst, sie scheinen sich zu fliehen

Natur und Kunst, sie scheinen sich zu fliehen
Und haben sich, eh man es denkt, gefunden;
Der Widerwille ist auch mir verschwunden,
Und beide scheinen gleich mich anzuziehen.

Es gilt wohl nur ein redliches Bemühen!
Und wenn wir erst in abgemeßnen Stunden
Mit Geist und Fleiß uns an die Kunst gebunden,
Mag frei Natur im Herzen wieder glühen.

So ists mit aller Bildung auch beschaffen:
Vergebens werden ungebundne Geister
Nach der Vollendung reiner Höhe streben.

Wer Großes will, muß sich zusammenraffen;
In der Beschränkung zeigt sich erst der Meister,
Und das Gesetz nur kann uns Freiheit geben.

Etwa 1800 entstanden, wurde dieses Sonett in das Vorspiel »Was wir bringen« eingefügt, das Goethe 1802 für die Eröffnung des Schauspielhauses in Bad Lauchstädt bei Halle geschrieben hatte. Er selbst hat es nie in seine gesammelten Gedichte aufgenommen.

Schon in einem seiner frühesten Gedichte, »Der Wandrer« (1771), thematisierte Goethe das Verhältnis von Kunst und Natur. In seiner klassischen Periode verknüpft sich das Thema nun mit dem Verhältnis von Freiheit und Gesetz. Besonders die Schlußzeilen dieses Sonetts zeigen den Einfluß Schillers, der Sinnlichkeit und Vernunft, Freiheit und Gesetz in der Schönheit zur Harmonie gekommen sah. In »Wilhelm Meisters Lehrjahre« lesen wir: »Der Mensch ist nicht eher glücklich, als bis sein unbedingtes Streben sich selbst eine Begrenzung bestimmt.«

Diesem Sonett geht ein anderes vorauf, in dem Goethe die Vorschriften dieser Gedichtform ironisch umspielt. Sein Titel ist Programm: »Das Sonett«. Im letzten Terzett heißt es: »Nur weiß ich hier mich nicht bequem zu betten,/ Ich schneide sonst so gern aus ganzem Holze,/ Und müßte nun doch auch mitunter leimen.« Später fand Goethe jedoch Gefallen an dieser Form: »Ich bin in's Sonette-Machen gekommen« (1807). Der Sonetten-Zyklus, erschienen in »Werke 1815«, hat das Motto: »Liebe will ich liebend loben,/ Jede Form sie kommt von oben.«

In »Natur und Kunst« verbinden sich die Wörter bereits zu einem in sich ruhenden, gleichsam naturgemäßen Klanggefüge, das in einem Höhepunkt das Vorangegangene zugleich zusammenfaßt und auflöst.

»Widerwille« (in Vers drei) bedeutet hier übrigens Gegensätzlichkeit.

Friedrich Rückert (1788–1866)

150 Amaryllis I

Amara, bittre, was du tust, ist bitter,
Wie du die Füße rührst, die Arme lenkest,
Wie du die Augen hebst, wie du sie senkest,
Die Lippen auftust oder zu, ist's bitter.

Ein jeder Gruß ist, den du schenkest, bitter,
Bitter ein jeder Kuß, den du nicht schenkest,
Bitter ist, was du sprichst und was du denkest,
Und was du hast und was du bist, ist bitter.

Voraus kommt eine Bitterkeit gegangen,
Zwo Bitterkeiten gehn dir zu den Seiten,
Und eine folgt den Spuren deiner Füße.

O du, mit Bitterkeiten rings umfangen,
Wer dächte, daß mit all den Bitterkeiten
Du doch mir bist im innern Kern so süße.

Friedrich Rückert kam als Sohn eines Advokaten in Schweinfurt zur Welt und studierte Jura, dann Philologie und Philosophie, später auch arabische, persische und türkische Literatur und war von 1826 bis 1848 Professor für Orientalistik in Erlangen und Berlin. Auf eigenen Wunsch beurlaubt, lebte er bis zu seinem Tod zurückgezogen auf dem Landgut Neuseß.

Rückert war, ähnlich wie Platen, sprachlich außerordentlich begabt. Er übersetzte aus dem Persischen und dem Arabischen, dem Hebräischen und Armenischen, dem Äthiopischen und dem Koptischen, dem Sanskrit und der Veda-Literatur. Mit diesen Übertragungen wollte Rückert der von Herder und Goethe erträumten »Weltpoesie« ein Stück näher kommen; denn »Weltpoesie ist Weltversöhnung« (Rückert). »Die Poesie in allen ihren Zungen/ Ist dem Geweihten *eine* Sprache nur/ Die Sprache, die im Paradies erklungen/ Eh sie verwildert auf der wilden Flur.«

Dieser universale Anspruch bedeutete ihm mehr als Originalität. So sind auch die üppigen Auswucherungen seiner Produktion zu erklären, zum Beispiel, wenn der »Liebesfrühling« sechs »Sträuße« mit jeweils bis zu hundert Gedichten umfaßt. Oder das große Lehrgedicht »Die Weisheit des Brahmanen«, das aus nahezu dreitausend Stücken besteht; »teppichgleich« nennt Rückert sein Werk und sucht zu erklären: »Hätt ich den Vers, an dem du nichts hast, nicht gemacht/ Hätt ich auch die, woran du viel hast, nicht erdacht.«

Das hier ausgewählte Sonett ist aus dem Zyklus »Amaryllis. Ein Sommer auf dem Lande«, der sechsundsiebzig Sonette und vierzig zusätzliche Gedichte enthält; viel virtuoser Leerlauf auch hier.

Der Zyklus entstand 1812. Rückert hatte sich in ein Bauernmädchen verliebt, dessen Vater eine Wirtschaft, »Die Specke«, betrieb. Dort wartete nun der vierundzwanzigjährige Privatdozent, bis das sechzehnjährige Mädchen hungrig und todmüde von der Feldarbeit heimkam, um es mit seinen Sonetten zu beglücken. Rückert taufte sie in Anklang an ihren Namen, Marielies, auf die arkadische Hirtin Amaryllis, verkürzt: Amara, die Bittere.

Ein »Gelegenheitsgedicht«? Ja, wenn »das heißt, die Wirklichkeit muß den Stoff dazu hergeben« (Goethe). Doch solange ein Dichter, fährt Goethe fort, »bloß seine wenigen subjektiven Empfindungen ausspricht, ist er noch keiner zu nennen; aber sobald er die Welt sich anzueignen und auszusprechen weiß, ist er ein Poet.« Von ihrem trivialen Anlaß hat sich »Amaryllis I« vollständig gelöst. Hier ist Rückert welthaltige Poesie gelungen.

http://gutenberg.informatik.uni-hamburg.de/autoren/rueckert.htm

August von Platen (1796–1835)

152 Wer wußte je das Leben recht zu fassen

Wer wußte je das Leben recht zu fassen,
Wer hat die Hälfte nicht davon verloren
Im Traum, im Fieber, im Gespräch mit Toren,
In Liebesqual, im leeren Zeitverprassen?

Ja, der sogar, der ruhig und gelassen,
Mit dem Bewußtsein, was er soll, geboren,
Frühzeitig einen Lebensgang erkoren,
Muß vor des Lebens Widerspruch erblassen.

Denn jeder hofft doch, daß das Glück ihm lache,
Allein das Glück, wenn's wirklich kommt, ertragen,
Ist keines Menschen, wäre Gottes Sache.

Auch kommt es nie, wir wünschen bloß und wagen:
Dem Schläfer fällt es nimmermehr vom Dache,
Und auch der Läufer wird es nicht erjagen.

Als Sohn eines verarmten Offiziers und Hofbeamten wurde Platen in Ansbach geboren, wuchs in einer Kadettenanstalt in München auf und war dann im Militärdienst. Zu seiner poetischen Berufung mußte sich der unter seiner Homosexualität – und der daraus folgenden gesellschaftlichen Ächtung – leidende Dichter schmerzhaft durchringen. Eine Lyrik, wie sie Goethe geprägt und die Romantiker weitergeführt hatten, das spontane Ausschreiben individueller Stimmungen und Erlebnisse, die sogenannte Gelegenheitsdichtung (vgl. Goethe »Gefunden«, S. 54), war Platen wesensmäßig fremd. Erst durch einen Aufenthalt in Italien und mit den Venedig-Sonetten (1824) überwandt er die Zweifel an seiner Begabung. Seine Stärke erwies sich in der Beherrschung strenger Formen.

Das Sonett 68 entstand im Herbst 1826. Platen wollte Deutschland für immer verlassen; aber dieses, noch in der Heimat geschriebene Gedicht ist mehr als ein Ausdruck persönlicher Schwermut. Benno von Wiese nannte es eines der bittersten Gedichte der Weltliteratur.

»Seine Gedichte«, so der Platen-Herausgeber Jürgen Link, »wollen tatsächlich halb singend rezitiert werden (wie es in Griechenland, im Mittelalter, in der Romania bis ins 19. Jahrhundert und heute noch in vielen Gebieten Asiens üblich war bzw. ist: ›Ich strich melancholisch umher und recitierte beständig in meinem gewohnten, halb singenden Ton.‹ ... Platens Verse sind (gleichzeitig für Auge und Ohr) ›konstruiert‹, sie zielen auf ... identische Wiederkehr von Rhythmus und Klängen.«

http://gutenberg.aol.de./autoren/frames/platen.htm

August von Platen

154 Es sehnt sich ewig dieser Geist ins Weite

Es sehnt sich ewig dieser Geist ins Weite,
Und möchte fürder, immer fürder streben:
Nie könnt ich lang an einer Scholle kleben,
Und hätt ein Eden ich an jeder Seite.

Mein Geist, bewegt von innerlichem Streite,
Empfand so sehr in diesem kurzen Leben,
Wie leicht es ist, die Heimat aufzugeben,
Allein wie schwer, zu finden eine zweite.

Doch wer aus voller Seele haßt das Schlechte,
Auch aus der Heimat wird es ihn verjagen,
Wenn dort verehrt es wird vom Volk der Knechte.

Weit klüger ist's, dem Vaterland entsagen,
Als unter einem kindischen Geschlechte
Das Joch des blinden Pöbelhasses tragen.

Platen hatte vor seiner Abreise nach Italien 1826 seinem Freund, dem Grafen Fugger, eine Sammlung von Sonetten überlassen, »die er für das Seelenvollste seiner Poesie erklärte« (Goedeke); es waren, bis auf eines, die letzten Sonette, die Platen schrieb. »Es sehnt sich ewig dieser Geist ins Weite« ist dieses letzte, 1830 in Italien entstandene Sonett. Es läßt die sehnsüchtige Distanz erkennen, in der Platen während seines Italienaufenthaltes zu Deutschland verharrte. Auch der Streit mit seinen Kritikern hatte Platen das Leben in Deutschland vergällt. Sie verspotteten seine Verehrung für Schönheit und Form, er wiederum verachtete die Plattheit politisierter Dichterei.

Platen und Heine gerieten so in ein ungewöhnliches Spannungsverhältnis. Einerseits befehdeten sie sich schließlich in bösartiger Weise: Platen verletzte Heine mit antisemitischen Flegeleien, Heine verhöhnte Platen wegen seiner Homosexualität. Andererseits teilten sie das Schicksal der Emigration und ihre sehnsüchtig-kritische Haltung zu Deutschland.

Weit wichtiger ist mir, daß beide als Dichter vor demselben Problem standen: Sie mußten einen Ausweg aus der Stimmungs- und Erlebnislyrik der Goethezeit (»Ich singe wie der Vogel singt«) und der Romantik finden. Heine fand diesen Ausweg in der Ironie, der sogenannten »romantischen Ironie«. Platen fand ihn im formstrengen Pathos.

Platen ist Heines großer Antipode und wie dieser ein Wegbereiter der Moderne.

Hugo von Hofmannsthal (1874–1929)

156 Die Beiden

Sie trug den Becher in der Hand
– Ihr Kinn und Mund glich seinem Rand –
So leicht und sicher war ihr Gang,
Kein Tropfen aus dem Becher sprang.

So leicht und fest war seine Hand:
Er ritt auf einem jungen Pferde
Und mit nachlässiger Gebärde
Erzwang er, daß es zitternd stand.

Jedoch, wenn er aus ihrer Hand
Den leichten Becher nehmen sollte,
So war es Beiden allzuschwer:
Denn Beide bebten sie so sehr,
Daß keine Hand die and're fand
Und dunkler Wein am Boden rollte.

Hugo von Hofmannsthal wuchs in Wien als Sohn eines Bankdirektors auf und veröffentlichte schon mit sechzehn Jahren Gedichte unter dem Pseudonym Loris. Er studierte romanische Philologie und habilitierte sich 1901 mit einer Arbeit über Victor Hugo. Die Bekanntschaft und Freundschaft mit Stefan George zerbrach, als dieser ihn an seinen Kreis binden wollte. Mit dem Komponisten Richard Strauss schuf er als Librettist eine Reihe bedeutender Opern, u.a. »Der Rosenkavalier« (1911) und »Die Frau ohne Schatten« (1916). Zusammen mit Strauss und Max Reinhardt gründete er 1917 die Salzburger Festspielhausgemeinde. 1920 begannen mit der Aufführung seines »Jedermann« auf dem Domplatz die Salzburger Festspiele. Im Juli 1929 nahm sich sein Sohn das Leben, zwei Tage später starb Hofmannsthal an einen Schlaganfall.

Seine Gedichte schrieb Hofmannsthal fast alle zwischen 1890 und 1900, also zwischen dem sechzehnten und dem sechsundzwanzigsten Lebensjahr. »Die Beiden« ist das Gedicht eines Zweiundzwanzigjährigen. Das Gedicht lebt von der Gebärde, den Gebärden der Hand. Die Gebärde spielte eine wichtige Rolle in Hofmannsthals Dichtung. In seinem Aufsatz »Über die Pantomime« (1911) schreibt er: »Eine reine Gebärde ist wie ein reiner Gedanke, von dem auch das augenblickliche Geistreiche, das begrenzte Individuelle, das fratzenhaft Charakteristische abgestreift ist ... Enthüllt sich nicht hier die Seele in besonderer Weise? ... Die Sprache der Worte ist scheinbar individuell ... die des Körpers scheinbar allgemein, in Wahrheit höchstpersönlich. Auch redet nicht der Körper zum Körper, sondern das menschliche Ganze zum Ganzen.«

In seiner Rede »Das Geheimnis der Poesie« fragt Rudolf Borchardt: »Hat Hofmannsthal, als er sagen wollte: ›Sie trug den Becher in der Hand ...‹, diesen Worten, die jeder von Ihnen gebrauchen könnte, irgend etwas zu- oder abgetan, um sie zu Poesie zu machen? Woran liegt es, daß sie Poesie sind?«

http://gutenberg.informatik.uni-hamburg.de/autoren/frames/hofmanns.htm
http://www.aeiou.at/aeiou.encyclop.h/h751546.htm

Rainer Maria Rilke (1875–1926)

158 Römische Fontäne

Borghese

Zwei Becken, eins das andre übersteigend
aus einem alten runden Marmorrand,
und aus dem oberen Wasser leis sich neigend
zum Wasser, welches unten wartend stand,

dem leise redenden entgegenschweigend
und heimlich, gleichsam in der hohlen Hand,
ihm Himmel hinter Grün und Dunkel zeigend
wie einen unbekannten Gegenstand;

sich selber ruhig in der schönen Schale
verbreitend ohne Heimweh, Kreis aus Kreis,
nur manchmal träumerisch und tropfenweis

sich niederlassend an den Moosbehängen
zum letzten Spiegel, der sein Becken leis
von unten lächeln macht mit Übergängen.

Rainer Maria Rilke wuchs in Prag als Sohn eines Eisenbahnbeamten auf. Er besuchte Militärerziehungsanstalten und studierte Kunst- und Literaturgeschichte in Prag, München und Berlin, unternahm zahlreiche Reisen und wurde 1905 Privatsekretär von Auguste Rodin. Während des Ersten Weltkriegs arbeitete er im Wiener Kriegsarchiv. Nach Kriegsende lebte er in der Schweiz, wo er 1926 starb.

Seinen ersten Gedichtband, »Leben und Lieder«, veröffentlichte Rilke schon als Neunzehnjähriger; in Jahresabständen erschienen weitere Bände. Doch erst nach der Jahrhundertwende begann Rilke seinen Stil zu entwickeln. Es erschienen »Die frühen Gedichte«, »Das Buch der Bilder« (beide 1902), »Das Stunden-Buch« (1905) und die beiden Bände »Neue Gedichte« (1907 und 1908). Nach mehr als einem Jahrzehnt folgten die »Duineser Elegien« und »Die Sonette an Orpheus« (beide 1923).

Vielen Bewunderern Rilkes gilt seine Dichtung als mühelos erreichtes Ergebnis unmittelbarer Eingebung. Aber Rilke war auch ein großer Arbeiter; Kunstwerke waren für ihn auch ein Ergebnis von »Disziplin«, »Wirklichkeiten, die aus dem Handwerk hervorgehen«, für die »Arbeitenkönnen und Arbeitenmüssen« notwendig sind.

Rilke schrieb das Gedicht »Römische Fontäne« 1906 in Paris. Drei Jahre zuvor hatte er seine Frau, die Bildhauerin Clara Westhoff, nach Rom begleitet. Obwohl sie dort ein schön gelegenes kleines Gartenhaus nahe der Villa Borghese bewohnten, blieb Rilke die Stadt verschlossen, »attrappenhaft blind«. Selbst der römische Himmel erschien ihm »seicht und versandet«, »billige Farbenspiele«. Im Park der Villa Borghese aber fand er »schon in den ersten Tagen einen vertrauten Zufluchtsort«. Dieser »Zufluchtsort« spiegelt sich im Gedicht.

Vergleichen Sie beim lauten Lesen dieses Gedicht mit dem »Römischen Brunnen« Conrad Ferdinand Meyers (S. 251). Wie wenig ist bei Rilke in Bewegung! Nichts steigt auf, nichts strömt und fällt und *strebt* aus dem Überfluß zur Ruhe. Bei Rilke *ist* alles Ruhe.

http://www.unix-ag.uni-kl.de/~kasparek/Rilke/
http://www.danae.demon.co.uk/rilke/index.html
http://gutenberg.aol.de/autoren/rilke.htm

Rainer Maria Rilke

160 Archaïscher Torso Apollos

Wir kannten nicht sein unerhörtes Haupt,
darin die Augenäpfel reiften. Aber
sein Torso glüht noch wie ein Kandelaber,
in dem sein Schauen, nur zurückgeschraubt,

sich hält und glänzt. Sonst könnte nicht der Bug
der Brust dich blenden, und im leisen Drehen
der Lenden könnte nicht ein Lächeln gehen
zu jener Mitte, die die Zeugung trug.

Sonst stünde dieser Stein entstellt und kurz
unter der Schultern durchsichtigem Sturz
und flimmerte nicht so wie Raubtierfelle;

und bräche nicht aus allen seinen Rändern
aus wie ein Stern: denn da ist keine Stelle,
die dich nicht sieht. Du mußt dein Leben ändern.

Das Sonett eröffnet »Der neuen Gedichte anderer Teil« (1908), in dem auch die »Römische Fontäne« gedruckt ist. Beide gehören zu den sogenannten Dinggedichten.

Aufschlußreich für das Verständnis von Dinggedichten ist ein Zitat Rilkes, mit dem er sich von seiner emotions- und bildergeladenen Frühphase verabschiedete: »Das Ding ist bestimmt, das Kunst-Ding muß noch bestimmter sein; von allem Zufall fortgenommen, jeder Unklarheit entrückt, der Zeit enthoben und dem Raum gegeben, ist es dauernd geworden, fähig zur Ewigkeit. Das Modell *scheint*, das Kunst-Ding *ist*« (1903). Indem Rilke den steinernen Torso gleichsam ins Wort überführt, macht er ihn zu einem »monumentum aere perennius« – einem Denkmal, dauerhafter als Erz (Horaz).

So wichtig es ist, den Anteil des Lesers bei der Beschäftigung mit Gedichten zu betonen, vergessen werden darf nicht: »Das Kunstwerk stellt an den Betrachter einen Anspruch, vor dem er bestehen oder versagen kann ... Es ist das individuelle Gesetz des eigenen Lebens, das uns im Kunstwerk begegnet, unsere eigenen unverwirklichten Möglichkeiten. Wir ahnen sie vielleicht in beglückten Augenblicken, aber wir können sie nicht artikulieren, weil sie möglich sind und nicht wirklich« (Ulrich Karthaus).

Albrecht Haushofer (1903–1945)

162 Schuld

Ich trage leicht an dem, was das Gericht
mir Schuld benennen wird: an Plan und Sorgen.
Verbrecher wär' ich, hätt' ich für das Morgen
des Volkes nicht geplant aus eigner Pflicht.

Doch schuldig bin ich anders als ihr denkt,
ich mußte früher meine Pflicht erkennen,
ich mußte schärfer Unheil Unheil nennen –
mein Urteil hab ich viel zu lang gelenkt ...

Ich klage mich in meinem Herzen an:
ich habe mein Gewissen lang betrogen,
ich hab mich selbst und andere belogen –

ich kannte früh des Jammers ganze Bahn –
ich hab gewarnt – nicht hart genug und klar!
und heute weiß ich, was ich schuldig war ...

Albrecht Haushofer schrieb dieses Gedicht in der Berliner Haftanstalt Moabit, als er wegen Beteiligung am Attentatsversuch des 20. Juli 1944 vor Hitlers Volksgerichtshof stand. Ende April 1945, die sowjetische Armee war nur noch wenige hundert Meter entfernt, wurde er von der Gestapo in der Nähe der Haftanstalt erschossen.

Von Beruf politischer Geograph, war Haushofer zunächst Schüler und Mitarbeiter seines Vaters, Professor Karl Haushofer. Dessen Gedanken hatten starken Einfluß auf die nationalsozialistische Osteuropapolitik.

Albrecht Haushofer nutzte seine wissenschaftliche Ausbildung ebenfalls für praktische Politikberatung (Auslandsdeutsche) der Hitlerregierung. Von der Weimarer Demokratie enttäuscht, schrieb er allerdings schon beim Regierungsantritt Hitlers: »Ich kann menschlich mit den neuen Leuten (sowenig) wie Erasmus von Rotterdam mit den Wiedertäufern.«

In den dreißiger Jahren schrieb Haushofer einige heute vergessene historische Dramen. Seine »Moabiter Sonette« jedoch sind beständige künstlerische Zeugnisse des deutschen Widerstands. »Schuld« faßt in den letzten beiden Strophen die ganze Tragödie irregeleiteter Intellektueller der Weimarer Zeit und der Nazi-Jahre mit harter Selbstkritik zusammen. Diese Zeilen sind eine unüberhörbare Mahnung an das Gewissen jedes einzelnen Menschen, Unrecht Unrecht zu nennen, nicht wegzuschauen, wo es hinzuschauen gilt, und den Mut zu haben, zu sagen, was man sieht.

Gedanken–Gedichte

Prediger Salomo 3, 1–8

Ein jegliches hat seine Zeit, *167*
und alles Vorhaben unter dem Himmel hat seine Stunde:
geboren werden hat seine Zeit, sterben hat seine Zeit;
pflanzen hat seine Zeit, ausreißen, was gepflanzt ist, hat seine Zeit;
töten hat seine Zeit, heilen hat seine Zeit;
abbrechen hat seine Zeit, bauen hat seine Zeit;
weinen hat seine Zeit, lachen hat seine Zeit;
klagen hat seine Zeit, tanzen hat seine Zeit;
Steine wegwerfen hat seine Zeit, Steine sammeln hat seine Zeit;
herzen hat seine Zeit, aufhören zu herzen hat seine Zeit;
suchen hat seine Zeit, verlieren hat seine Zeit;
behalten hat seine Zeit, wegwerfen hat seine Zeit;
zerreißen hat seine Zeit, zunähen hat seine Zeit;
schweigen hat seine Zeit, reden hat seine Zeit;
lieben hat seine Zeit, hassen hat seine Zeit;
Streit hat seine Zeit, Friede hat seine Zeit.

Der Verfasser dieser etwa Mitte des 3. Jahrhunderts v. Chr. in Palästina auf Hebräisch geschriebenen Verse nennt sich »Kohelet« (der Versammler). Luther übersetzt »Kohelet« mit »Prediger«, wohl um eine Person hinter den Texten vorstellbar zu machen. Auch heute ist nicht mehr bekannt, als daß »Kohelet« ein Weisheitslehrer war. Diese Verse sind nur ein kleiner Teil aus seinem umfangreichen Werk. Lesen wir in der Bibel noch einige Zeilen weiter, dann wird ihre Botschaft deutlich: Gott ist der Herr über die Zeit und alles Geschehen.

Dieser Text wird am jüdischen Laubhüttenfest als Teil der Festrolle verlesen.

Simon Dach (1605–1659)

168

Perstet amicitiae semper venerabile Faedus!
Der Mensch hat nichts so eigen

Der Mensch hat nichts so eigen,
So wol steht jhm nichts an,
Als daß Er Trew erzeigen
Vnd Freundschafft halten kan;
Wann er mit seines gleichen
Soll treten in ein Band,
Verspricht sich nicht zu weichen
Mit Hertzen, Mund vnd Hand.

Die Red' ist vns gegeben,
Damit wir nicht allein
Vor vns nur sollen leben
Vnd fern von Leuten seyn;
Wir sollen vns befragen
Vnd sehn auff guten Raht,
Das Leid einander klagen
So vns betretten hat.

Was kan die Frewde machen,
Die Einsamkeit verheelt?
Das gibt ein duppelt Lachen,
Was Freunden wird erzehlt;
Der kan sein Leid vergessen,
Der es von Hertzen sagt;
Der muß sich selbst auffressen,
Der in geheim sich nagt.

Gott stehet mir vor allen,
Die meine Seele liebt;
Dann soll mir auch gefallen,

Der mir sich hertzlich giebt;
Mit diesem Bunds-Gesellen
Verlach' ich Pein und Noht,
Geh' auff dem Grund der Hellen
Vnd breche durch den Tod.

Ich hab', ich habe Hertzen
So trewe, wie gebührt,
Die Heucheley vnd Schertzen
Nie wissendlich berührt;
Ich bin auch jhnen wieder
Von grund der Seelen hold,
Ich lieb' euch mehr, jhr Brüder,
Als aller Erden Gold.

Simon Dach wurde in Memel geboren, lernte und studierte in Wittenberg und Magdeburg und beendete seine Studien in Königsberg, wo er 1633 Lehrer an der Domschule wurde und später Professor für Poesie. Martin Opitz nennt Simon Dach »jenes glänzende Herz der Musen«, allerdings noch auf Latein.

»Möge er immer bestehen, der herrliche Bund der Freundschaft« lautet der Titel dieses Gedichts, der auch sein Motto ist. Ein Hymnus auf die Freundschaft also, gesungen von einem gelehrten Dichter für seine gelehrten Freunde, alle Mitglieder des Dichterbundes »Musikalische Kürbishütte«. Musikalisch, weil es damals kaum ein Gedicht gab, das nicht alsbald vertont wurde, vorzugsweise von Heinrich Albert, einem Schüler von Heinrich Schütz.

Die Sprache erlöst den Menschen aus der Einsamkeit, sie bildet Gemeinschaft; ihrem Preis sind zwei von fünf Strophen gewidmet. Welch ein Weg von diesem Sprachvertrauen zu den Zweifeln eines Hofmannsthal (s. S. 265)! Welch ein Weg von jener Einheit des »Ich« und »Wir«, wo jedes »Ich« als Brennpunkt der Menschheit zugleich ein »Wir« meint, bis hin zu dem unversöhnlichen Gegensatz von »Ich« und »Wir« (zum Beispiel bei Gottfried Benn: »Einsamer nie –«, S. 268), und schließlich bis zu der Spaltung des Ich selbst, zum Beispiel in Rimbauds berühmtem Satz: »Moi, c'est un autre.«

http://www.ni.schule.de/~pohl/ewald/barock/dach.htm
http://gutenberg.aol.de/autoren/dach.htm

Friedrich von Logau (1604–1655)

170 Heutige Welt-Kunst

Anders sein und anders scheinen;
anders reden, anders meinen;
alles loben, alles tragen,
alles heucheln, stets behagen,
allem Winde Segel geben,
Bös' und Guten dienstbar leben;
alles Tun und alles Dichten
bloß auf eignen Nutzen richten:
Wer sich dessen will befleißen,
kann Politisch heuer heißen.

Friedrich von Logau, in Brockuth (Schlesien) geboren, studierte Jura in Frankfurt an der Oder und verwaltete bis zu seinem Tode eines der Familiengüter bei Liegnitz. Ab 1648 war Logau Mitglied der »Fruchtbringenden Gesellschaft«, der einflußreichsten jener im 17. Jahrhundert so zahlreichen Sprachgesellschaften. Berühmt wurde Logau durch zwei Gedichtsammlungen, die er unter dem Pseudonym Salomon von Golaw herausgab: »Zwey Hundert Teutscher Reime Sprüche« (1638) und »Deutscher Sinn-Getichte Drey Tausend« (1654). Logau schrieb weltliche und geistliche Epigramme, ohne sich viel um die Opitzschen Regeln der Dichtkunst zu kümmern. Meist griff er mit satirischer Schärfe zeitgenössische Mißstände an. Gotthold Ephraim Lessing, selbst ein großer Epigrammatiker, gab 1759 eine Auswahl der Werke Logaus heraus und rettete vermutlich so diesen »Gebrauchs-Lyriker« des 17. Jahrhunderts für unsere Tage.

»Heutige Welt-Kunst« erschien zuerst in den »Sinn-Getichten«. Es zeigt, daß das Ansehen der Politik (berühmt geworden ist Goethes »Faust«-Szene in Auerbachs Keller: »Ein garstig Lied! Pfui! Ein politisch Lied!«) noch niemals besonders hoch war.

Gotthold Ephraim Lessing (1729–1781)

Die Ringparabel (gekürzt) *171*

Vor grauen Jahren lebt' ein Mann in Osten,
Der einen Ring von unschätzbarem Wert
Aus lieber Hand besaß. Der Stein war ein
Opal, der hundert schöne Farben spielte,
Und hatte die geheime Kraft, vor Gott
Und Menschen angenehm zu machen, wer
In dieser Zuversicht ihn trug. Was Wunder,
Daß ihn der Mann in Osten darum nie
Vom Finger ließ; und die Verfügung traf,
Auf ewig ihn bei seinem Hause zu
Erhalten? Nämlich so. Er ließ den Ring
Von seinen Söhnen dem geliebtesten;
Und setzte fest, daß dieser wiederum
Den Ring von seinen Söhnen dem vermache,
Der ihm der liebste sei; und stets der liebste,
Ohn' Ansehn der Geburt, in Kraft allein
Des Rings, das Haupt, der Fürst des Hauses werde. –

...

So kam nun dieser Ring, von Sohn zu Sohn,
Auf einen Vater endlich von drei Söhnen;
Die alle drei ihm gleich gehorsam waren,
Die alle drei er folglich gleich zu lieben
Sich nicht entbrechen konnte ... Allein
Es kam zum Sterben, und der gute Vater
Kömmt in Verlegenheit. Es schmerzt ihn, zwei
Von seinen Söhnen, die sich auf sein Wort
Verlassen, so zu kränken. – Was zu tun? –
Er sendet in geheim zu einem Künstler,
Bei dem er, nach dem Muster seines Ringes,
Zwei andere bestellt, und weder Kosten

Noch Mühe sparen heißt, sie jenem gleich,
Vollkommen gleich zu machen. Das gelingt
Dem Künstler. Da er ihm die Ringe bringt,
Kann selbst der Vater seinen Musterring
Nicht unterscheiden. Froh und freudig ruft
Er seine Söhne, jeden insbesondre;
Gibt jedem insbesondre seinen Segen, –
Und seinen Ring, – und stirbt ...

Kaum war der Vater tot, so kömmt ein jeder
Mit seinem Ring, und jeder will der Fürst
Des Hauses sein. Man untersucht, man zankt,
Man klagt. Umsonst; der rechte Ring war nicht
Erweislich; – ...
Fast so unerweislich, als
Uns itzt – der rechte Glaube.

...

Der Richter sprach: ... Ich höre ja, der rechte Ring
Besitzt die Wunderkraft beliebt zu machen;
Vor Gott und Menschen angenehm. Das muß
Entscheiden! Denn die falschen Ringe werden
Doch das nicht können! – Nun; wen lieben zwei
Von Euch am meisten? – Macht, sagt an! Ihr schweigt?
Die Ringe wirken nur zurück? und nicht
Nach außen? Jeder liebt sich selber nur
Am meisten? – O, so seid ihr alle drei
Betrogene Betrieger! Eure Ringe
Sind alle drei nicht echt. Der echte Ring
Vermutlich ging verloren. Den Verlust
Zu bergen, zu ersetzen, ließ der Vater
Die drei für einen machen.

...

wenn ihr
Nicht meinen Rat, statt meines Spruches, wollt:
Geht nur! – Mein Rat ist aber der: ihr nehmt
Die Sache völlig wie sie liegt. Hat von
Euch jeder seinen Ring von seinem Vater:
So glaube jeder sicher seinen Ring
Den echten. – Möglich; daß der Vater nun
Die Tyrannei des *einen* Rings nicht länger
In seinem Hause dulden wollen! – Und gewiß;
Daß er euch alle drei geliebt, und gleich
Geliebt: indem er zwei nicht drücken mögen,
Um einen zu begünstigen. – Wohlan!
Es eifre jeder seiner unbestochnen
Von Vorurteilen freien Liebe nach!
Es strebe von euch jeder um die Wette,
Die Kraft des Steins in seinem Ring an Tag
Zu legen! komme dieser Kraft mit Sanftmut,
Mit herzlicher Verträglichkeit, mit Wohltun,
Mit innigster Ergebenheit in Gott,
Zu Hülf! Und wenn sich dann der Steine Kräfte
Bei euern Kindes-Kindeskindern äußern:
So lad' ich über tausend tausend Jahre
Sie wiederum vor diesen Stuhl. Da wird
Ein weisrer Mann auf diesem Stuhle sitzen
Als ich; und sprechen: ›geht!‹

Lessing wurde in Kamenz (Bezirk Dresden) als Pfarrerssohn geboren, studierte Medizin, dann Theologie in Leipzig und lebte ab 1748 als freier Schriftsteller. Von 1759 bis 1765 gab er zusammen mit Friedrich Nicolai und Moses Mendelssohn die »Briefe, die Neueste Literatur betreffend« heraus. 1767 wurde er Dramaturg am Deutschen Nationaltheater in Hamburg, wo er die »Hamburgische Dramaturgie« schrieb. Ab 1770 leitete er die Bibliothek in Wolfenbüttel bei Braunschweig. Lessing gilt als der eigentliche Begründer der modernen deutschen Literaturtheorie.

Lessings dramatischem Gedicht »Nathan der Weise« ging ein erbitterter, persönlich geführter Religionsstreit mit dem konservativen Hamburger Hauptpastor Goeze voraus. In einer seiner Antworten auf dessen scharfe Angriffe schrieb Lessing in der »Duplik« (1778) jenen berühmten Satz, der die Essenz des »Nathan« bereits enthält: »Wenn Gott in seiner Rechten alle Wahrheit und in seiner Linken den einzigen immer regen Trieb nach Wahrheit, obschon mit dem Zusatze, mich immer und ewig zu irren, verschlossen hielte und spräche zu mir: Wähle! ich fiele mit Demut in seine Linke und sagte: Vater, gib! Die reine Wahrheit ist ja doch nur für dich allein!«

Als Lessing vom Herzog von Braunschweig jede weitere Veröffentlichung zu diesem Streit untersagt wurde, schrieb er im September 1778 an Elise Reimarus in Hamburg: »Ich muß versuchen, ob man mich auf meiner alten Kanzel, auf dem Theater wenigstens noch ungestört will predigen lassen.« In kurzer Zeit entstand das Drama »Nathan der Weise«. Im April 1779 schrieb er an seinen Bruder Karl: »Es kann wohl seyn, daß mein Nathan im Ganzen wenig Wirkung thun würde, wenn er auf das Theater käme, welches wohl nie geschehen wird.« Im Mai erschien der Erstdruck bei C. F. Voß in Berlin. Zwei Jahre später starb Lessing in Braunschweig. 1783 wurde »Nathan der Weise« in Berlin uraufgeführt.

Der hier abgedruckte Auszug aus der »Ringparabel« soll dazu anregen, das ganze »dramatische Gedicht« wieder einmal zu lesen. Denn Lessings »Nathan« ist ein ungewöhnlich aktuelles Stück. Die drei Ringe, die Gegenstand der »Ringparabel« sind, stellen die drei Religionen Judentum, Christentum und Islam dar, die für Lessing gleichberechtigte Religionen sind, wenn eine jede sich in ihrem Glauben tolerant den anderen öffnet: »Es eifre jeder seiner unbestochnen/ Von Vorurteilen freien Liebe nach!«

In einer Zeit, in der ein möglicher »clash of civilizations« (Samuel P. Huntington) weltweit diskutiert wird, gewinnen die über zweihundert Jahre alten Verse Lessings eine neue und nachdrückliche Bedeutung.

http://ucaswww.mcm.uc.edu/german/lesbk.html

Johann Wolfgang Goethe (1749–1832)

Osterspaziergang *175*

(»Faust I«, Vers 903-940)

Vom Eise befreit sind Strom und Bäche
Durch des Frühlings holden, belebenden Blick;
Im Tale grünet Hoffnungsglück;
Der alte Winter, in seiner Schwäche,
Zog sich in rauhe Berge zurück.
Von dorther sendet er, fliehend, nur
Ohnmächtige Schauer körnigen Eises
In Streifen über die grünende Flur;
Aber die Sonne duldet kein Weißes:
Überall regt sich Bildung und Streben,
Alles will sie mit Farben beleben;
Doch an Blumen fehlt's im Revier,
Sie nimmt geputzte Menschen dafür.
Kehre dich um, von diesen Höhen
Nach der Stadt zurückzusehen.
Aus dem hohlen finstern Tor
Dringt ein buntes Gewimmel hervor.
Jeder sonnt sich heute so gern.
Sie feiern die Auferstehung des Herrn,
Denn sie sind selber auferstanden,
Aus niedriger Häuser dumpfen Gemächern,
Aus Handwerks- und Gewerbesbanden,
Aus dem Druck von Giebeln und Dächern,
Aus der Straßen quetschender Enge,
Aus der Kirchen ehrwürdiger Nacht
Sind sie alle ans Licht gebracht.
Sieh nur, sieh! wie behend sich die Menge
Durch die Gärten und Felder zerschlägt,
Wie der Fluß, in Breit' und Länge,
So manchen lustigen Nachen bewegt,

Und bis zum Sinken überladen
Entfernt sich dieser letzte Kahn.
Selbst von des Berges fernen Pfaden
Blinken uns farbige Kleider an.
Ich höre schon des Dorfs Getümmel,
Hier ist des Volkes wahrer Himmel,
Zufrieden jauchzet groß und klein;
Hier bin ich Mensch, hier darf ich's sein!

Der »Wissenschaftler« Heinrich Faust hat gerade eine »Sinn- und Schaffenskrise« überwunden, Osterglocken und Engelschöre haben ihn im letzten Augenblick vor dem Selbstmord bewahrt. Nun ist er mit seinem »Assistenten« Famulus, Wagner aus seinem »hochgewölbten, engen gotischen Zimmer« aus »der Nacht« in den hellen Ostertag getreten. »Vor dem Tor. Spaziergänger aller Art ziehen hinaus«, heißt es in der Regieanweisung. Faust ist wieder unter freien Himmel und unter Menschen. Die Szene schrieb Goethe um 1800, der Zeit der sogenannten »Weimarer Klassik«.

Ich habe diesen berühmten Abschnitt aus dem wohl bedeutendsten Theaterstück der deutschen Sprache ausgewählt, weil diesen Versen in unvergleichlicher Weise eine Verschmelzung von Wort und Bild gelingt, was ich schon in meinem Vorwort andeutete. »Wort und Bild sind Korrelate, die sich immerfort suchen, wie wir an Tropen und Gleichnissen genugsam gewahr werden. So von jeher, was dem Ohr nach innen gesagt oder gesungen war, sollte dem Auge gleichfalls entgegenkommen« (Goethe).

Johann Wolfgang Goethe

Feiger Gedanken 177

Feiger Gedanken
Bängliches Schwanken,
Weibisches Zagen,
Ängstliches Klagen
Wendet kein Elend,
Macht dich nicht frei.

Allen Gewalten
Zum Trutz sich erhalten,
Nimmer sich beugen,
Kräftig sich zeigen,
Rufet die Arme
Der Götter herbei.

Der Text gehört ursprünglich in den Zusammenhang des Singspiels »Lila«, das Goethe für den Geburtstag der Herzogin Luise, der Ehefrau des Herzogs Carl August von Weimar, 1777 schrieb. Die Herzogin war unglücklich über die Untreue ihres Mannes. Das Singspiel, mehrfach umgeschrieben, behandelt, wie wir heute sagen würden, das Thema »Trauerarbeit«: Trauer, um den Verlust eines geliebten Menschen zu überwinden. In der erhaltenen Textfassung von 1788 heißt es, nachdem der Trauernden zunächst die Verse »Feiger Gedanken« als Lied zugesungen wurden, dann weiter: »Der Mensch hilft sich selbst am besten. Er muß wandeln, sein Glück zu suchen, er muß zugreifen, es zu fassen; günstige Götter können leiten, segnen.« Als eine »psychische Kur« wollte Goethe sein Stück verstanden wissen.

Die Zeilen »Allen Gewalten/ Zum Trutz sich erhalten« schrieb Hans Scholl, Mitglied der Widerstandsgruppe »Weiße Rose« an der Universität München, mit Bleistift an die Wand seiner Zelle im Palais Wittelsbach, bevor er, ebenso wie seine Schwester Sophie Scholl, am 22. Februar 1943 hingerichtet wurde.

Johann Wolfgang Goethe

178 Das Göttliche

Edel sei der Mensch,
Hilfreich und gut!
Denn das allein
Unterscheidet ihn
Von allen Wesen,
Die wir kennen.

Heil den unbekannten
Höhern Wesen,
Die wir ahnen!
Ihnen gleiche der Mensch;
Sein Beispiel lehr' uns
Jene glauben.

Denn unfühlend
Ist die Natur:
Es leuchtet die Sonne
Über Bös' und Gute,
Und dem Verbrecher
Glänzen wie dem Besten
Der Mond und die Sterne.

Wind und Ströme,
Donner und Hagel
Rauschen ihren Weg
Und ergreifen
Vorüber eilend
Einen um den andern.

Auch so das Glück
Tappt unter die Menge,
Faßt bald des Knaben
Lockige Unschuld,
Bald auch den kahlen
Schuldigen Scheitel.

Nach ewigen, ehrnen,
Großen Gesetzen
Müssen wir alle
Unseres Daseins
Kreise vollenden.

Nur allein der Mensch
Vermag das Unmögliche:
Er unterscheidet,
Wählet und richtet;
Er kann dem Augenblick
Dauer verleihen.

Er allein darf
Den Guten lohnen,
Den Bösen strafen,
Heilen und retten,
Alles Irrende, Schweifende
Nützlich verbinden.

Und wir verehren
Die Unsterblichen,
Als wären sie Menschen,
Täten im Großen,
Was der Beste im Kleinen
Tut oder möchte.

Der edle Mensch
Sei hilfreich und gut!
Unermüdet schaff' er
Das Nützliche, Rechte,
Sei uns ein Vorbild
Jener geahneten Wesen!

»Das Göttliche« erschien zusammen mit dem Gedicht »Prometheus« im November 1783 im »Journal« für die Angehörigen des Weimarer Hofes. Goethe war selbst ein Teil dieser Gesellschaft und kannte ihren Geist. Es scheint, als sei er im nachhinein erschrocken über den unhöfischen Mut seiner Verse, und so schrieb er leicht verärgert an den Herausgeber: »Ob Du aber wohl daran getan hast, mein Gedicht mit meinem Namen vorauf zu setzen, damit man ja bei dem noch ärgerlicheren ›Prometheus‹ mit den Fingern auf mich deute, das mache mit dem Geiste aus, der es dich geheißen hat.«

Leider konnte ich den »Prometheus« hier nicht aufnehmen. Lesen Sie auch ihn! Laut! Am besten unter freiem Himmel.

Johann Wolfgang Goethe

Harfenspieler 181

Wer nie sein Brot mit Tränen aß,
Wer nie die kummervollen Nächte
Auf seinem Bette weinend saß,
Der kennt euch nicht, ihr himmlischen Mächte.

Ihr führt ins Leben uns hinein,
Ihr laßt den Armen schuldig werden,
Dann überlaßt ihr ihn der Pein:
Denn alle Schuld rächt sich auf Erden.

Dieses Gedicht stand zuerst in der »Theatralischen Sendung« (1783). Es erschien dann unverändert im dreizehnten Kapitel des zweiten Buchs von »Wilhelm Meisters Lehrjahre«, wo es als Lied einem Harfenspieler in den Mund gelegt wurde. Sodann nahm Goethe es in die Ausgabe der »Gedichte« von 1815 auf.

Goethe schrieb dazu voller Selbstvertrauen in die Unsterblichkeit dieser Verse in den »Maximen und Reflexionen«: »Diese tiefschmerzlichen Zeilen wiederholte sich eine höchst vollkommene angebetete Königin in der grausamen Verbannung, zu grenzenlosem Elend verwiesen. Sie befreundete sich mit dem Buche, das diese Worte und noch manche schmerzliche Erfahrung überliefert, und zog daraus einen peinlichen Trost: wer dürfte diese schon in die Ewigkeit sich erstreckende Wirkung wohl jemals verkümmern?« Mit dieser Königin war die Königin Luise von Preußen gemeint, nach ihrer Vertreibung aus Berlin durch Napoleon, während ihres Exil-Aufenthalts in Memel (1807).

Johann Wolfgang Goethe

182 Im Atemholen sind zweierlei Gnaden

Im Atemholen sind zweierlei Gnaden:
Die Luft einziehen, sich ihrer entladen;
Jenes bedrängt, dieses erfrischt;
So wunderbar ist das Leben gemischt.
Du danke Gott, wenn er dich preßt,
Und dank ihm, wenn er dich wieder entläßt.

Dieses Gedicht ist das letzte der fünf »Talismane« aus dem »Buch des Sängers«, dem ersten Buch des »West-östlichen Divan« (1814-1819). »Divan« ist ein persisches Wort und meint »Versammlung«, insbesondere »Liedersammlung«. Der »West-östliche Divan« ist ein Zyklus, ähnlich Goethes »Römischen Elegien«. So wie dort römisch gedacht und gefühlt wird, so hier persisch.

Talismane sind »Segenspfänder«, so die Erklärung in dem voraufgehenden Gedicht mit diesem Titel; edle Steine, in die Zeichen geritzt sind, die Unglück abwehren und Glück bringen sollen, Amulette also.

An seinen Verleger Cotta, der ihm eine Übersetzung des persischen Dichters Hafis hatte zukommen lassen, schrieb Goethe im Mai 1815: »Ich habe mich nämlich im Stillen längst mit orientalischer Literatur beschäftigt, um mich mit derselben inniger bekannt zu machen, mehreres in Sinn und Art des Orients gedichtet. Meine Absicht ist dabei, auf heitere Weise den Westen und Osten, das Vergangene und Gegenwärtige, das Persische und Deutsche zu verknüpfen und beiderseitige Sitten und Denkarten übereinander greifen zu lassen.« Zwei Literaturen, zwei Kulturen läßt Goethe in diesen Gedichten einander spiegeln, mitunter sogar verschmelzen, als habe er geahnt, »daß die Zukunft der Weltkultur davon abhängt, daß geistige Begegnungen glücken« (Erich Trunz). Wenige Jahre später, 1827, prägte Goethe in den Gesprächen mit Eckermann den Begriff und das Wort »Weltliteratur«.

Sprechen Sie dieses Gedicht laut, im Rhythmus Ihres Atems, spüren Sie die Bewegung des Lebens in der eigenen Brust, diese »wunderbare Mischung« aus Spannung und Entspannung. Oder wie es bei »Kohelet« heißt: »Ein jegliches hat seine Zeit« (s. S. 167).

Friedrich Schiller (1759–1805)
Ludwig van Beethoven (1770–1827)

An die Freude

O Freunde, nicht diese Töne!
sondern laßt uns angenehmere
anstimmen und freudenvollere.

Freude, schöner Götterfunken,
Tochter aus Elysium,
Wir betreten feuertrunken
Himmlische, dein Heiligtum.
Deine Zauber binden wieder,
Was die Mode streng geteilt,
Alle Menschen werden Brüder,
Wo dein sanfter Flügel weilt.

Wem der große Wurf gelungen,
Eines Freundes Freund zu sein,
Wer ein holdes Weib errungen,
Mische seinen Jubel ein!
Ja – wer auch nur eine Seele
Sein nennt auf dem Erdenrund!
Und wer's nie gekonnt, der stehle
Weinend sich aus diesem Bund.

Freude trinken alle Wesen
An den Brüsten der Natur,
Alle Guten, alle Bösen
Folgen ihrer Rosenspur.
Küsse gab sie uns und Reben,
Einen Freund, geprüft im Tod,
Wollust ward dem Wurm gegeben,
Und der Cherub steht vor Gott.

Froh, wie seine Sonnen fliegen
Durch des Himmels prächt'gen Plan,
Wandelt, Brüder, eure Bahn,
Freudig wie ein Held zum Siegen.

Seid umschlungen, Millionen!
Diesen Kuß der ganzen Welt!
Brüder – überm Sternenzelt
Muß ein lieber Vater wohnen.

Ihr stürzt nieder, Millionen?
Ahnest du den Schöpfer, Welt?
Such ihn überm Sternenzelt,
Über Sternen muß er wohnen.

Schillers Hymne »An die Freude« ist *das* deutsche Gedicht mit dem wahrscheinlich ungewöhnlichsten Schicksal aller deutschen Gedichte überhaupt.

Während Schillers Aufenthalt in Leipzig (Dresdener Jahre 1785 bis 1787) in, wie es heißt, fröhlicher Runde geschrieben und dann im »Thalia« (Heft 2, 1786) veröffentlicht, ist das Gedicht heute weltberühmt. Schiller selbst hatte sich später in einem Brief an Körner (1800) allerdings sehr kritisch dazu geäußert; es sei ein »schlechtes Gedicht«, denn es sei einem »fehlerhaften Geschmack der Zeit« gefolgt. Schiller war als Bewunderer der Französischen Revolution 1792 Ehrenbürger der Französischen Republik geworden, hatte sich aber dann wegen des Verlaufs und der Folgen der Revolution wieder von ihr abgewandt.

Wie immer man die literarische Qualität des Gedichts beurteilt: Hier darf es schon wegen seiner Geschichte nicht fehlen. Denn Ludwig van Beethoven, der im letzten Satz seiner Neunten Symphonie Verse der Hymne vertonte, machte »An die Freude« zum Höhepunkt eines der bedeutendsten Kunstwerke der abendländischen Welt. Beethoven war von dem Gedicht schon 1792 begeistert gewesen; es ließ ihn nicht mehr los, bis er 1823 die Musik dazu schrieb; er war damals bereits taub.

Der hier abgedruckte Teil des sehr viel längeren Gedichtes gibt nur die von Beethoven vertonten Verse wieder. Die ersten drei Zeilen hat er selbst hinzugefügt. Interessant sind auch seine Auslassungen; so fehlt u.a.: »Duldet mutig, Millionen!/ Duldet für die bessere Welt!/ Droben überm Sternenzelt/ Wird ein großer Gott belohnen.« Das war ihm wohl zu gottergeben.

Während des Revolutionsjahres 1848 sang man das Lied häufig, indem das Wort »Freude« durch »Freiheit« ersetzt wurde. Richard Wagner berichtet, er habe am 8. Mai 1848, nachdem er die Neunte Symphonie dirigiert hatte, auf dem Wege durch die Barrikaden in Dresden den Zuruf eines Gardisten erhalten: »Herr Kapellmeister, nun, der Freude schöner Götterfunken hat gezündet.«

1972 wurde das »Lied an die Freude« vom Europarat zur offiziellen Europa-Hymne erklärt; auch die Europäische Union nutzt seit 1986 die Beethoven-Schiller-Hymne als, wie es heißt, »klassische Erkennungsmarke« der Europäischen Gemeinschaft.

Schiller, ein Schwabe, geboren 1759 in Marbach am Neckar, und Beethoven, ein Rheinländer, geboren 1770 in Bonn, zwei Deutsche also, wurden kaum fünfundzwanzig Jahre nach dem Ende des Zweiten Weltkriegs zu den Vätern der Hymne Europas. Ein Zeichen für die völkerverbindende Bedeutung großer Kunst, aber auch für die großzügige Verständigungsbereitschaft unserer Nachbarn.

Zur Erläuterung: Elysium ist in der Antike der Ort, wo Menschen wegen besonderer Verdienste vergöttlicht werden; im 18. Jahrhundert Sinnbild für geistige Seligkeit und sinnliches Glück zugleich.

Friedrich Schiller

186 Die Worte des Glaubens

Drei Worte nenn' ich euch, inhaltsschwer,
Sie gehen von Munde zu Munde,
Doch stammen sie nicht von außen her,
Das Herz nur gibt davon Kunde;
Dem Menschen ist aller Wert geraubt,
Wenn er nicht mehr an die drei Worte glaubt.

Der Mensch ist frei geschaffen, ist frei,
Und würd' er in Ketten geboren,
Laßt euch nicht irren des Pöbels Geschrei,
Nicht den Mißbrauch rasender Toren;
Vor dem Sklaven, wenn er die Kette bricht,
Vor dem freien Menschen erzittert nicht.

Und die Tugend, sie ist kein leerer Schall,
Der Mensch kann sie üben im Leben,
Und sollt' er auch straucheln überall,
Er kann nach der göttlichen streben;
Und was kein Verstand der Verständigen sieht,
Das übet in Einfalt ein kindlich Gemüt.

Und ein Gott ist, ein heiliger Wille lebt,
Wie auch der menschliche wanke,
Hoch über der Zeit und dem Raume webt
Lebendig der höchste Gedanke;
Und ob alles in ewigem Wechsel kreist,
Es beharret im Wechsel ein ruhiger Geist.

Die drei Worte bewahret euch, inhaltschwer,
Sie pflanzet von Munde zu Munde,
Und stammen sie gleich nicht von außen her,
Euer Innres gibt davon Kunde;
Dem Menschen ist nimmer sein Wert geraubt,
Solang er noch an die drei Worte glaubt.

Schiller schrieb dieses Gedicht 1797; es erschien noch im selben Jahr in den »Horen«. Dem Komponisten Karl Friedrich Zelter gegenüber bemerkte Schiller, daß diese Verse »vielleicht im Geiste der Kirchengesänge« vertont werden könnten. Körner verglich die »Worte des Glaubens« mit Goethes Gedicht »Erinnerung« und kam zu dem Schluß, bei Goethe höre man mehr den »Dichter«, bei Schiller den »Redner«.

Die Prosa sei, so Schiller an Goethe (1797), »bloß gut für den gewöhnlichen Hausverstand«, während der Vers »schlechterdings Beziehungen auf die Einbildungskraft« fordere und sich notwendig »über das Gemeine erhebe«. Alle Werke Schillers »haben seelsorgerische Tendenz und liturgischen Charakter. Sie wollen die geistige Not der Zeit überwinden und eine neue Gemeinschaft der Gläubigen stiften. Ihre künstlerischen Schwächen hängen mit dieser Lehrhaftigkeit zusammen. Die natürliche Schönheit ist Schiller gleichgültig, ihn rührt nur die moralische Schönheit, die Würde. ›Ohne die Erhabenheit würde uns die Schönheit unserer Würde vergessen machen.‹ ... Schiller nannte die Dichtung die Führerin der Menschheit – nicht zu Gott, sondern zur Freiheit, zur Kultur« (Walter Muschg).

Zwei Jahre später schrieb Schiller »Die Worte des Wahns«, sozusagen als Gegenstück zu den idealistischen »Worten des Glaubens«; die Gedichte sind in Strophenbau und -anzahl gleich, was ihre Zusammengehörigkeit unterstreicht. Doch das zweite Gedicht widerlegt das erste nicht, wie man zunächst meinen könnte. Es ist dessen Bestätigung: Der Mensch muß Freiheit, Tugend und Unsterblichkeit in sich selbst spüren, erst dann kann er sie »üben im Leben«.

Friedrich Schiller

188 Die Teilung der Erde

»Nehmt hin die Welt!« rief Zeus von seinen Höhen
Den Menschen zu. »Nehmt, sie soll euer sein!
Euch schenk' ich sie zum Erb' und ew'gen Lehen –
Doch teilt euch brüderlich darein!«

Da eilt, was Hände hat, sich einzurichten,
Es regte sich geschäftig jung und alt.
Der Ackermann griff nach des Feldes Früchten,
Der Junker birschte durch den Wald.

Der Kaufmann nimmt, was seine Speicher fassen,
Der Abt wählt sich den edeln Firnewein,
Der König sperrt die Brücken und die Straßen
Und sprach: »Der Zehente ist mein.«

Ganz spät, nachdem die Teilung längst geschehen,
Naht der Poet, er kam aus weiter Fern' –
Ach! da war überall nichts mehr zu sehen,
Und alles hatte seinen Herrn!

»Weh mir! So soll denn ich allein von allen
Vergessen sein, ich, dein getreuster Sohn?«
So ließ er laut der Klage Ruf erschallen
Und warf sich hin von Jovis Thron.

»Wenn du im Land der Träume dich verweilet«,
Versetzt' der Gott, »so hadre nicht mit mir.
Wo warst du denn, als man die Welt geteilet?«
»Ich war«, sprach der Poet, »bei dir.

Mein Auge hing an deinem Angesichte,
An deines Himmels Harmonie mein Ohr –
Verzeih dem Geiste, der, von deinem Lichte
Berauscht, das Irdische verlor!«

»Was tun?« spricht Zeus; »die Welt ist weggegeben,
Der Herbst, die Jagd, der Markt ist nicht mehr mein.
Willst du in meinem Himmel mit mir leben –
So oft du kommst, er soll dir offen sein.«

»Die Teilung der Erde« schrieb Schiller 1795 für die von ihm herausgegebene Zeitschrift »Horen«, an der auch Goethe, Herder, Hölderlin, die Brüder Humboldt und Schlegel mitarbeiteten. Die dritte Strophe wurde 1800 überarbeitet. Es mag kein Zufall sein, daß Schiller zur Zeit der Entstehung des Gedichts »an einem Aufsatz über das Naive« arbeitete, wie er im September 1795 an Körner schrieb: »Diese Materie hat mich zu verschiedenen Betrachtungen über die Dichter alter und neuer Zeit veranlaßt.«

Die Zeitgenossen mochten nicht recht glauben, daß dieses anonym erschienene Gedicht von Schiller war und schrieben es Goethe zu. Als Schiller »Die Teilung der Erde«, eine »Schnurre«, wie er das Gedicht nannte, an Goethe schickte, meinte er, dieser solle es am besten selbst in Frankfurt auf der Zeil »zum Fenster hinaus lesen«, weil dies eine Stadt sei, »die von dem Gott dieser Welt regiert wird – Geld«. Goethe war nicht anderer Meinung: Die Bewohner der Stadt leben »in einem beständigen Taumel von Erwerben und Verzehren«.

Friedrich Schiller

190 Nänie

Auch das Schöne muß sterben! Das Menschen und Götter bezwinget,
Nicht die eherne Brust rührt es des stygischen Zeus.
Einmal nur erweichte die Liebe den Schattenbeherrscher,
Und an der Schwelle noch, streng, rief er zurück sein Geschenk.
Nicht stillt Aphrodite dem schönen Knaben die Wunde,
Die in den zierlichen Leib grausam der Eber geritzt.
Nicht errettet den göttlichen Held die unsterbliche Mutter,
Wann er, am skäischen Tor fallend, sein Schicksal erfüllt.
Aber sie steigt aus dem Meer mit allen Töchtern des Nereus,
Und die Klage hebt an um den verherrlichten Sohn.
Siehe! Da weinen die Götter, es weinen die Göttinnen alle,
Daß das Schöne vergeht, daß das Vollkommene stirbt.
Auch ein Klaglied zu sein im Mund der Geliebten, ist herrlich,
Denn das Gemeine geht klanglos zum Orkus hinab.

Der Gedanke an das unausweichliche Schicksal alles Schönen hat Schiller niemals losgelassen. Das Ende seiner Helden und Heldinnen zeigt es immer wieder. Wallensteins Tochter Thekla schließt ihre Totenklage um den geliebten Max Piccolomini mit dem Ausruf: »Das ist das Los des Schönen auf der Erde!«

»Naenie« oder »Nenia« hieß im republikanischen Rom das in einem Leichenzug zur Flöte gesungene Klagelied. Bei den Griechen war *nenia* die öffentliche Lobpreisung eines bedeutenden Menschen. Der »stygische Zeus« ist Pluto, der Gott der vom Styx neunfach umflossenen Unterwelt, des Orkus. Er ist der Beherrscher der Abgeschiedenen, die nun als Schatten sein Reich bevölkern. Einzig Orpheus, der Sänger, »erweichte« ihn einmal, er durfte Eurydike aus dem Schattenreich zurückholen, allerdings ohne daß er sich dabei nach ihr hätte umsehen dürfen. Aus übergroßer Liebe wandte er sich doch um, und Eurydike mußte in der Welt der Toten bleiben. Der Name des »göttlichen Helden« ist Achill; die Meeresgöttin Thetis die »unsterbliche Mutter«, die gemeinsam mit den trauernden Nereiden ein Klagelied anstimmt, als Achill, von einem Pfeil tödlich in die Ferse getroffen, vor Troja begraben wird.

Das Gedicht »Nänie« rühmt den Triumph der Dichtkunst über die Vergänglichkeit (»Auch ein Klaglied zu sein im Mund der Geliebten, ist herrlich«). Nur um den Preis des Todes ist Achill im »Mund der Geliebten« unsterblich: als Lied, als Kunstwerk. Das Sinnlich-Schöne muß sterben, um als Ideal leben zu können. »Nänie«, Schillers letzte Elegie, sechs Jahre vor seinem Tode geschrieben, ist ein Vermächtnis des großen Idealisten.

Auch bei Goethe begegnen wir der Frage, wie denn Schönes sterben könne, wo doch Vergängliches sich in ihm verklärt und dadurch dem Irdischen entrückt scheint. Bei ihm, dem Realisten, aber nimmt die Antwort eine andere Wendung. So heißt es in den »Vier Jahreszeiten«: »›Warum bin ich vergänglich, oh Zeus?‹ so fragte die Schönheit./ ›Macht ich doch‹, sagte der Gott, ›nur das Vergängliche schön.‹«

Friedrich Hölderlin (1770–1843)

192 Menschenbeifall

Ist nicht heilig mein Herz, schöneren Lebens voll,
  Seit ich liebe? warum achtetet ihr mich mehr,
    Da ich stolzer und wilder,
      Wortereicher und leerer war?

Ach! der Menge gefällt, was auf den Marktplatz taugt,
  Und es ehret der Knecht nur den Gewaltsamen;
    An das Göttliche glauben
      Die allein, die es selber sind.

Friedrich Hölderlin wuchs in Lauffen am Neckar auf; er sollte Pastor werden. Hölderlin studierte Theologie im Tübinger Stift, wo er Hegel und Schelling kennenlernte und seine Abneigung gegen das Pastorenamt zunahm. Er wurde Hauslehrer bei der Frankfurter Bankiersfamilie Gontard; es entwickelte sich eine Liebesbeziehung zur Hausherrin, Susette Gontard, der »Diotima« vieler seiner Gedichte und seines lyrischen Briefromans »Hyperion«.

1798 kam es zum Bruch mit der Familie Gontard, Hölderlin fand Zuflucht bei seinem Freund Sinclair (vgl. »Patmos«, S. 196) in Homburg, bis er wieder Hauslehrerstellen in der Schweiz und in Frankreich annahm. Von Bordeaux kehrte er 1802 in einem verwirrten Zustand nach Deutschland zurück. 1805 sperrte man Hölderlin in eine Irrenanstalt, zwei Jahre später wurde er als unheilbar entlassen. Nicht die »fromme« Mutter oder seine Schwester, sondern Schreinermeister Zimmer und seine Tochter pflegten ihn in Tübingen in einem Turmzimmer überm Neckar bis zu seinem Tod.

Fast ein Jahrhundert lang war Hölderlin weitgehend vergessen, bis Norbert von Hellingrath 1910 unbekannte Manuskripte entdeckte und Hölderlin wieder bekannt machte.

Die Kurz-Ode »Menschenbeifall« schickte Hölderlin im August 1798 an seinen Freund Neuffer. In seinem Brief heißt es: »Ich glaube, daß die Menschen, die sich einmal liebten, wie wir uns geliebt, auch eben darum alles Schönen fähig sind und alles Großen, und es werden müssen, wenn sie sich nur recht verstehen und durch den Plunder, der sie aufhält, mutig sich hindurcharbeiten ... Uns selber zu verstehn! das ist's, was uns emporbringt. Lassen wir uns irremachen an uns selbst, ... dann ist auch alle Kunst und alle Müh umsonst.«

Ode ist ein Wort griechischer Herkunft und bedeutet ursprünglich Lied. Ein strenges Metrum bestimmt die verschiedenen Odenmaße, unterschiedliche rhythmische Ausprägungen rufen unterschiedlichen Ausdruck hervor. Die Ode ist ungereimt, allein vom Rhythmus bestimmt.

http://www.uni-tuebingen.de/uni/nds/hoelder/hoelder.html

Friedrich Hölderlin

194 Guter Rat

Hast du Verstand und ein Herz, so zeige nur eines von beiden,
Beides verdammen sie dir, zeigest du beides zugleich.

Hölderlin notierte dieses Epigramm an den Rand eines Blattes, auf dem er sowohl an der Übersetzung eines Chorliedes von Sophokles arbeitete als auch an dem Entwurf für die Ode »Der Tod fürs Vaterland«. »Guter Rat« ist daher wohl noch im Jahre 1796 entstanden. Mag sein, daß aus diesem Epigramm die Enttäuschung über Schillers Ablehnung seiner Gedichte spricht; Schiller hatte nicht eines seiner für den »Musenalmanach für das Jahr 1797« eingereichten Gedichte angenommen. Vielmehr schrieb der Herausgeber – und Konkurrent – Schiller: »Fliehen Sie, wo möglich, die philosophischen Stoffe, sie sind die undankbarsten, und in fruchtlosem Ringen mit denselben verzehrt sich oft die beste Kraft, bleiben Sie der Sinnenwelt näher, so werden Sie weniger in Gefahr sein, die Nüchternheit in der Begeisterung zu verlieren oder in einen gekünstelten Ausdruck zu verirren ... Auch vor einem Erbfehler deutscher Dichter möchte ich Sie noch warnen, der Weitschweifigkeit nämlich, die in einer endlosen Ausführung und unter einer Flut von Strophen oft den glücklichsten Gedanken erdrückt.« Führte Schiller etwa ein Selbstgespräch?

Friedrich Hölderlin

Sokrates und Alcibiades 195

»Warum huldigest du, heiliger Sokrates,
  Diesem Jünglinge stets? kennest du Größers nicht?
    Warum siehet mit Liebe,
      Wie auf Götter, dein Aug auf ihn?«

Wer das Tiefste gedacht, liebt das Lebendigste,
  Hohe Jugend versteht, wer in die Welt geblickt,
    Und es neigen die Weisen
      Oft am Ende zu Schönem sich.

Hölderlin schrieb diese Kurz-Ode zwischen 1796 und 1798 während seines Frankfurter Aufenthalts und seiner Liebesbeziehung zu Susette Gontard. 1798 sandte er das Gedicht zusammen mit anderen an Friedrich Schiller, »wenn ich schon mich zu der Hoffnung Ihres Beifalls nicht berechtigt finde«. Schiller nahm dieses Gedicht und »An unsere großen Dichter« in den »Musenalmanach für das Jahr 1799« auf.

»Nur das ist die wahrste Wahrheit, in der auch der Irrtum, weil sie ihn im Ganzen ihres Systems in seine Zeit und seine Stelle setzt, zur Wahrheit wird. Sie ist das Licht, das sich selber und auch die Nacht erleuchtet. Dies ist auch die höchste Poesie, in der auch das Unpoetische, weil es zu rechter Zeit und am rechten Ort im Ganzen des Kunstwerks gesagt ist, poetisch wird.«

Alkibiades (450-404 v. Chr.) war ein athenischer Staatsmann und Feldherr und zeitweilig Schüler des Sokrates, der großen Einfluß auf ihn hatte. Dies geht aus der Lobrede hervor, die Alkibiades am Schluß von Platons »Gastmahl« auf seinen Lehrer hält. Hölderlin kannte dieses Werk seit seiner Studienzeit.

Friedrich Hölderlin

196 Patmos

Nah ist
Und schwer zu fassen der Gott.
Wo aber Gefahr ist, wächst
Das Rettende auch.
Im Finstern wohnen
Die Adler und furchtlos gehn
Die Söhne der Alpen über den Abgrund weg
Auf leichtgebaueten Brücken.
Drum, da gehäuft sind rings
Die Gipfel der Zeit, und die Liebsten
Nah wohnen, ermattend auf
Getrenntesten Bergen,
So gib unschuldig Wasser,
O Fittige gib uns, treuesten Sinns
Hinüberzugehn und wiederzukehren.

...

Hölderlin schrieb diese Hymne, von der hier nur die erste Strophe (von fünfzehn) gedruckt ist, im Januar 1803 zum fünfundfünfzigsten Geburtstag des Landgrafen von Hessen-Homburg. Dieser war ein entschiedener Gegner der Französischen Revolution und der von ihr ausgehenden Ideen. Überreichen ließ Hölderlin die Hymne durch seinen Freund Sinclair, der ebenso wie Hölderlin den Ideen der Revolution nahestand. Sinclair schrieb unter dem Pseudonym Crisalin ebenfalls Gedichte, fand aber als Regierungsrat des Landgrafen sein Auskommen. Zwei Jahre später wurde er im Auftrag des württembergischen Kurfürsten als Jakobiner verhaftet und, zusammen mit anderen Freunden Hölderlins, auf der Solitude bei Stuttgart monatelang gefangengehalten und verhört. Ein Gutachten des Hofrats Dr. Müller, das ihm bescheinigte, »ganz in Raserei gefallen« zu sein, bewahrte Hölderlin vor der Festnahme.

»Patmos« ist Teil der »Vaterländischen Gesänge«; »vaterländisch« heißt aber nicht chauvinistisch. Vielmehr sehnt Hölderlin »ein blühend Vaterland« (»Hyperion«) herbei, »wenn einst wieder der Genius gilt«, eine Zeit, wenn »die Sprache der Liebenden« wieder »Sprache des Landes,/ Ihre Seele der Laut des Volkes wird«.

Gedruckt wurde »Patmos« zum ersten Mal in dem von Leo von Seckendorf herausgegebenen »Musenalmanach für das Jahr 1808«. Zu diesem Zeitpunkt hatte Hölderlin schon einen Aufenthalt in einer psychiatrischen Klinik (für »Gemüthskranke«) hinter sich. Schreinermeister Ernst Zimmer und seiner Tochter Charlotte ist zu danken, daß Hölderlin in seinen letzten umdunkelten Jahrzehnten (ab 1807) das Leben erleichtert und erhellt wurde. »Das Angenehme dieser Welt hab ich genossen,/ Die Jugendstunden sind, wie lang! wie lang! verflossen,/ April und Mai und Julius sind ferne,/ Ich bin nichts mehr, ich lebe nicht mehr gerne!« schrieb der Vierzigjährige Anfang 1811. Da hatte er noch zweiunddreißig Jahre zu leben. Auf seinen Grabstein setzte man die Schlußverse seines Gedichts »Das Schicksal«, das er 1793 noch in Tübingen begonnen hatte: »Im heiligsten der Stürme falle/ Zusammen meine Kerkerwand,/ Und herrlicher und freier walle/ Mein Geist ins unbekannte Land!«

»Unter Griechen hätte er nicht zu singen brauchen, unter den Deutschen wußte er sich als Hüter des heiligen Feuers« (Friedrich Gundolf).

Zur Erläuterung: Patmos ist eine Insel im Ägäischen Meer, wo der Apostel Johannes seine »Offenbarung« verfaßt haben soll.

Novalis (1772–1801)

198 Wenn nicht mehr Zahlen und Figuren

Wenn nicht mehr Zahlen und Figuren
Sind Schlüssel aller Kreaturen,
Wenn die, so singen oder küssen,
Mehr als die Tiefgelehrten wissen,
Wenn sich die Welt ins freie Leben
Und in die Welt wird zurückbegeben,
Wenn dann sich wieder Licht und Schatten
Zu echter Klarheit werden gatten,
Und man in Märchen und Gedichten
Erkennt die ew'gen Weltgeschichten,
Dann fliegt vor Einem geheimen Wort
Das ganze verkehrte Wesen fort.

Friedrich von Hardenberg wurde in Oberwiedenstadt im Mansfeldischen geboren, wuchs in Weißenfels/Saale auf, wo der Vater Salinendirektor war. Hardenberg nannte sich als Dichter Novalis; »de Novali« hießen die Vorfahren schon im 12. Jahrhundert. (Betont hat er diesen Namen übrigens auf der ersten Silbe.) Er studierte Philosophie, Jura und Bergwissenschaften in Jena, Leipzig und Freiberg. In dieser Zeit lernte er Schiller und Schlegel kennen. Nach dem Studium ging er in den Verwaltungsdienst. Neben seiner Arbeit als Assessor an der Salinenverwaltung zu Weißenfels setzte er sich mit der Philosophie Johann Gottlieb Fichtes auseinander. 1797 verlor Novalis seine erst fünfzehnjährige Braut Sophie; es entstanden die »Hymnen an die Nacht« und die »Geistlichen Lieder«.

Novalis verdanken wir eine der berühmesten Blumen der Welt: die »blaue Blume« der Romantik, Symbol für ewige, ungestillte Sehnsucht, Sehnsucht nach Erlösung, vielleicht sogar die Erlösung selber. Blau war für Novalis die Farbe des Reinen, des Fernen, des Göttlichen. »Das Blaue zieht uns nach sich«, heißt es in Goethes »Farbenlehre«. Bei Novalis blüht die »blaue Blume« am Anfang seines Romans »Heinrich von Ofterdingen«, der als Fragment 1802 von Ludwig Tieck herausgegeben wurde. Dem Einfluß Tiecks verdankte Novalis auch seine Abkehr von der Philosophie und die Hinwendung zur Dichtung.

»Der Dichter ist der Vorstellungsprophet der Natur, so wie der Philosph der Naturprophet der Vorstellung. Jenem ist das Objektive alles, diesem das Subjektive. Jener ist die Stimme des Weltalls, dieser Stimme des einfachsten Eins, des Prinzips, jener Gesang, dieser Rede« (Novalis).

Das Gedicht »Wenn nicht mehr Zahlen und Figuren« kann also als Novalis' Glaubensbekenntnis und Vermächtnis gelesen werden. Es wurde zuerst in den »Berliner Blättern« gedruckt und war wohl für den zweiten Teil des Romans »Heinrich von Ofterdingen« bestimmt. »Dem Dichter«, schreibt Tieck, »welcher das Wesen seiner Kunst im Mittelpunkt ergriffen hat, erscheint nichts widersprechend und fremd, ihm sind die Rätsel gelöst, durch Magie der Fantasie kann er alle Zeitalter und Welten verknüpfen, die Wunder verschwinden und alles verwandelt sich in Wunder.«

http://www.uni-leipzig.d/~angl/novalis.htm

Franz Grillparzer (1791–1872)

200 Entsagung

Eins ist, was altergraue Zeiten lehren,
Und lehrt die Sonne, die erst heut getagt:
Des Menschen ewges Los, es heißt: Entbehren
Und kein Besitz, als den du dir versagt.

Die Speise, so erquicklich deinem Munde,
Beim frohen Fest genippter Götterwein,
Des Teuren Kuß auf deinem heißen Munde,
Dein wär's? Sieh zu! ob du vielmehr nicht sein.

Denn der Natur alther notwendge Mächte,
Sie hassen, was sich freie Bahnen zieht,
Als vorenthalten ihrem ewgen Rechte
Und reißen's lauernd in ihr Machtgebiet.

All, was du hältst, davon bist du gehalten,
Und wo du herrschest, bist du auch der Knecht.
Es sieht Genuß sich vom Bedarf gespalten,
Und eine Pflicht knüpft sich an jedes Recht.

Nur was du abweist, kann dir wieder kommen,
Was du verschmähst, naht ewig schmeichelnd sich,
Und in dem Abschied, vom Besitz genommen,
Erhältst du dir das einzig Deine: Dich!

Franz Grillparzer wurde in Wien als Sohn eines Rechtsanwaltes geboren. Mit seinem ersten Drama, »Die Ahnfrau« (1817), war er außerordentlich erfolgreich. Doch schon bald verließ die Gunst des wechselhaften Wiener Publikums den scheuen und als Bibliothekar und Archivar stets um sichere staatliche Anstellungen bemühten Dichter; die Zensur, die »König Ottokars Glück und Ende« (1823) zwei Jahre liegen ließ, tat ein übriges. Zum Ende seines Lebens war er allerdings wieder der gefeierte nationale österreichische Dichter; an seiner Beerdigung sollen, wie sein Biograph Heinrich Laube schreibt, Hunderttausende teilgenommen haben. Einige seiner bedeutendsten Dramen (»Die Jüdin von Toledo«, »Ein Bruderzwist in Habsburg«, »Libussa«) wurden erst posthum veröffentlicht.

»Entsagung« notierte Grillparzer 1836 in sein Tagebuch. Dieses Gedicht über die Dialektik von Besitz und Freiheit hatte einen sehr persönlichen Anlaß. Der fünfundvierzigjährige Grillparzer suchte sich, wie zuvor aus der Beziehung zu Kathi Fröhlich, nun von der ihm zu stürmisch gewordenen Liebe der zweiundzwanzigjährigen Heloise Hoechner zu befreien. (Bei Kathi Fröhlich und ihren Schwestern wurde er dann im Alter von fast sechzig Jahren eine Art Untermieter.) Die Vorstellung einer festen Bindung war und blieb ihm sein Leben lang unerträglich.

Grillparzer war »a high intellect«, wie Byron ihn charakterisiert. Und ein sich und anderen gegenüber unnachsichtiger, kritischer Skeptiker. In seiner Selbstbiographie (abgeschlossen 1836) notierte Grillparzer, er strebe danach, »das Bild, die Gestalt, Gefühl und Phantasie festzuhalten« und der »Verstands- und Meinungs-Poesie unserer Zeit nicht nachzugeben«. Aber er ist ein großer »Verstandes-Poet« geworden.

http://www.aeiou.at/aeiou.encyclop.g/g748071.htm
http://gutenberg.aol.de/autoren/frames/grillprz.htm
http://library.byu.edu/~rdh/prmss/e-g/grillpar.html

August von Platen (1796–1835)

Es liegt an eines Menschen Schmerz

Es liegt an eines Menschen Schmerz, an eines Menschen Wunde nichts,
Es kehrt an das, was Kranke quält, sich ewig der Gesunde nichts,
Und wäre nicht das Leben kurz, das stets der Mensch vom Menschen erb
So gäb's Beklagenswerteres auf diesem weiten Runde nichts.
Einförmig stellt Natur sich her, doch tausendförmig ist ihr Tod,
Es fragt die Welt nach meinem Ziel, nach deiner letzten Stunde nichts.
Und wer sich willig nicht ergibt dem ehrnen Lose, das ihm dräut,
Der zürnt ins Grab sich rettungslos und fühlt in dessen Schlunde nichts.
Dies wissen alle, doch vergißt es jeder gerne jeden Tag.
So komme denn, in diesem Sinn, hinfort aus meinem Munde nichts!
Vergeßt, daß euch die Welt betrügt, und daß ihr Wunsch nur Wünsche ze
Laßt eurer Liebe nichts entgehn, entschlüpfen eurer Kunde nichts!
Es hoffe jeder, daß die Zeit ihm gebe, was sie keinem gab,
Denn jeder sucht ein All zu sein und jeder ist im Grunde nichts.

Platen befaßte sich schon als Student mit Goethes »West-östlichem Divan« (s. S. 182) und beschloß, Persisch zu lernen. Er meisterte diese Sprache bereits nach einem Jahr so gut, daß er eigene dichterische Versuche im Persischen anstellen konnte. Platen war ein Sprachgenie: Um die Dichtung der großen Weltkulturen im Originaltext studieren zu können, lernte er, gleichsam nebenher, elf Sprachen. Während Goethe von der inneren Verwandtschaft mit der persischen Dichtung angezogen wurde, fühlte sich Platen (wie auch Friedrich Rückert, s. S. 151) von den Schwierigkeiten formaler Anverwandlung herausgefordert. Bereits 1792 hatte Platen die Form des Ghasel in Herders »Zerstreuten Blättern« kennengelernt. Herder war es, der den Deutschen ein großes, viele Völker und Zeiten umfassendes Kulturbild schuf, in dem nun neben den Griechen und Römern auch die Juden, Araber und Perser eine bedeutende Stellung erhielten.

Höhepunkt der Bemühungen Platens um diese der deutschen Sprache widerstrebenden orientalischen Gedichtform ist das hier abgedruckte 100. Ghasel, 1823 in der Sammlung »Neue Ghaselen« gedruckt. (Eine Sammlung von Ghaselen war 1821 Platens erste Veröffentlichung.)

Die Eigenart dieser Gedichtform beruht darauf, daß der Reim oder das Wort am Zeilenende beliebig oft wiederholt und mit einer wechselnden Folge ungereimter Zeilen verbunden wird. In der 100. Ghasel enden acht der vierzehn Zeilen auf »nichts«. Häufig wird dieses Gedicht von der Literaturwissenschaft als eines der frühesten und bedeutendsten Zeugnisse des Nihilismus bezeichnet. Doch Joachim Fest ist zuzustimmen, wenn er eine Randnotiz seiner Platen-Ausgabe zitiert: »Musterhafte Vollendung in der Form. Erschreckt ganz durch den darin ausgesprochenen Pessimismus ... und tröstet.« Eben: durch die »Vollendung in der Form«.

August von Platen

204 Tristan

Wer die Schönheit angeschaut mit Augen,
Ist dem Tode schon anheimgegeben,
Wird für keinen Dienst auf Erden taugen,
Und doch wird er vor dem Tode beben,
Wer die Schönheit angeschaut mit Augen!

Ewig währt für ihn der Schmerz der Liebe,
Denn ein Tor nur kann auf Erden hoffen,
Zu genügen einem solchen Triebe:
Wen der Pfeil des Schönen je getroffen,
Ewig währt für ihn der Schmerz der Liebe!

Ach, er möchte wie ein Quell versiechen,
Jedem Hauch der Luft ein Gift entsaugen
Und den Tod aus jeder Blume riechen:
Wer die Schönheit angeschaut mit Augen,
Ach, er möchte wie ein Quell versiechen!

Als Platen das Gedicht »Tristan« 1825 in Nürnberg verfaßte, befand er sich äußerlich wie innerlich an einem Wendepunkt. Nach einem Aufenthalt in Italien (s. S. 153) hatte er den Urlaub von der Armee überschritten und war bei seiner Rückkehr in Arrest genommen worden. Nach Verbüßung der Strafe trat Platen aus der Armee aus und übersiedelte ganz nach Italien.

Kurz vor Antritt dieser Strafe entstand dieses Gedicht, das ursprünglich als Lied in einem Opernlibretto gedacht war, »das aber wahrscheinlich nicht komponierbar sein wird«, wie Platen an einen Freund schrieb.

»Tristan« ist die Figur einer mittelalterlichen Dichtung von Gottfried von Straßburg. Tristan verfällt Isolde von Irland, um die er für seinen König werben sollte, in Liebe. Isolde wollte ihn mit einem Todestrank vergiften, doch ihre Magd vertauschte den Todes- mit einem Liebestrank. Berühmt geworden ist die Tristan-Erzählung in der Moderne vor allem durch die literarische und musikalische Bearbeitung Richard Wagners.

Jürgen Link empfiehlt, Platens »Verse in einem rezitativartigen und gleichzeitig trauermarschähnlichen, regelmäßig-gemessenen, halb singenden Tonfall laut zu lesen«.

Heinrich Heine (1797–1856)

206 Doktrin

Schlage die Trommel und fürchte dich nicht,
Und küsse die Marketenderin!
Das ist die ganze Wissenschaft,
Das ist der Bücher tiefster Sinn.

Trommle die Leute aus dem Schlaf,
Trommle Reveille mit Jugendkraft,
Marschiere trommelnd immer voran,
Das ist die ganze Wissenschaft.

Das ist die Hegelsche Philosophie,
das ist der Bücher tiefster Sinn!
Ich hab sie begriffen, weil ich gescheit,
Und weil ich ein guter Tambour bin.

Mit »Doktrin« wird die Sammlung »Zeitgedichte« (1844) von Heine eröffnet; er hat diese »kleine Poetik« seiner politischen Lyrik (Walter Hinck) wohl auch in diesem Jahr geschrieben: »Unsere lyrische Poesie tritt in eine neue Phase. Die somnambule Periode des Lebens, der stillen Gemütsblume, hat ein Ende. ›Andre Zeiten, andre Vögel. Andre Vögel, andre Lieder.‹«

Im Sprachgebrauch der Zeit meint »Doktrin« nicht Dogma, sondern eher eine Anweisung für die Praxis, besonders für politisches Handeln. Wiederholt verwendet Heine Bilder aus dem militärischen Bereich. »Ich habe nie großen Wert gelegt auf Dichterruhm. Aber ein Schwert sollt ihr mir auf den Sarg legen, denn ich war ein braver Soldat im Befreiungskriege der Menschheit«, schreibt er schon in den »Reisebildern III«. »Reveille« ist das Trommelsignal zum Wecken.

»Küssen« und »Trommeln«, so der immerhin schon im reifen Mannesalter stehende Dichter, seien »der Bücher tiefster Sinn«, die wahre Meinung Hegelscher Philosophie, die er für den Endpunkt der deutschen Philosophie hält: »Unsere philosophische Revoluzion ist beendigt. Hegel hat ihren großen Kreis geschlossen.« Wie sollte er ahnen, daß Karl Marx, den er ein Jahr zuvor, 1843, kennengelernt hatte, wenig später fordert, Hegel vom Kopf auf die Füße zu stellen?

Heine nimmt Marx mit diesem Gedicht vorweg. Praxis statt Theorie. Oder? Erteilt der alte, gewitzte Spötter Heine nicht doch eher eine Absage an beides: an eine Praxis ohne Theorie und an eine Theorie ohne Praxis gleichermaßen? Selbst Gottfried Benn, dieser pure Artist des Wortes, rühmt Heine 1926: »Dieser heute noch und heute gerade so überwältigend aktuelle Jahrhundertkerl, dieser politische Visionär ersten Ranges.« (Was Benn leider nicht hinderte, 1933 vorübergehend ganz anderen Visionen zu verfallen.)

Eduard Mörike (1804–1875)

208 Verborgenheit

Laß, o Welt, o laß mich sein!
Locket nicht mit Liebesgaben,
Laßt dies Herz alleine haben
Seine Wonne, seine Pein!

Was ich traure, weiß ich nicht,
Es ist unbekanntes Wehe;
Immerdar durch Tränen sehe
Ich der Sonne liebes Licht.

Oft bin ich mir kaum bewußt,
Und die helle Freude zücket
Durch die Schwere, so mich drücket
Wonniglich in meiner Brust.

Laß, o Welt, o laß mich sein!
Locket nicht mit Liebesgaben,
Laßt dies Herz alleine haben
Seine Wonne, seine Pein!

Mörike war erst achtundzwanzig Jahre alt, als er 1832 dieses Gedicht schrieb. Seit vier Jahren war er von einer Pfarrstelle zur anderen gezogen, hatte er in diesem ungeliebten Beruf als Aushilfe gedient. Versuche als freier Schriftsteller oder wie Hölderlin als Hauslehrer zu existieren, waren gescheitert. In Plattenhardt auf den Fildern in Württemberg verliebte er sich schließlich in die Pfarrerstochter Luise Rau; doch auch die Verlobung ging auseinander.

Im selben Jahr, in dem »Verborgenheit« entstand, erschien Mörikes einziger Roman »Maler Nolten«, der, wie auch die »Peregrina-Gedichte«, das leidenschaftliche Jugenderlebnis Mörikes (seine Liebe zu Maria Meyer, einer ungewöhnlichen jungen Frau, Kellnerin in einem Landgasthaus) umkreist.

»Was die Größe dieses Gedichts ausmacht, ist das nahtlose Ineinander von Wonne und Pein ... nicht himmelhoch jauchzend, nicht zum Tode betrübt, beides miteinander und ineinander«, schreibt der Dichter Hermann Burger (1942 bis 1989), der an diesem – das Wort ist oft mißbraucht worden und dennoch hier zutreffend für beide, den zerissenen Spätromantiker und den Postmodernen – an diesem »Weltschmerz« auch selbst zugrunde gegangen ist.

Hermann Hesse (1877–1962)

210 Stufen

Wie jede Blüte welkt und jede Jugend
Dem Alter weicht, blüht jede Lebensstufe,
Blüht jede Weisheit auch und jede Tugend
Zu ihrer Zeit und darf nicht ewig dauern.
Es muß das Herz bei jedem Lebensrufe
Bereit zum Abschied sein und Neubeginne,
Um sich in Tapferkeit und ohne Trauern
In andre, neue Bindungen zu geben.
Und jedem Anfang wohnt ein Zauber inne,
Der uns beschützt und der uns hilft, zu leben.

Wir sollen heiter Raum um Raum durchschreiten,
An keinem wie an einer Heimat hängen,
Der Weltgeist will nicht fesseln uns und engen,
Er will uns Stuf' um Stufe heben, weiten.
Kaum sind wir heimisch einem Lebenskreise
Und traulich eingewohnt, so droht Erschlaffen,
Nur wer bereit zu Aufbruch ist und Reise,
Mag lähmender Gewöhnung sich entraffen.

Es wird vielleicht auch noch die Todesstunde
Uns neuen Räumen jung entgegen senden,
Des Lebens Ruf an uns wird niemals enden ...
Wohlan denn, Herz, nimm Abschied und gesunde!

Hermann Hesse wurde als Sohn eines baltendeutschen Missionars und einer Missionarstochter in Calw (Württemberg) geboren. Als er mit vierzehn Jahren aus dem Klosterseminar in Maulbronn floh, tat er das, weil er »entweder Dichter oder gar nichts werden wollte«. Nach einer Buchhändlerlehre in Tübingen war er Antiquar und Buchhändler in Basel, ab 1903 lebte er als freier Schriftsteller am Bodensee. 1911 bereiste er Indien. Mit dem Aufruf »O Freunde, nicht diese Töne!« in der »Neuen Zürcher Zeitung« protestierte der Pazifist im November 1914 gegen den »blutigen Unsinn des Krieges«. Während des Krieges arbeitete er für die Gefangenenfürsorge. 1919 zog er nach Montagnola (Tessin) und wurde Schweizer Staatsbürger. 1946 erhielt er den Nobelpreis für Literatur.

Das Gedicht »Stufen« entstand 1941 und erschien 1961 in der gleichnamigen Sammlung, die von Hesse ausgewählte alte und neue Gedichte vereinigte. Hesse schrieb zu diesem Gedicht an einen Leser: »Das Gedicht gehört zum ›Glasperlenspiel‹, einem Buch, in dem unter anderem die Religionen Indiens und Chinas eine große Rolle spielen. Dort ist die Vorstellung der Wiedergeburt aller Wesen dominierend ... Ich habe also tatsächlich an Fortleben oder Neubeginn nach dem Tode gedacht, wenn ich auch keineswegs kraß und materiell an Reincarnationen glaube. Die Religion und Mythologien sind, ebenso wie die Dichtung, ein Versuch der Menschheit, eben jene Unsagbarkeiten in Bildern auszudrücken, die Ihr vergeblich ins flach Rationale zu übersetzen versucht.«

Im »Glasperlenspiel« (1943) steht das Gedicht als vorletztes unter den dreizehn »Gedichten des Schülers und Studenten« Josef Knecht. Die letzten vier Zeilen sind dort im Druck hervorgehoben. Im Anschluß daran heißt es: »Wenn die äußere Welt uns eine Heimat und ein Gedeihen nicht erlaubt, müssen wir uns eben die Atemluft selber schaffen.«

Das Gedicht bleibt wichtig, auch wenn es unsere Schritte über die tragischen »Stufen« des Lebens allzuleicht zu nehmen scheint.

http://www.calw.de/hermann.htm
http://philipp.buchmann.ch/faches1.htm

Gottfried Benn (1886–1956)

212 Reisen

Meinen Sie Zürich zum Beispiel
sei eine tiefere Stadt,
wo man Wunder und Weihen
immer als Inhalt hat?

Meinen Sie, aus Habana,
weiß und hibiskusrot,
bräche ein ewiges Manna
für Ihre Wüstennot?

Bahnhofsstraßen und rue'en,
Boulevards, Lidos, Laan –
selbst auf den fifth avenue'en
fällt Sie die Leere an –

Ach, vergeblich das Fahren!
Spät erst erfahren Sie sich:
bleiben und stille bewahren
das sich umgrenzende Ich.

1903 schickte der siebzehnjährige Theologie- und Philosophiestudent Gottfried Benn seine ersten lyrischen Versuche an die »Romanzeitung« in Berlin. Im Ablehnungsbrief hieß es: »Freundlich in der Gesinnung, schwach im Ausdruck. Senden Sie gelegentlich wieder ein.« Benn studierte Medizin, wurde 1911 Militärarzt in Berlin, veröffentlichte 1910 seine ersten Gedichte und führte seither ein »Doppelleben« (1950) als Arzt und Schriftsteller. Aus gesundheitlichen Gründen mußte Benn aus der Armee ausscheiden, praktizierte aber weiter als Hautarzt.

In den zwanziger Jahren stand Benn in einem äußerst streitigen Verhältnis zu den Linksintellektuellen der Weimarer Republik. So wurde er auch schon vor 1933 vom Nationalsozialismus fasziniert. Seine Essay-Sammlung »Der neue Staat und die Intellektuellen« eröffnete er mit dem Satz: »Das Resultat meiner fünfzehnjährigen gedanklichen Entwicklung stelle ich an den Anfang: die beiden Rundfunkreden für den neuen Staat.« Darin enthalten ist auch der widerliche Aufsatz »Züchtung« (1933).

»Benns lebensphilosophischer Irrationalismus ist eine der ideologischen Vorformen des Nationalsozialismus ... Benn wollte zwar, indem er der Zivilisation den Prozess machte, nicht der Barbarei, sondern dem ›tiefen und tragischen Menschen‹ das Wort reden, aber er sprach zu einer Zeit, da das eine vom anderen kaum noch zu trennen war«, urteilt der Benn-Biograph Dieter Wellershoff. Benn war aber bald ernüchtert und angewidert, als er mit der Wirklichkeit des Nationalsozialismus konfrontiert wurde. Von der SS als »Kulturbolschewist« und »Rasseschänder« angegriffen, wurde er 1938 aus der Reichsschrifttumskammer ausgeschlossen und erhielt Schreibverbot. 1948 veröffentlichte er nach zwölfjähriger Pause den Band »Statische Gedichte«, der internationale Anerkennung erfuhr.

Der Dichter auf Reisen ist ein altes Motiv. Nicht selten halfen Reisen aus Krisen des Schaffens und des Lebens: Goethes italienische Reisen, die zahllosen Reisen Lenaus oder Platens, Heines »Harzreise«, Rilkes Aufenthalt in Paris.

Hier aber geht es um anderes als um Reisen zur Materialsuche oder zur Überwindung einer Existenzkrise. Hier ist die Reise Metapher für die vergebliche Flucht vor sich selbst. »Die Welt – ein Tor/ Zu tausend Wüsten stumm und kalt!«, heißt es in einem Gedicht Friedrich Nietzsches, und: »Versteck, du Narr,/ Dein blutend Herz in Eis und Hohn!« (s. S. 252). Benn hat Nietzsche bewundert und ist ihm in wesentlichen Gedankengängen gefolgt. Doch bei Benn finden wir statt verzweifelter Auflehnung ein fast Mörikesches (vgl. »Verborgenheit«, S. 208), wenn auch säkularisiertes Sich-Bescheiden: »bleiben und stille bewahren/ das sich umgrenzende Ich.«

Auf eine Rundfrage: »Haben Sie von Ihren Reisen produktive Eindrücke empfangen?«, antwortete Benn 1930: »Aber es gibt noch andere Reiseeindrücke, Eindrücke allgemeinerer und dunklerer Art: Schauer der Fremde, landschaftliche oder ozeanische Berauschungen, Einbrüche aus Stätten, die waren und vorüberziehen, wiederholt habe ich aus solchen Zuständen Material für meine Verse oder Sätze gewonnen.«

http://www.bautz.de/bbkl/b/benn.html
http://info.ub.uni-potsdam.de/slb/benno.htm
http://www.ucd.ie/~classics/96/Ridley96.html
http://www.gymnasium-leichlingen.de/benn.htm
http://www.matrix.de/sicetnon/artikel/kunst/benn.htm
http://www.uni-jena.de/~xnx/ed08987_13/bernd.html
http://www.edumed.uni-goettingen.de/magazin/geschichte/de-lit09.htm

Gottfried Benn

214 Kommt –

Kommt, reden wir zusammen
wer redet, ist nicht tot,
es züngeln doch die Flammen
schon sehr um unsere Not.

Kommt, sagen wir: die Blauen,
kommt, sagen wir: das Rot,
wir hören, lauschen, schauen
wer redet, ist nicht tot.

Allein in deiner Wüste,
in deinem Gobigraun –
du einsamst, keine Büste,
kein Zwiespruch, keine Fraun,

und schon so nah den Klippen,
du kennst dein schwaches Boot –
kommt, öffnet doch die Lippen,
wer redet, ist nicht tot.

Benn schrieb dieses Gedicht im April 1955, wenig mehr als ein Jahr vor seinem Tod. Knapp einen Monat zuvor hatte er das sehr viel bekanntere Gedicht »Worte« abgeschlossen: »Allein: du mit den Worten/ und das ist wirklich allein.« Und in der letzten Strophe: »Nur deine Jahre vergilben/ in einem anderen Sinn,/ bis in die Träume: Silben –/ doch schweigend gehst du hin.« Das ist der gewohnte Bennsche Ton, die Einsamkeit des Dichters. »Kommt –« dagegen ist ein Aufschrei, der Aufschrei eines Einsamen nach Gemeinsamkeit, nach menschlicher Nähe. »Bitte wann? Bitte wo?« ist der Titel, ist der wiederkehrende Refrain des sechs Tage später verfaßten Gedichts mit ähnlicher Tendenz. Doch schon einen Monat später schrieb er das Gedicht »Apèslude«, das seinem letzten Band den Titel gab. Dessen letzte Zeilen lauten: »Halten, Harren, sich Gewähren/ Dunkeln, Altern, Apèslude.« (Die hier angeführten Gedichte sind in dem Band »Apèslude« enthalten.)

Nelly Sachs (1891–1970)

216 VÖLKER DER ERDE

Völker der Erde
ihr, die ihr euch mit der Kraft der unbekannten
Gestirne umwickelt wie Garnrollen,
die ihr näht und wieder auftrennt das Genähte,
die ihr in die Sprachverwirrung steigt
wie in Bienenkörbe,
um im Süßen zu stechen
und gestochen zu werden –

Völker der Erde,
zerstört nicht das Weltall der Worte,
zerschneidet nicht mit den Messern des Hasses
den Laut, der mit dem Atem zugleich geboren wurde.

Völker der Erde,
O daß nicht Einer Tod meine, wenn er Leben sagt –
und nicht Einer Blut, wenn er Wiege spricht –

Völker der Erde,
lasset die Worte an ihrer Quelle,
denn sie sind es, die die Horizonte
in die wahren Himmel rücken können
und mit ihrer abgewandten Seite
wie eine Maske dahinter die Nacht gähnt
die Sterne gebären helfen –

Nelly Sachs wuchs in einem wohlsituierten jüdischen Elternhaus in Berlin auf. Mit Privatunterricht wurde insbesondere die literarische Begabung des Mädchens gefördert. 1929 erschienen ihre ersten Gedichte in der »Vossischen Zeitung«; auch nach 1933 konnte sie noch bis 1938 veröffentlichen. 1940 gelang ihr mit Hilfe Selma Lagerlöfs, mit der sie seit 1907 korrespondiert hatte, in letzter Minute die Flucht nach Schweden. 1947 erschien ihr erster Gedichtband »In den Wohnungen des Todes«, 1949 »Sternverdunkelung«. Zahlreiche weitere Bücher und viele Auszeichnungen folgten. 1966 erhielt sie den Nobelpreis für Literatur. Sie starb 1970 in Schweden.

Hans Magnus Enzensberger hat in Deutschland als erster die Bedeutung von Nelly Sachs erkannt und sie in seinem 1959 erschienenen Aufsatz »Die Steine der Freiheit« als »größte Dichterin, die heute in deutscher Sprache schreibt« bezeichnet. »Ihr, wie den alten heiligen Schriften«, so Enzensberger, »ist Israel stellvertretend für die Heils- und Unheilsgeschichte der ganzen Schöpfung. Staub, Rauch, Asche sind nicht ›Vergangenheit‹, die sich abfertigen ließe, sondern stets gegenwärtig.« Doch Nelly Sachs' Dichtung ist nicht allein ein Gedenkmal für die ermordeten Juden. Beda Allemann hat vor allem den »elementarischen Aspekt« ihrer Lyrik hervorgehoben und ihre Dichtung »im Rahmen der Nachkriegszeit als die Wiederaufnahme der kosmischen Dichtung mit modernen Mitteln« begriffen.

»Völker der Erde« wurde 1948/49 geschrieben; es befaßt sich scheinbar ausschließlich mit der Sorge um die Sprache, doch die Sprache ist das, was den Menschen zum Menschen macht. Wer das »Weltall der Worte« zerstört, zerstört am Ende das Leben der Menschen.

http://computerphilologie.uni-muenchen.de/jg97/gillmayr/Simson.html

Dietrich Bonhoeffer (1906–1945)

218 Von guten Mächten

Von guten Mächten treu und still umgeben,
behütet und getröstet wunderbar,
so will ich diese Tage mit euch leben
und mit euch gehen in ein neues Jahr.

Noch will das alte unsre Herzen quälen,
noch drückt uns böser Tage schwere Last,
ach, Herr, gib unsern aufgescheuchten Seelen
das Heil, für das Du uns bereitet hast.

Und reichst Du uns den schweren Kelch, den bittern
des Leids, gefüllt bis an den höchsten Rand,
so nehmen wir ihn dankbar ohne Zittern
aus Deiner guten und geliebten Hand.

Doch willst Du uns noch einmal Freude schenken
an dieser Welt und ihrer Sonne Glanz,
dann wolln wir des Vergangenen gedenken,
und dann gehört Dir unser Leben ganz.

Laß warm und hell die Kerzen heute flammen,
die Du in unsre Dunkelheit gebracht,
führ, wenn es sein kann, wieder uns zusammen.
Wir wissen es, Dein Licht scheint in der Nacht.

Wenn sich die Stille nun tief um uns breitet,
so laß uns hören jenen vollen Klang
der Welt, die unsichtbar sich um uns weitet,
all Deiner Kinder hohen Lobgesang.

Von guten Mächten wunderbar geborgen,
erwarten wir getrost, was kommen mag.
Gott ist bei uns am Abend und am Morgen
und ganz gewiß an jedem neuen Tag.

Dietrich Bonhoeffer wurde als Sohn eines Professors für Psychiatrie in Breslau geboren. Er wuchs (mit sieben weiteren Geschwistern) in Berlin auf, wo er Theologie studierte und, nach einem Vikariat in Barcelona, 1930 habilitierte. Im Anschluß an einen Aufenthalt am Union Theological Seminary in New York erhielt er eine Dozentur an der Universität Berlin und war dort Studentenpfarrer.

Ein Vortrag zum Thema »Die Kirche vor der Judenfrage« brachte ihn schon im April 1933 in Konflikt mit dem nationalsozialistischen Regime. Im Herbst 1933 übernahm er für knapp zwei Jahre ein Pfarramt in London. Zurückgekehrt nach Deutschland führte seine Tätigkeit in der Bekennenden Kirche zum Lehrverbot; illegale Prediger-Seminare wurden von der Polizei aufgelöst. 1939 fand er durch seinen Schwager Hans von Dohnanyi Anschluß an den militärischen Widerstand; er reiste in dessen Auftrag 1941/42 wiederholt in neutrale Länder, um – allerdings vergeblich – die Regierungen der Allianz zu einer Verständigung mit dem militärischen Widerstand in Deutschland zu bewegen.

Im April 1943 wurde Bonhoeffer zur gleichen Stunde wie sein Schwager Dohnanyi verhaftet, beide wurden am 9. April 1945 – Dietrich Bonhoeffer im Konzentrationslager Flossenbürg, Hans von Dohnanyi in Sachsenhausen – von einem »Sondergericht« der SS erhängt.

Bonhoeffer schrieb in der Haft hauptsächlich theologische Arbeiten, aber auch eine Reihe von Gedichten und ein Romanfragment. Das Gedicht »Von guten Mächten« schickte er zum Jahreswechsel 1944/45 aus der Haft in der berüchtigten Prinz-Albrecht-Straße (heute Gedenkstätte »Topographie des Terrors«) an seine Braut Maria von Wedemeyer.

»Es ist, als ob die Seele in der Einsamkeit Organe ausbildet, die wir im Alltag kaum kennen ... Wenn es im alten Kinderlied heißt: ›Zweie, die mich decken; zweie, die mich wecken‹ – so ist diese Bewahrung am Abend und am Morgen durch ›gute‹ unsichtbare ›Mächte‹ etwas, was wir erwachsenen Leute nicht weniger brauchen als die Kinder.«

Die schlichten sieben Strophen wurden ein Vermächtnis an die Menschen in einer mörderischen und blutig zerstrittenen Welt, die Bonhoeffer dennoch voll gläubiger Zuversicht anzuschauen vermochte. Das Gedicht ist inzwischen fast fünfzigmal vertont worden und wird seither bei vielen Gelegenheiten zum Jahreswechsel gelesen. »Das Gedicht liefert uns nicht handliche Religion und Frömmigkeit für die Privilegierten; aber eine Frömmigkeit für den Umgang mit Gaben reicher Tradition im Augenblick ihres nahen Verlustes« (Eberhard Bethge).

http://www.cyberword.com/bonhoef/
http://info.tuwien.ac.at/htu-info/hrdlicka/fast/bonhoeffer.html

Meditationen

Johann Wolfgang Goethe (1749–1832)

Wandrers Nachtlied

Der du von dem Himmel bist,
Alles Leid und Schmerzen stillest,
Den, der doppelt elend ist,
Doppelt mit Erquickung füllest,
Ach, ich bin des Treibens müde!
Was soll all der Schmerz und Lust?
Süßer Friede,
Komm, ach komm in meine Brust!

Ein gleiches

Über allen Gipfeln
Ist Ruh,
In allen Wipfeln
Spürest du
Kaum einen Hauch;
Die Vögelein schweigen im Walde.
Warte nur, balde
Ruhest du auch.

Einen »Wanderer« nannte man Goethe schon in Frankfurt. Er machte Wanderungen nach Darmstadt, an den Rhein, durch Thüringen, so daß man das Wort buchstäblich und zugleich symbolisch auffassen kann. Als Goethe das Gedicht »Wandrers Nachtlied« 1776 am Hang des Ettersberges schrieb, war er sechsundzwanzig Jahre alt. Das Sturm-und-Drang-Genie sehnte sich nach Frieden.

224 Das Gedicht »Über allen Gipfeln« schrieb Goethe am 6. September 1780 mit Bleistift an die Bretterwand eines Jagdhauses auf dem Kickelhahn bei Ilmenau. Hierher war er gekommen, um sich dem »Wuste des Städtchens ... den Klagen, den Verlangen, der unverbesserlichen Verworrenheit der Menschen« zu entziehen. In einem Briefchen an Charlotte von Stein notierte er, sozusagen als seelische Einstimmung auf das kurz darauf verfaßte Gedicht: »Jetzt ist es so rein und ruhig und so uninteressant als eine große schöne Seele, wenn sie sich am wohlsten fühlt.« Den Titel »Ein gleiches« fügte er erst 1815 in der zweiten, von ihm selbst autorisierten Gesamtausgabe seiner Werke hinzu. Dort läßt er es »Wandrers Nachtlied« direkt folgen und setzt damit die Gedichte in einen direkten Bezug. Im ersten Gedicht ist alles Bewegung und Sehnsucht, im zweiten kommen Bewegung und Sehnsucht zur Ruhe.

Am 27. August 1831 kehrt der Zweiundachtzigjährige in Begleitung des Rentamtmanns Johann Christian Mahr noch einmal auf den Kickelhahn zurück. Mahr schreibt in seinen Aufzeichnungen: »Goethe überlas diese wenigen Verse und Thränen flossen über seine Wangen. Ganz langsam zog er sein schneeweißes Taschentuch aus seinem dunkelbraunen Tuchrock, trocknete sich die Thränen und sprach in sanftem wehmütigen Ton: ›Ja, warte nur balde ruhest du auch!‹«

Johann Wolfgang Goethe

Gesang der Geister über den Wassern 225

Des Menschen Seele
Gleicht dem Wasser:
Vom Himmel kommt es,
Zum Himmel steigt es,
Und wieder nieder
Zur Erde muß es,
Ewig wechselnd.

Strömt von der hohen,
Steilen Felswand
Der reine Strahl,
Dann stäubt er lieblich
In Wolkenwellen
Zum glatten Fels,
Und leicht empfangen
Wallt er verschleiernd,
Leisrauschend
Zur Tiefe nieder.

Ragen Klippen
Dem Sturz entgegen,
Schäumt er unmutig
Stufenweise
Zum Abgrund.

Im flachen Bette
Schleicht er das Wiesental hin,
Und in dem glatten See
Weiden ihr Antlitz
Alle Gestirne.

Wind ist der Welle
Lieblicher Buhler;
Wind mischt vom Grund aus
Schäumende Wogen.

Seele des Menschen,
Wie gleichst du dem Wasser!
Schicksal des Menschen,
Wie gleichst du dem Wind!

Hören Sie beim lauten Lesen die unterschiedliche Bewegung des Wassers; kein »Ich« stellt sich den Naturgewalten entgegen; Seele des Menschen und Wasser sind eins. Dazu bedurfte es kaum noch des Vergleichs am Anfang und Ende des Gedichts!

Goethe verfaßte dieses Gedicht im Oktober 1779 auf einer Reise durch die Schweiz in Lauterbrunnen, wo er einen Wasserfall, den Staubbach, sah. An Charlotte von Stein schrieb er: »Über das Münstertal wodurch wir gekommen sind hab ich ein eigen Papier geschrieben die Gegenstände darin sind sehr erhaben aber proportionierter zu dem Begriff der menschlichen Seele als wie die gegen die wir näher rücken, gegen das Übergroße ist und bleibt man zu klein.« Dieses »eigen Papier« war »Gesang der Geister über den Wassern«.

Johann Wolfgang Goethe

Grenzen der Menschheit

227

Wenn der uralte,
Heilige Vater
Mit gelassener Hand
Aus rollenden Wolken
Segnende Blitze
Über die Erde sät,
Küß ich den letzten
Saum seines Kleides,
Kindliche Schauer
Treu in der Brust.

Denn mit Göttern
Soll sich nicht messen
Irgendein Mensch.
Hebt er sich aufwärts
Und berührt
Mit dem Scheitel die Sterne,
Nirgends haften dann
Die unsichern Sohlen,
Und mit ihm spielen
Wolken und Winde.

Steht er mit festen,
Markigen Knochen
Auf der wohlgegründeten
Dauernden Erde,
Reicht er nicht auf,
Nur mit der Eiche
Oder der Rebe
Sich zu vergleichen.

Was unterscheidet
Götter von Menschen?
Daß viele Wellen
Vor jenen wandeln,
Ein ewiger Strom:
Uns hebt die Welle,
Verschlingt die Welle,
Und wir versinken.

Ein kleiner Ring
Begrenzt unser Leben,
Und viele Geschlechter
Reihen sich dauernd
An ihres Daseins
Unendliche Kette.

Nach gleichlautenden Handschriften Goethes und Herders entstand dieses Gedicht etwa 1781. Max Kommerell deutet es als »die Äußerung Goethes, die griechischer Frömmigkeit ... am nächsten kommt ... Die Götter bekunden sich durch Macht und Dauer ... und der ›Schauer‹, das Gefühl des Menschen, der unter einer göttlichen Wirkung steht, erkennt von sich aus die Grenze an, ehe die Macht den Übertretenden zurückweist.«

Goethe schrieb über das Göttliche und die Dichtung: »Hiebei ist so viel zu bemerken: daß der eigentliche Dichter die Herrlichkeit der Welt in sich aufzunehmen berufen ist und deshalb immer eher zu loben als zu tadeln geneigt sein wird. Daraus folgt, daß er den würdigsten Gegenstand aufzufinden sucht und, wenn er alles durchgegangen, endlich sein Talent am liebsten zu Preis und Verherrlichung Gottes anwendet.«

Johann Wolfgang Goethe

Zum Sehen geboren

Zum Sehen geboren,
Zum Schauen bestellt,
Dem Turme geschworen,
Gefällt mir die Welt.
Ich blick' in die Ferne,
Ich seh' in der Näh'
Den Mond und die Sterne,
Den Wald und das Reh.
So seh' ich in allen
Die ewige Zier,
Und wie mir's gefallen,
Gefall' ich auch mir.
Ihr glücklichen Augen,
Was je ihr gesehn,
Es sei wie es wolle,
Es war doch so schön!

Lynkeus der Türmer spricht diese Zeilen im fünften Akt von »Faust II«. Es ist »tiefe Nacht«, wie es in der Regieanweisung heißt. Während er singt, wird, von ihm unbemerkt, das alte Liebespaar Philemon und Baucis von Mephisto und seinen Spießgesellen umgebracht, gehen die Linden, die Faust die Sicht auf die Welt verstellen, und das Kirchlein, dessen Glocken ihn stören, in Flammen auf. In schärfstem Gegensatz zu diesen Greueln steht das Türmerlied, eines der großen Stücke Goethescher Alterslyrik, ein Jubelgesang auf das »große bejahende Schauen« (Erich Trunz).

»Die Vision des blind handelnden Faust kontrastiert zum Lied des tatenlos sehenden Lynkeus, wie Illusion und Wirklichkeit kontrastieren. Wäre in der modernen Welt die Kunst nicht mit ihren Bildern und Gegenbildern des Schönen, könnte in der Praxis nicht gewußt werden, was Versöhnung ist. Das Schöne fordert das Gute ein, an dem sich Praxis messen lassen muß« (Gerhard Kaiser).

Friedrich Hölderlin (1770–1843)

230 Lebenslauf

Größers wolltest auch du, aber die Liebe zwingt
All uns nieder, das Leid beuget gewaltiger,
Doch es kehret umsonst nicht
Unser Bogen, woher er kommt.

Aufwärts oder hinab! herrschet in heilger Nacht,
Wo die stumme Natur werdende Tage sinnt,
Herrscht im schiefesten Orkus
Nicht ein Grades, ein Recht noch auch?

Dies erfuhr ich. Denn nie, sterblichen Meistern gleich,
Habt ihr Himmlischen, ihr Alleserhaltenden,
Daß ich wüßte, mit Vorsicht
Mich des ebenen Pfads geführt.

Alles prüfe der Mensch, sagen die Himmlischen,
Daß er, kräftig genährt, danken für Alles lern,
Und verstehe die Freiheit,
Aufzubrechen, wohin er will.

Die Ode »Lebenslauf« geht zurück auf ein gleichnamiges, zunächst einstrophiges Gedicht aus den Jahren 1796 bis 1799, das Hölderlin, wie auch andere Kurz-Oden aus dieser Zeit – zum Beispiel »Stimme des Volks«, »Menschenbeifall« (S. 192), »Die scheinheiligen Dichter« – später erweiterte.

Das Bild vom Leben als Bogen übernahm Hölderlin wohl von dem griechischen Philosophen Heraklit (um 550-475 v. Chr.). »Aufwärts oder hinab« ist ein wörtliches Zitat dieses Philosophen. »Alles prüfe der Mensch« ist dagegen ein Anklang an das Neue Testament, 1. Thessalonicher, 5,21: »Prüfet aber alles, und das Gute behaltet.«

Hölderlins Dichtung ist von der mächtigen Klangfülle großer Symphonien. Er schlägt nicht einzelne Töne an, die sich zu linearen Melodien verbinden. Hölderlin greift Akkorde. Akkorde, die in den Silben, den Zeilen, ja Strophen in ihrer ganzen Wucht nachhallen. Lassen Sie sich beim Lesen Zeit. Spüren Sie die Poesie auch in den Pausen, im Schweigen, im Nachhall der Wörter. Hören Sie das Unaussprechbare. Hölderlin nannte es »die heiligen Akkorde«.

Auch in dieser Ode hören wir beim lauten Lesen die Kraft und den Ernst der denkerischen Energie Hölderlins. Seine genau und streng gebaute Odendichtung hat in der deutschen Sprache nicht ihresgleichen.

Friedrich Hölderlin

232 Abendphantasie

Vor seiner Hütte ruhig im Schatten sitzt
Der Pflüger, dem Genügsamen raucht sein Herd.
Gastfreundlich tönt dem Wanderer im
Friedlichen Dorfe die Abendglocke.

Wohl kehren itzt die Schiffer zum Hafen auch,
In fernen Städten, fröhlich verrauscht des Markts
Geschäftiger Lärm; in stiller Laube
Glänzt das gesellige Mahl den Freunden.

Wohin denn ich? Es leben die Sterblichen
Von Lohn und Arbeit; wechselnd in Müh und Ruh
Ist alles freudig; warum schläft denn
Nimmer nur mir in der Brust der Stachel?

Am Abendhimmel blühet ein Frühling auf;
Unzählig blühn die Rosen und ruhig scheint
Die goldne Welt; o dorthin nimmt mich,
Purpurne Wolken! und möge droben

In Licht und Luft zerrinnen mir Lieb und Leid! –
Doch, wie verscheucht von töriger Bitte, flieht
Der Zauber; dunkel wirds und einsam
Unter dem Himmel, wie immer, bin ich –

Komm du nun, sanfter Schlummer! zu viel begehrt
Das Herz; doch endlich, Jugend! verglühst du ja,
Du ruhelose, träumerische!
Friedlich und heiter ist dann das Alter.

Diese Ode ist gleichzeitig mit der Ode »Der Morgen« spätestens im Juli 1799 entstanden, denn Hölderlin übergab beide Gedichte noch im selben Jahr dem Herausgeber für den »Britischen Damenkalender und Taschenbuch für das Jahr 1800«. Die Entwürfe für beide Gedichte stehen auf einem Blatt: auf der Vorderseite die »Abendphantasie«, auf der Rückseite das Gedicht mit dem Titel »Morgenphantasie« (später »Der Morgen«) als Gegenstück.

»Man kann jetzt den Menschen nicht alles geradeheraus sagen, denn sie sind zu träg und eigenliebig, um die Gedankenlosigkeit und Irreligion, worin sie stecken, wie eine verpestete Stadt zu verlassen und auf die Berge zu flüchten, wo reinere Luft ist und Sonn und Sterne näher sind, und wo man heiter in die Unruhe der Welt hinabsieht, das heißt, wo man zum Gefühle der Gottheit sich erhoben hat und aus diesem alles betrachtet, was da war und ist und sein wird.«

Friedrich Hölderlin

234 An die Parzen

Nur Einen Sommer gönnt, ihr Gewaltigen!
Und einen Herbst zu reifem Gesange mir,
Daß williger mein Herz, vom süßen
Spiele gesättiget, dann mir sterbe.

Die Seele, der im Leben ihr göttlich Recht
Nicht ward, sie ruht auch drunten im Orkus nicht;
Doch ist mir einst das Heilge, das am
Herzen mir liegt, das Gedicht, gelungen,

Willkommen dann, o Stille der Schattenwelt!
Zufrieden bin ich, wenn auch mein Saitenspiel
Mich nicht hinab geleitet; Einmal
Lebt ich, wie Götter, und mehr bedarfs nicht.

Die Ode erschien zuerst in Neuffers »Taschenbuch auf das Jahr 1799«. In der »Jenaer Literaturzeitung« bekam Hölderlin daraufhin seine erste wichtige Kritik, von niemand Geringerem als August Wilhelm Schlegel, der ihm »Beiträge voll Geist und Seele« bescheinigte und »An die Parzen« besonders hervorhob. Hölderlin teilte dieses für ihn sehr wichtige Urteil der Mutter mit, doch die war durch Literaturkritik nicht zu beeindrucken. Daher schrieb er ihr kurz darauf: »Das Gedichtchen hätte Sie nicht beunruhigen sollen, theuerste Mutter! Es sollte nichts weiter heißen, als wie sehr ich wünsche, einmal eine ruhige Zeit zu haben, um das zu erfüllen, wozu mich die Natur bestimmt zu haben schien. Überhaupt, liebste Mutter! muß ich Sie bitten, nicht alles für strengen Ernst zu nehmen, was Sie von mir lesen. Der Dichter muß, wenn er eine kleine Welt darstellen will, die Schöpfung nachahmen, wo nicht jedes einzelne vollkommen ist und wo Gott regnen läßt auf Gute und Böse und Gerechte und Ungerechte; er muß oft etwas Unwahres und Widersprechendes sagen, das sich aber im Ganzen, worin es als etwas *Vergängliches* gesagt ist, in *Wahrheit* und Harmonie auflösen muß, und so wie der Regenbogen nur schön ist nach dem Gewitter, so tritt auch im Gedichte das Wahre und Harmonische aus dem Falschen und aus dem Irrtum und Leiden nur desto schöner und erfreulicher hervor.«

Hölderlin sah den Dichter als Mittler zwischen den göttlichen Mächten und den Menschen; ihnen will er das Göttliche, wie er es selbst erlebt, im Kunstwerk nahebringen.

Zur Erläuterung: Parzen sind römische Schicksalsgöttinnen. Eine spinnt den Lebensfaden, die zweite hält und bewahrt ihn, die dritte schneidet ihn durch.

Friedrich Hölderlin

236 Hälfte des Lebens

Mit gelben Birnen hänget
Und voll mit wilden Rosen
Das Land in den See,
Ihr holden Schwäne,
Und trunken von Küssen
Tunkt ihr das Haupt
Ins heilignüchterne Wasser.

Weh mir, wo nehm ich, wenn
Es Winter ist, die Blumen, und wo
Den Sonnenschein,
Und Schatten der Erde?
Die Mauern stehn
Sprachlos und kalt, im Winde
Klirren die Fahnen.

Aus dem zufälligen handschriftlichen Nebeneinander von zwei Entwürfen im sogenannten Stuttgarter Foliobuch entstand dieses Gedicht. Der eine Entwurf unter dem Titel »Die Rose«, darunter »holde Schwester«, ist um den Ausruf »Weh mir!« herum angeordnet, im unmittelbaren Anschluß an den Entwurf zur Hymne »Wie wenn am Feiertage«. Der zweite Entwurf steht unter der Überschrift »Die Schwäne« und heißt: »und trunken von/ Küssen taucht ihr/ das Haupt ins hei-/ lignüchterne kühle/ Gewässer.« Die gemeinsame Überschrift beider Entwürfe lautet in der Handschrift: »Die letzte Stunde«. Der endgültige Titel »Hälfte des Lebens« ist nur im Erstdruck, dem »Taschenbuch für das Jahr 1805. Der Liebe und Freundschaft gewidmet« überliefert (Günter Mieht). Im Dezember 1803 hatte Hölderlin das Gedicht zusammen mit anderen unter dem Sammeltitel »Nachtgesänge« für den Druck zusammengestellt. Es sind die letzten von ihm selbst zum Druck beförderten Gedichte.

Aufschlußreich ist ein Brief an die Schwester vom Dezember 1800: »Ich kann den Gedanken nicht ertragen, daß auch ich, wie mancher andere, in der kritischen Lebenszeit, wo um unser Inneres her, mehr noch als in der Jugend, eine betäubende Unruhe sich häuft, daß ich, um auszukommen, so kalt und allzunüchtern und verschlossen werden soll. Und in der Tat, ich fühle mich oft wie Eis, und fühle es notwendig, solange ich keine stillere Ruhestätte habe, wo alles, was mich angeht, mich weniger nah und eben deswegen weniger erschütternd bewegt.«

Die Angst vor einer Lebenskrise (für Hölderlin gleichbedeutend mit der Angst vor dem Versiegen der dichterischen Kraft) hat in »Hälfte des Lebens« vollkommen in Bilder gefunden, Bilder, die zugleich existentielle Symbole menschlichen Daseins sind. So tief, ohne Pathos, fast beiläufig, hat Hölderlin nie wieder gesprochen.

Joseph von Eichendorff (1788–1857)

238 Der Abend

Schweigt der Menschen laute Lust:
Rauscht die Erde wie in Träumen
Wunderbar mit allen Bäumen,
Was dem Herzen kaum bewußt,
Alte Zeiten, linde Trauer,
Und es schweifen leise Schauer
Wetterleuchtend durch die Brust.

Nirgends wird bei Eichendorff soviel gesungen und musiziert wie in der Erzählung »Aus dem Leben eines Taugenichts«; nur das fünfte und das achte Kapitel bleiben ohne Lieder. In den Morgenliedern (zum Beispiel »Der frohe Wandersmann«, S. 66) ist alles Aufbruch und »Frische Fahrt«, die Abendlieder stimmen den Menschen zum Rückzug in seine Innenwelt und zur Einkehr zu Gott.

Das Lied »Der Abend« wird im »Taugenichts« gleich zweimal gesungen, im vierten und im letzten Kapitel; es könnte aber überall gesungen, gesprochen, erinnert werden, wo es dunkelt, und mit der Dunkelheit über den Menschen eine Stimmung kommen kann, wie sie Eichendorff in diesen sieben Zeilen ausdrückt.

Ludwig Uhland (1787–1862)

Frühlingsglaube 239

Die linden Lüfte sind erwacht,
Sie säuseln und weben Tag und Nacht,
Sie schaffen an allen Enden.
O frischer Duft, o neuer Klang!
Nun, armes Herze, sei nicht bang!
Nun muß sich alles, alles wenden.

Die Welt wird schöner mit jedem Tag,
Man weiß nicht, was noch werden mag,
Das Blühen will nicht enden.
Es blüht das fernste, tiefste Tal:
Nun, armes Herz, vergiß der Qual!
Nun muß sich alles, alles wenden.

Dieses Gedicht, entstanden im März 1812, ist das einzige von Franz Schubert vertonte Uhland-Gedicht.

»In Uhland culminiert die romantische Lyrik. Nicht nur daß er die zerstreuten Klänge ... erst zum wirklichen Liede gemacht hat; seine Lyrik steht auch schon scharf auf der Wetterscheide zwischen der romantischen und der neusten Zeit ... Und ein ... Jubel ist Uhland's ... Poesie, die fast alle Elemente der Romantik wie zum Abschiedsgruße noch einmal austönt« (Eichendorff).

Berthold Auerbach sagte in seinem Nachruf: »Jeder Deutsche trägt ein Stück Uhland im Gemüthe.«

Annette von Droste-Hülshoff (1797–1848)

240 Im Grase

Süße Ruh, süßer Taumel im Gras,
Von des Krautes Arome umhaucht,
Tiefe Flut, tief tief trunkne Flut,
Wenn die Wolk am Azure verraucht,
Wenn aufs müde, schwimmende Haupt
Süßes Lachen gaukelt herab,
Liebe Stimme säuselt und träuft
Wie die Lindenblüt auf ein Grab.

Wenn im Busen die Toten dann,
Jede Leiche sich streckt und regt,
Leise, leise den Odem zieht,
Die geschloßne Wimper bewegt,
Tote Lieb, tote Lust, tote Zeit,
All die Schätze, im Schutt verwühlt,
Sich berühren mit schüchternem Klang
Gleich den Glöckchen, vom Winde umspielt.

Stunden, flüchtger ihr als der Kuß
Eines Strahls auf den trauernden See,
Als des ziehenden Vogels Lied,
Das mir nieder perlt aus der Höh,
Als des schillernden Käfers Blitz,
Wenn den Sonnenpfad er durcheilt,
Als der heiße Druck einer Hand,
Die zum letzten Male verweilt.

Dennoch, Himmel, immer mir nur
Dieses eine mir: für das Lied
Jedes freien Vogels im Blau
Eine Seele, die mit ihm zieht,
Nur für jeden kärglichen Strahl
Meinen farbig schillernden Saum,
Jeder warmen Hand meinen Druck,
Und für jedes Glück meinen Traum.

Das Gedicht entstand im Sommer oder Herbst 1844, nach der Wiederbegegnung mit Levin Schücking auf der Meersburg, es wurde im selben Jahr in der »Kölnischen Zeitung« gedruckt.

Schücking, ein achtzehn Jahre jüngerer Schriftsteller, hatte in früheren Jahren der Droste nahegestanden; sie brachte ihm noch immer tiefere als nur freundschaftliche Gefühle entgegen. Nun hatte Schücking sie mit seiner jungen Frau auf der Meersburg besucht. Auch wenn sich alle Mühe gaben, dieser Begegnung das Beklemmende zu nehmen – die Gedichte der Droste sprechen eine andere Sprache. Sieht sie sich im Mai, unmittelbar nach der Abreise des Paares noch, wie es in dem Gedicht »Lebt wohl« heißt: »Verlassen, aber einsam nicht,/ Erschüttert, aber nicht zerdrückt«, so bleiben ihr in »Im Grase« nur »Tote Lieb, tote Lust, tote Zeit«. Und das Gedicht!

»Wie die Droste diesen rauschhaften Augenblick in ihrem Gedicht aufleuchten läßt, ist einzigartig in der Lyrik ihrer Zeit. Die Chiffre der ›trunkenen Flut‹ gemahnt schon an Nietzsche, Rimbaud oder Gottfried Benn ... Das Gedicht weist mit seiner assoziativen Struktur voraus auf die Lyrik der Moderne« (Dieter Borchmeyer).

Eduard Mörike (1804–1875)

242 September-Morgen

Im Nebel ruhet noch die Welt,
Noch träumen Wald und Wiesen:
Bald siehst du, wenn der Schleier fällt,
Den blauen Himmel unverstellt,
Herbstkräftig die gedämpfte Welt
In warmem Golde fließen.

Das Gedicht entstand im Oktober 1827, ein Jahr nachdem Mörike seine Vikariatszeit begonnen hatte. Im Dezember unterbrach er die »Vikariatsknechtschaft« und versuchte vergeblich, als freier Schriftsteller Fuß zu fassen. Ein Jahr später war er wieder im Amt.

Viele Gedichte Mörikes wirken einfach, leicht, selbstverständlich in Rhythmus und Wortwahl. Doch Mörike war kein naiver Dichter, er war ein intensiver Arbeiter mit einem ausgebildeten Kunstverstand, was u.a. seine Übersetzungen aus dem Griechischen und Lateinischen beweisen. Mörike reflektiert nicht in seinen Gedichten, er verzichtet auf Erklärungen. Die Form, so Mörike, ist »doch in ihrer tiefsten Bedeutung unzertrennlich vom Gehalt, ja in ihrem Ursprung fast eins mit demselben ... Ein schöner Gedanke, ein schönes Gefühl kommt poetisch nur durch die schöne Form in Erscheinung.«

Eduard Mörike

Im Frühling

Hier lieg ich auf dem Frühlingshügel:
Die Wolke wird mein Flügel,
Ein Vogel fliegt mir voraus.
Ach, sag mir, all-einzige Liebe,
Wo *du* bleibst, daß ich bei dir bliebe!
Doch du und die Lüfte, ihr habt kein Haus.

Der Sonnenblume gleich steht mein Gemüte offen,
Sehnend,
Sich dehnend
In Lieben und Hoffen.
Frühling, was bist du gewillt?
Wann werd ich gestillt?

Die Wolke seh ich wandeln und den Fluß,
Es dringt der Sonne goldner Kuß
Mir tief bis ins Geblüt hinein;
Die Augen, wunderbar berauschet,
Tun, als schliefen sie ein,
Nur noch das Ohr dem Ton der Biene lauschet.
Ich denke dies und denke das,
Ich sehne mich und weiß nicht recht, nach was:
Halb ist es Lust, halb ist es Klage;
Mein Herz, o sage,
Was webst du für Erinnerung
In golden grüner Zweige Dämmerung?
– Alte unnennbare Tage!

244 »Den Maler übernahm eine mächtige Sehnsucht ... ein süßer Drang nach einem namenlosen Gute, das ihn allenthalben aus den rührenden Gestalten der Natur so zärtlich anzulocken und doch wieder in eine unendliche Ferne sich ihm zu entziehen schien. So hing er seinen Träumen nach, und wir wollen ihnen, da sie sich von selbst in Melodien auflösen würden, mit einem liebevollen Klang zu Hülfe kommen.« Diese Zeilen schickt Mörike in seinem Roman »Maler Nolten« dem Gedicht »Im Frühling« voraus. »Im Frühling« erinnert an den Pantheismus des Hölderlinschen »Hyperion«, wo es heißt: »Eines zu sein mit Allem, was lebt, in seeliger Selbstvergessenheit wiederzukehren ins All der Natur, das ist der Gipfel der Gedanken und Freuden.«

Das Gedicht wurde zum ersten Mal 1828 im »Morgenblatt für gebildete Stände« gedruckt.

Beim lauten Lesen erschließt sich deutlicher als beim Lesen nur mit den Augen, wie genau die sehnsuchtsvoll schwankende Gemütsstimmung in Rhythmus und Zeilenbrechung dargestellt wird, wie das Gebilde zu zerfließen droht, da es nirgends feste Konturen zu gewinnen scheint, wie Reime und Klangfolgen dieses Schwanken und Wogen unterstützen. Verse von zwei bis dreizehn Silben werden oft, wie in der zweiten Strophe, hart zusammengerückt, Dissonanzen durch ruhige Sprachmelodie ausgeglichen.

Eduard Mörike

Um Mitternacht 245

Gelassen stieg die Nacht ans Land,
Lehnt träumend an der Berge Wand,
Ihr Auge sieht die goldne Waage nun
Der Zeit in gleichen Schalen stille ruhn;
Und kecker rauschen die Quellen hervor,
Sie singen der Mutter, der Nacht, ins Ohr
Vom Tage,
Vom heute gewesenen Tage.

Das uralt alte Schlummerlied,
Sie achtets nicht, sie ist es müd;
Ihr klingt des Himmels Bläue süßer noch,
Der flüchtgen Stunden gleichgeschwungnes Joch.
Doch immer behalten die Quellen das Wort,
Es singen die Wasser im Schlafe noch fort
Vom Tage,
Vom heute gewesenen Tage.

»Das Außen ist ein in Geheimniszustand erhobenes Innere.« Dieses Wort von Novalis könnte als Motto über diesem 1827 geschriebenen Gedicht stehen. Schon in jungen Jahren standen Mörike scheinbar mühelos die unterschiedlichsten literarischen Formen zur Verfügung: freie Rhythmen neben strengen Formen, Sonetten, Stanzen, Distichen. Immer aber ist es die Musikalität, die Mörikes Dichtung unverwechselbar macht.

Spüren Sie beim Lesen, wie die Bewegung der ersten drei Zeilen in der vierten Zeile fast zum Erliegen kommt, bis die Tonart in der fünften Zeile ins »Keckere« wechselt, wie Spannung sich immer wieder aufbaut und löst.

Eduard Mörike

246 Gebet

Herr! schicke, was du willt,
Ein Liebes oder Leides;
Ich bin vergnügt, daß beides
Aus Deinen Händen quillt.

Wollest mit Freuden
Und wollest mit Leiden
Mich nicht überschütten!
Doch in der Mitten
Liegt holdes Bescheiden.

Wem das »Gebet« als Gebet gefällt, dem möchte ich das nicht ausreden. Es ist aber das »Gebet« ein Gedicht und auch als solches zu betrachten. Die Verse scheinen mit leichter Hand in einem Zuge geschrieben, doch Bernhard Zeller zufolge hat Mörike die letzte Strophe bereits 1832 verfaßt, die erste jedoch erst viel später hinzugefügt. Was der Dichter in der ersten Strophe »vergnügt« behauptet, wird in der zweiten gänzlich zurückgenommen: Er hat Angst vor jedem Zuviel. Hier spricht kein Gottergebener, sondern einer, der gelitten hat, und daher selber weiß, was für ihn gut ist.

Friedrich Hebbel (1813–1863)

Sommerbild 247

Ich sah des Sommers letzte Rose stehn,
Sie war, als ob sie bluten könne, rot;
Da sprach ich schauernd im Vorübergehn:
So weit im Leben, ist zu nah am Tod!

Es regte sich kein Hauch am heißen Tag,
Nur leise strich ein weißer Schmetterling;
Doch ob auch kaum die Luft sein Flügelschlag
Bewegte, sie empfand es und verging.

Friedrich Hebbel wuchs als Sohn eines Maurers in Wesselburen auf, arbeitete dort als Gemeindeschreiber und bildete sich selbst, so daß er schließlich in Heidelberg und München studieren konnte. Reisen führten ihn bis nach Rom und Neapel. Nach seiner Rückkehr wurde er in Wien seßhaft, wo er auch starb.

Hebbel schrieb Gedichte, Dramen – zum Beispiel »Maria Magdalena« (1849), »Gyges und sein Ring« (1856), »Die Nibelungen« (1862) – und bedeutende Tagebücher. In seiner ständigen Selbstreflexion erscheint er uns fast als zeitgenössischer Intellektueller, in seinen Formen bleibt er aber an Klassik und Romantik gebunden. Mit einer unerbittlichen Selbstkritik erkannte er für seine Dramen: »Zu moralisch sind sie! Für ihre sittliche Strenge/ stehn wir dem Paradies leider schon lange zu fern.«

»Sommerbild« schrieb Hebbel an einem Augusttag des Jahres 1844 in Paris, also in seiner Jugend, in der die meisten seiner Gedichte entstanden. Sie zeigen sowohl den Einfluß von Schillers philosophischer Dichtung als auch den der unmittelbareren Lyrik Uhlands. »Was ich als Poesie ausschwitzen soll, muß ich, wenn's nicht mein Eigen ist, doch erst als Philosophie eingesogen haben«, schrieb er. Dann aber »setzen sich (die Verse) mir im Kopf unwillkürlich zusammen und ich fing an, was ich noch tue und was bei mir mit der poetischen Tätigkeit unzertrennlich verbunden ist, sie halb abzusingen.« Tun Sie es ihm nach! Spüren Sie die Stockung nach dem Sprung von der dritten zur vierten Zeile in der letzten Strophe: So kündigt sich das Vergehen an, *vor* dem Wort.

www.hebbel-museum.de/heb-ges.htm

Friedrich Hebbel

248 Herbstbild

Dies ist ein Herbsttag, wie ich keinen sah!
Die Luft ist still, als atmete man kaum,
Und dennoch fallen raschelnd, fern und nah,
Die schönsten Früchte ab von jedem Baum.

O stört sie nicht, die Feier der Natur!
Dies ist die Lese, die sie selber hält,
Denn heute löst sich von den Zweigen nur,
Was vor dem milden Strahl der Sonne fällt.

Gewiß gehört dieses Gedicht, das Hebbel 1852 in Wien schrieb, zu den berühmtesten deutschen Herbstgedichten; seine erste Zeile ist zum geflügelten Wort geworden. Ich war überrascht, daß die Frühlingsgedichte der deutschen Lyrik von der Zahl der Herbstgedichte wahrscheinlich noch übertroffen werden. Einen »Bruder des Frühlings« nennt Hölderlin den Herbst im »Hyperion«. Ein Bruder der Dichter ist er auch.

1838 schrieb Hebbel an Emil Rousseau: »Die höchste Wirkung der Kunst tritt nur dann ein, wenn sie nicht *fertig* wird; ein Geheimnis muß immer übrig bleiben, und läge das Geheimnis auch nur in der dunkeln Kraft des *entziffernden* Worts. Im Lyrischen ist das offenbar; was ist eine Romanze, ein Gedicht, wenn es nicht unermeßlich ist, wenn nicht aus jeder Auflösung des Rätsels ein neues Rätsel hervorgeht?«

Theodor Storm (1817–1888)

Abseits 249

Es ist so still; die Heide liegt
Im warmen Mittagssonnenstrahle,
Ein rosenroter Schimmer fliegt
Um ihre alten Gräbermale;
Die Kräuter blühn; der Heideduft
Steigt in die blaue Sommerluft.

Laufkäfer hasten durchs Gesträuch
In ihren goldnen Panzerröckchen.
Die Bienen hängen Zweig um Zweig
Sich an der Edelheide Glöckchen,
Die Vögel schwirren aus dem Kraut –
Die Luft ist voller Lerchenlaut.

Ein halbverfallen, niedrig Haus
Steht einsam hier und sonnbeschienen,
Der Kätner lehnt zur Tür hinaus,
Behaglich blinzelnd nach den Bienen;
Sein Junge auf dem Stein davor
Schnitzt Pfeifen sich aus Kälberrohr.

Kaum zittert durch die Mittagsruh
Ein Schlag der Dorfuhr, der entfernten;
Dem Alten fällt die Wimper zu,
Er träumt von seinen Honigernten.
– Kein Klang der aufgeregten Zeit
Drang noch in diese Einsamkeit.

250 Die Dichtung Theodor Storms ist eng mit der Küstenlandschaft seiner Heimat, der Landschaft seiner Novelle »Der Schimmelreiter«, verknüpft. Storm wurde in Husum als Sohn eines Advokaten geboren, studierte Jura in Kiel und Berlin und ließ sich 1843 als Rechtsanwalt in Berlin nieder. 1864 kehrte er nach Husum zurück und bekleidete dort anschließend hohe Richterämter. Er starb 1888 in Hademarschen (Holstein).

Storm schrieb dieses Gedicht 1847, es stammt also aus seiner frühen Zeit; Anklänge an Eichendorff und die Droste sind besonders in der letzten Strophe zu spüren. Über seine Entstehung schrieb er vierzig Jahre später: »Es wird im Spätsommer 1847 gewesen sein ... als ich von einem Besuche (in) einem Kirchdorf nördlich bei Husum zurückwanderte; auf diesem Wege ... ist das Gedicht entstanden. Im März darauf kamen dann die derzeit empfundenen Aufregungen zum Aufbruch.« Diese Aufregungen, die »aufgeregte Zeit«, meint die Auflehnung Schleswig-Holsteins gegen das Königreich Dänemark. Als seine Landsleute unterlegen waren, schloß sich Storm dieser Freiheitsbewegung an.

Das Gedicht beschwört zwar eine Idylle, jedoch eine, deren Ende schon vorausgeahnt wird. »Abseits«, schrieb Storm 1853, sei »nicht sowohl eine Beschreibung der Heide, als vielmehr der poetische Eindruck, den die Heide auf mich gemacht hat.« Thomas Mann zählt das Gedicht zu dem »Reinsten und Höchsten ... was Gefühl und Sprache hervorgebracht haben«.

Achtundzwanzig Jahre später schreibt Storm ein zweites Heide-Gedicht, »Über die Heide«, in dem nicht mehr das Idyll, sondern ein Gefühl der Resignation vorherrscht.

http://gutenberg.aol.de/autoren/frames/storm.htm
http://www.xlibris.de/Autoren/Storm/StBio/StBio01.htm
http://library.byu.edu/~rdh/prmss/s/storm.html

Conrad Ferdinand Meyer (1825–1898)

Der römische Brunnen *251*

Aufsteigt der Strahl und fallend gießt
Er voll der Marmorschale Rund,
Die, sich verschleiernd, überfließt
In einer zweiten Schale Grund;
Die zweite gibt, sie wird zu reich,
Der dritten wallend ihre Flut,
Und jede nimmt und gibt zugleich
    Und strömt und ruht.

Holen Sie tief Luft, bevor Sie dieses Gedicht laut lesen! Wie das Wasser von Schale zu Schale fließt, strömt ein Satz von Zeile zu Zeile durch das ganze Gedicht. Acht Zeilen, Jamben, jede zweite Zeile nennt eine neue Schale, in den beiden Schlußversen vereinigt die Sprache sie alle. Männliche (einsilbige) Reime betonen das Fließende; ein weiblicher (zweisilbiger) Reim würde die Bewegung stocken lassen. (Versuchen Sie es, wenn Sie statt »gießt« »gießet« lesen, statt »Rund« »Runde« usw.) Zeilensprünge tun das ihrige, die Zeilen buchstäblich zu überfluten. Sprechen Sie die erste Zeile, und Sie hören das Steigen des Strahls, sein Aufschießen in Klang, so, wie durch das reihende »und« der letzten Zeilen die Bewegung langsam zum Stillstand gebracht wird, bis im letzten Vers die vier Jamben auf zwei zusammengezogen werden.

Conrad Ferdinand Meyer schrieb dieses Gedicht 1882. Es gilt als eines der berühmtesten Dinggedichte (vgl. Rilkes »Archaïscher Torso Apollos«, S. 160), so genannt, weil man es als Gegenmodell zum Erlebnisgedicht (zum Beispiel das vorangegangene Gedicht von Storm) betrachtet. Und doch wird, indem der Brunnen ganz in Sprache überführt wird, der Brunnen als Brunnen erlebbar wie kaum ein realer Gegenstand, vielmehr »das allgemeine Wesen eines römischen Brunnens als Wahrheit ins Werk gesetzt« (Martin Heidegger).

Meyer hat seine Gedichte immer wieder überarbeitet. Von dem Gedicht »Der römische Brunnen« gibt es über zehn Fassungen, die erste von 1860, die letzte, hier gedruckte, von 1882. Meyer schlug den Gegenstand, den Brunnen, aus den Wörtern heraus, wie der Bildhauer seine Skulptur aus dem Stein. Ein Bild blieb dabei immer bestehen: Das Ineinander von Strömen und Ruhen, von Geben und Nehmen. In Meyers Novelle »Angela Borgia« sagt der Pater: »Werdet arm und ärmer, damit ihr empfangen und geben könnt, wie ein Brunnen, der Schale um Schale überfließend füllt.«

Friedrich Nietzsche (1844–1900)

252 Vereinsamt

Die Krähen schrein
Und ziehen schwirren Flugs zur Stadt:
Bald wird es schnein –
Wohl dem, der jetzt noch – Heimat hat!

Nun stehst du starr,
Schaust rückwärts ach! wie lange schon!
Was bist du Narr
Vor Winters in die Welt entflohn?

Die Welt – ein Tor
Zu tausend Wüsten stumm und kalt!
Wer das verlor,
Was du verlorst, macht nirgends halt.

Nun stehst du bleich,
Zur Winter-Wanderschaft verflucht,
Dem Rauche gleich,
Der stets nach kältern Himmeln sucht.

Flieg, Vogel, schnarr
Dein Lied im Wüsten-Vogel-Ton! –
Versteck, du Narr,
Dein blutend Herz in Eis und Hohn!

Die Krähen schrein
Und ziehen schwirren Flugs zur Stadt:
– bald wird es schnein,
Weh dem, der keine Heimat hat!

Nietzsche entstammt einem Pfarrhaus in Röcken (Sachsen). Er absolvierte eine klassisch-philologische Ausbildung, studierte Altphilologie in Bonn und erhielt auf Grund seiner hervorragenden Begabung noch vor Abschluß seines Studiums eine Professur in Basel. Die Begegnung mit dem Denken Schopenhauers veranlaßte ihn, sich ganz der Philosophie zuzuwenden. Aus Krankheitsgründen mußte er die Professur 1879 aufgeben. In den folgenden Jahren hielt er sich vorwiegend im Süden auf; in Turin schließlich brach er im Januar 1889 psychisch völlig zusammen. Mutter und Schwester pflegten ihn, bis er 1900 in Weimar starb.

»Vereinsamt« ist ein Zwiegespräch zwischen Ich und Ich. Im Du redet der Dichter sich selber an und verspottet mit ironischer Bitternis seinen Aufbruch aus der »Heimat« in die Welt, die sich als »Wüste« erweist. Das Bild der Eingangs- und Schlußstrophe ist von großartiger Objektivität. Mensch und Tier suchen im Winter die Wärme. Wer »keine Heimat hat«, ist verloren. »Weh dem, der Wüsten in sich birgt«, heißt es im »Zarathustra«. Der Wucht der Bilder und der Klage steht die schlichte Form des Gedichts gegenüber; nichts mehr ist zu spüren von der formsprengenden Kraft der Dionysos-Dithyramben. Nietzsche hat dem im Herbst 1884 entstandenen Gedicht, das erst aus dem Nachlaß veröffentlicht wurde, wechselnde und einander widersprechende Titel und Untertitel gegeben: »Vereinsamt« und »Der Freigeist«, »Abschied«, »Heimweh«, »Aus der Wüste« und schließlich »Die Krähen schrein«.

Sprechen Sie dieses Gedicht, und Sie werden ihn hören, den »Wüsten-Vogel-Ton«; die R-Laute vor allem, aber auch die breiten Vokale, die »ä« und »ei«, tragen das Geschrei der Krähen wie ein Echo ins Gedicht. »Abgesehen von der fünften Strophe, in der ein jäher Tempowechsel erfolgt und in der auch der Ton ins Grelle angehoben wird, müssen die Verse langsam, getragen gesprochen werden«, schreibt Franz Norbert Mennemeier. Meinen Sie das auch?

http://www.xlibris.de/Autoren/Nietzshe/NzZWerk/NzZW01.htm
http://gutenberg.aol.de/autoren/nietzsch.htm

Friedrich Nietzsche

254 O Mensch! Gib acht!

O Mensch! Gib acht!
Was spricht die tiefe Mitternacht?
»Ich schlief, ich schlief –,
Aus tiefem Traum bin ich erwacht: –
Die Welt ist tief,
Und tiefer als der Tag gedacht.
Tief ist ihr Weh –,
Lust – tiefer noch als Herzeleid:
Weh spricht: Vergeh!
Doch alle Lust will Ewigkeit –,
– will tiefe, tiefe Ewigkeit!«

Das sogenannte »Mitternachtslied« findet sich im »Zarathustra«, den Nietzsche selbst als den dichterisch-denkerischen Höhepunkt seines Werkes betrachtet hat. Es taucht in den vier Büchern zweimal auf, und zwar in wechselnder Umrahmung, zuerst im dritten, dann im vierten Buch. Nach Nietzsches Tod nahm man es aus dem ursprünglichen Zusammenhang heraus und überführte es in die »Gedichte«.

Ebenfalls im »Zarathustra« verkündet Nietzsche seine Idee des Künstlers als des Großen Arztes: »Der Künstler ist nun nicht bloß der notwendig Kranke, er ist ... Kranker und Arzt zugleich, der Magier, der aus der nächsten Nähe des Todes den Zauber des ewigen Lebens holt.«

Viel Pathos vielleicht und die Gefahr der Trivialität. Aber wie Nietzsche sich auf Messers Schneide zwischen klingender Banalität einerseits, Gedankentiefe und Wortmagie andererseits bewegt (hören Sie sein Insistieren auf dem »i«, mit dem er sich geradezu ins Ohr hineinschraubt), das macht dieses Gedicht bedeutend.

Gustav Mahler hat das »Mitternachtslied« vertont.

Stefan George (1868–1933)

Wir schreiten auf und ab im reichen flitter 255

Wir schreiten auf und ab im reichen flitter
Des buchenganges beinah bis zum tore
Und sehen aussen in dem feld vom gitter
Den mandelbaum zum zweitenmal im flore.

Wir suchen nach den schattenfreien bänken
Dort wo uns niemals fremde stimmen scheuchten ·
In träumen unsre arme sich verschränken ·
Wir laben uns am langen milden leuchten

Wir fühlen dankbar wie zu leisem brausen
Von wipfeln strahlenspuren auf uns tropfen
Und blicken nur und horchen wenn in pausen
Die reifen früchte an den boden klopfen

Sein unbürgerliches Leben, sein Reiseleben, begann Stefan George, Sohn eines Gastwirts und Weinhändlers aus Büdesheim bei Bingen, gleich nach dem Abitur 1888 – nach England (wo er nach eigenem Bekunden »immer kosmopolitischer wurde«), der Schweiz, Italien, Frankreich, Spanien, Dänemark, Österreich, Holland. Nicht als Bildungsreisender war er unterwegs, sondern um Dichter kennenzulernen und Sprachen zu lernen. Er übersetzte aus acht Sprachen, was seiner dichterischen Sprachgenauigkeit außerordentlich zugute kam. Berühmt sind seine Baudelaire-Übertragungen und die Übertragungen von vierzig Sonetten Shakespeares. Er hatte kaum Besitz, keine Möbel und, bis zu seinem Tod, keine eigene Wohnung. Nur seine engsten Freunde wußten, wo er sich jeweils aufhielt.

Sein rigoroses Kunstprogramm verstand George selbst vor allem als Opposition gegen eine in ökonomischem Denken erstarrte Gesellschaft. »In der Dichtung – wie in aller Kunstbetätigung – ist jeder, der noch von der Sucht ergriffen ist, etwas ›sagen‹, etwas ›wirken‹ zu wollen, nicht einmal wert, in den Vorhof der Kunst einzutreten.«

Und: »In der Dichtung entscheidet nicht der Sinn, sondern die Form.« Diese Haltung übte eine große Faszination auf sehr unterschiedliche Menschen aus, die George wie »Jünger« in einem Kreis um sich versammelte. Zu diesem Kreis gehörten Schriftsteller, Maler und Wissenschaftler, aber auch Claus Graf Stauffenberg, der Attentäter des 20. Juli 1944 gegen Hitler, und Stauffenbergs Bruder.

Georges Ausstrahlung erreichte in der Weimarer Republik insbesondere konservative Intellektuelle, unter ihnen auch solche, die später den Versuchungen des Nationalsozialismus nicht widerstehen konnten. Georges »Zivilisationstrotz« gab hierzu Anlaß. Er selbst verachtete die Nazis, auch wenn diese meinten, sich in gewissen Aspekten seiner Dichtung wiederfinden zu können. Als der Nazi-Propagandaminister Goebbels 1933 George die Ehrenpräsidentschaft der neugegründeten Nazi-Akademie antrug, ließ ihn George seine Ablehnung durch seinen jüdischen Freund Ernst Morwitz wissen; er ging in die Schweiz, wo er im selben Jahr starb.

An Hölderlin erinnert der Titel der Sammlung »Das Jahr der Seele« (1897), in der dieses Gedicht steht. In »Menons Klagen um Diotima« sprach Hölderlin von den »Jahren der Seele«, Jahre, in denen die Liebenden auf ihre Wiederverkörperung warten. Der Titel des Gedichtbandes gibt den Ton an für die ganze Sammlung: Zeit der Reife, Zeit des Abschiednehmens, des willigen Verzichts. Die Kleinschreibung entspricht einer alten Forderung Jacob Grimms, meint aber bei George auch das Herausrücken der Worte aus ihrem konventionellen Gebrauch in den Raum der Dichtung, die reine Sphäre der Kunst.

http://www.orst.edu/instruct/ger341/george.htm
http://www.lyrik.ch/history/george.htm

Stefan George

Es lacht in dem steigenden jahr dir 257

Es lacht in dem steigenden jahr dir
Der duft aus dem garten noch leis.
Flicht in dem flatternden haar dir
Eppich und ehrenpreis.

Die wehende saat ist wie gold noch ·
Vielleicht nicht so hoch mehr und reich ·
Rosen begrüssen dich hold noch ·
Ward auch ihr glanz etwas bleich.

Verschweigen wir was uns verwehrt ist ·
Geloben wir glücklich zu sein ·
Wenn auch nicht mehr uns beschert ist
Als noch ein rundgang zu zwein.

Macht man sich klar, daß George noch zu Lebzeiten Emmanuel Geibels (»Der Mai ist gekommen«) geboren wurde und ein Zeitgenosse Richard Dehmels und Caesar Fleischlens war, wird deutlich, wie gut George seine Lektion bei Baudelaire oder Mallarmé gelernt hatte. Um »die Form des Gedichts von heute« gehe es ihm, schrieb Georg Lukács bewundernd, um eine Überwindung der zu sentimentalem Kitsch verkommenen Erlebnislyrik.

Hören Sie, wie der drängende daktylische Rhythmus unruhig in den Silben pocht, dem Inhalt entgegensteht, vorwärtsdrängt, kein Innehalten erlauben will. Das »steigende jahr« ist ein fallendes, ein herbstliches Jahr. Nur die Imperative der dritten Strophe vermögen den Fall aus der Zeit, das Verdammtsein zur Vergänglichkeit noch einmal aufzuhalten.

Auch dieses Gedicht steht in »Das Jahr der Seele« (1897).

Stefan George

258 Komm in den totgesagten park und schau

Komm in den totgesagten park und schau:
Der schimmer ferner lächelnder gestade ·
Der reinen wolken unverhofftes blau
Erhellt die weiher und die bunten pfade.

Dort nimm das tiefe gelb · das weiche grau
Von birken und von buchs · der wind ist lau ·
Die späten rosen welkten noch nicht ganz ·
Erlese küsse sie und flicht den kranz ·

Vergiss auch diese lezten astern nicht ·
Den purpur um die ranken wilder reben ·
Und auch was übrig blieb von grünem leben
Verwinde leicht im herbstlichen gesicht.

»Komm in den totgesagten park und schau« ist das Anfangsgedicht aus Georges bekanntestem und zugänglichstem Buch: »Das Jahr der Seele«, das er 1897 veröffentlichte.

Hugo von Hofmannsthal sagt zu diesem Gedicht: »Es ist schön. Es atmet den Herbst. Obwohl es kühn ist, zu sagen, ›der reinen Wolken unverhofftes Blau‹, da diese Buchten von sehnsuchterregendem sommerhaften Blau ja zwischen den Wolken sind. Aber freilich nur an den Rändern reiner Wolken. Nirgends sonst auf dem ganzen verschlissenen rauhen Gefilde des herbstlichen Himmels. Goethe hätte diese ›reinen Wolken‹ geliebt. Und ›unverhofftes Blau‹ ist tadellos. Es ist schön. Ja, es ist der Herbst« (»Gespräch über Gedichte«).

George las seine Gedichte, schreibt Werner Vordtriede, »in einer Art schwebender Monotonie, [sie] metrisch psalmodierend.« Mir sind sie lieber wie nebenbei gesprochen, so gelangt kein Brokat in die Verse.

Rainer Maria Rilke (1875–1926)

Herbsttag 259

Herr: es ist Zeit. Der Sommer war sehr groß.
Leg deinen Schatten auf die Sonnenuhren,
und auf den Fluren laß die Winde los.

Befiehl den letzten Früchten voll zu sein;
gieb ihnen noch zwei südlichere Tage,
dränge sie zur Vollendung hin und jage
die letzte Süße in den schweren Wein.

Wer jetzt kein Haus hat, baut sich keines mehr.
Wer jetzt allein ist, wird es lange bleiben,
wird wachen, lesen, lange Briefe schreiben
und wird in den Alleen hin und her
unruhig wandern, wenn die Blätter treiben.

Rilke schrieb dieses Gedicht im September 1902 in Paris, es erschien 1906 in der erweiterten Auflage des Bandes »Buch der Bilder«. Zwei Jahre zuvor heißt es in einem Brief an Clara Rilke: »Nun sollten Sie draußen bleiben in dem einsam werdenden Landhaus und sollten die geliebten Bäume leiden sehen in dem wachsenden Winde, und sollten sehen wie der dichte Garten vor den Fenstern zerreißt und weit wird und überall, auch an ganz tiefen Stellen, den Himmel zeigt, der, unendlich müde, sich regnen läßt und mit schweren Tropfen an die alternden Blätter schlägt, die in rührender Demut sterben.«

Die letzte Strophe erinnert an die Schlußverse in Nietzsches Gedicht »Vereinsamt« (S. 252).

Rainer Maria Rilke

260 Der Panther

Im Jardin des Plantes, Paris

Sein Blick ist vom Vorübergehn der Stäbe
so müd geworden, daß er nichts mehr hält.
Ihm ist, als ob es tausend Stäbe gäbe
und hinter tausend Stäben keine Welt.

Der weiche Gang geschmeidig starker Schritte,
der sich im allerkleinsten Kreise dreht,
ist wie ein Tanz von Kraft um eine Mitte,
in der betäubt ein großer Wille steht.

Nur manchmal schiebt der Vorhang der Pupille
sich lautlos auf –. Dann geht ein Bild hinein,
geht durch der Glieder angespannte Stille –
und hört im Herzen auf zu sein.

Wie Conrad Ferdinand Meyers »Der römische Brunnen« (S. 251) zählt auch »Der Panther« zu den berühmten Dinggedichten. Dieses wohl schönste Tiergedicht in deutscher Sprache erschien zuerst im September 1903 in einem böhmischen Provinzblatt.

Über sein Gedicht schreibt Rilke 1926: »Das erste Ergebnis dieser strengen guten Schule [durch den Bildhauer Rodin; U.H.] war das Gedicht ›Der Panther‹, dem man diese Herkunft ansehen mag.« Bei Rodin wurde Rilke auch mit dem Gipsabdruck einer kleinen antiken Tigerfigur bekannt; an ihr bewundert er »den Ausdruck des schleichenden Schreitens bis zum Höchsten gesteigert, das gewaltige Niederschlagen der breiten Tatzen und zugleich diese Vorsicht, in die alle Kraft eingehüllt ist, dieses Lautlose«.

1907 trug Rilke bei einer Lesung in Wien auch dieses Gedicht vor. Felix Braun schreibt: »Es war aber nicht Gesang, vielmehr ein singendes Sprechen. Wie nach einem alten Melos ertönten Verse in Vokalen, in Silben, die zuweilen voneinander getrennt wurden wie in Liedern. Ein feierliches Skandieren, darin wie in früher Liturgik ein monodisches Element vorwaltete, ließ den flutenden Ursprung ihrer Konzeption erkennen ... Rede wechselte mit Gesang.«

Rilke nannte das vom Autor gelesene Gedicht die »heimlichste und reichste Sprachgestalt« und führte dazu aus: »Was mich überrascht, ist, die Sprechmaschine ... fast ausschließlich als Wiedergeberin musikalischer Zusammenhänge zu finden, so, als ob sie mit dem gesprochenen Wort noch wenig beschäftigt sei ... Die Sprechmaschine könnte ... im Dienste des dichterischen Wortes dazu mitwirken, daß man zum Lautlesen des Gedichts *(über dem allein sein ganzes Dasein sich herausstellt)* [Hervorhebung U.H.] eine neue geordnetere Verpflichtung gewänne. Wie vielen Lesenden fehlt noch die wirkliche Beziehung zum Gedicht, weil sie im stillen Darüberlesen seine besonderen Eigenschaften nur eben streifen, statt sie zu erwecken.« Es ist dieser letzte Satz Rilkes, der vollkommen ausdrückt, warum ich diese Sammlung von Gedichten zum Inwendiglernen und Auswendigsagen gemacht habe.

Else Lasker-Schüler (1869–1945)

262 Mein blaues Klavier

Ich habe zu Hause ein blaues Klavier
Und kenne doch keine Note.

Es steht im Dunkel der Kellertür,
Seitdem die Welt verrohte.

Es spielen Sternenhände vier
– Die Mondfrau sang im Boote –
Nun tanzen die Ratten im Geklirr.

Zerbrochen ist die Klaviatür .....
Ich beweine die blaue Tote.

Ach liebe Engel öffnet mir
– Ich aß vom bitteren Brote –
Mir lebend schon die Himmelstür –
Auch wider dem Verbote.

Elisabeth (Else) Schüler wuchs als Enkelin eines Rabbiners und Tochter eines Bankiers in Wuppertal auf. 1894 heiratete sie den Arzt Berthold Lasker und zog mit ihm nach Berlin. 1902 erschien ihr erster Gedichtband »Styx«, ein Jahr später wurde die Ehe geschieden. Danach lebte die Dichterin, unstet, ruhe- und heimatlos, in Berlin. Immer wieder war sie in Geldnot, hatte keine eigene Wohnung. Sie war befreundet mit Trakl, Kraus, Marc, Werfel, Schönberg, Benn und war verheiratet mit Herwarth Walden, dem Herausgeber der Zeitschrift »Sturm«. 1932 erhielt sie den Kleistpreis, 1933 mußte sie vor Hitler in die Schweiz fliehen. Dort war sie finanziell ganz vom Wohlwollen einiger Freunde abhängig, da ihr laut »fremdenpolizeilicher Weisung« »die Erwerbstätigkeit als Dichterin ... wie überhaupt jede Erwerbstätigkeit bis auf weiteres verboten« war. Von Zürich aus reiste sie einige Male nach Palästina; bei Ausbruch des Zweiten Weltkrieges war ihr die Rückkehr in die Schweiz nicht mehr möglich. 1943 erschien ihr letzter Gedichtband, »Mein blaues Klavier«, in einer Auflage von 330 Exemplaren in Jerusalem. Im Januar 1945 erlag sie einem Herzanfall. Sie liegt auf dem Ölberg begraben.

Im Bild vom »blauen Klavier« nimmt die Dichterin die Farbe von der Blume der Dichtung, der Sehnsucht (Novalis, s. S. 199) und verbindet diese mit dem »Klavier«, das ihr für Heimat und Jugend stehen mag. »Wunderbar aber spiegeln sich die tiefsten Erinnerungen meines Blutes in dem Glanz meines Blaus wider ... Spätes Verwundern, seliges Aufblicken ... Blau war das Paradies.«

Ihre Dichtung, so Walter Muschg, blühte »aus dieser Verbindung jüdischen, christlichen und deutschen Wesens auf, vor der die üblichen literarischen Maßstäbe versagen ... Else Lasker-Schüler ist der Widerspruch gegen die Phantasielosigkeit in Person. Dichtung hat für sie nichts mit Literatur zu schaffen, sondern ist eine Begnadung, die allem schöpferischen Tun zugrunde liegt.« In ihrem ersten Brief an Karl Kraus schreibt die Dichterin: »Ob man mit grünen, lila und blauen Steinen spielt oder ob man dichtet, das ist ganz dasselbe.« Else Lasker-Schüler war selbst Poesie, so wie Eichendorff es von Brentano sagte.

http://members.aol.com/woheisch/index0.htm

Hugo von Hofmannsthal (1874–1929)

264 Manche freilich

Manche freilich müssen drunten sterben,
Wo die schweren Ruder der Schiffe streifen,
Andre wohnen bei dem Steuer droben,
Kennen Vogelflug und die Länder der Sterne.

Manche liegen immer mit schweren Gliedern
Bei den Wurzeln des verworrenen Lebens,
Andern sind die Stühle gerichtet
Bei den Sibyllen, den Königinnen,
Und da sitzen sie wie zu Hause,
Leichten Hauptes und leichter Hände.

Doch ein Schatten fällt von jenen Leben
In die anderen Leben hinüber,
Und die leichten sind an die schweren
Wie an Luft und Erde gebunden:

Ganz vergessener Völker Müdigkeiten
Kann ich nicht abtun von meinen Lidern,
Noch weghalten von der erschrockenen Seele
Stummes Niederfallen ferner Sterne.

Viele Geschicke weben neben dem meinen,
Durcheinander spielt sie alle das Dasein,
Und mein Teil ist mehr als dieses Lebens
Schlanke Flamme oder schmale Leier.

Hofmannsthal schickte das Gedicht im Februar 1906 an Stefan George und kündigt ihm noch weitere Gedichte an. Etwa drei Jahre später aber schrieb Hofmannsthal keine Gedichte mehr. Er fürchtete, sich an einen unfruchtbaren Ästhetizismus zu verlieren (vgl. dazu den sogenannten Chandos-Brief, 1902). 1911 schrieb der Fünfunddreißigjährige an Dora von Bodenhausen: »Sie fragten einmal ..., warum ich keine Gedichte mehr schriebe ... Meine Gedichte sind fast alle aus einer Zeit meines Lebens, aus der allereinsamsten: der zwischen meinem achtzehnten und einundzwanzigsten Jahr. Mitten aus dieser Einsamkeit heraus ... sind diese Gedichte entstanden – sie rufen ihre Liebe an das Dasein über diesen Gürtel von Einsamkeit hinüber – jetzt aber ist diese Zone von Einsamkeit nicht mehr da, es ist überall die Liebe verteilt ... und ich bin um vieles, unvergleichlich glücklicher als damals. Aus dieser Verfassung heraus können vielleicht wieder Gedichte entstehen ... aber wahrscheinlich bin ich für diese noch nicht reif.«

Das Gedicht »Manche freilich« wurde von Rudolf Borchardt in seiner Anthologie »Ewiger Vorrat deutscher Poesie« mit dem Titel »Schicksalslied« versehen; Hofmannsthal widersprach dem nicht.

Georg Trakl (1887–1914)

266 Rondel

Verflossen ist das Gold der Tage,
Des Abends braun und blaue Farben:
Des Hirten sanfte Flöten starben
Des Abends blau und braune Farben
Verflossen ist das Gold der Tage.

Georg Trakl wuchs in Salzburg als Sohn eines Eisenhändlers auf und machte ein Apothekerpraktikum, anschließend studierte er in Wien Pharmazeutik und wurde Militärapotheker. Zwischen 1912 und 1914 hielt er sich meist in Innsbruck auf, wo er bei Ludwig von Ficker wohnte, der seine ersten Gedichte im »Brenner« publizierte. Im September 1914 wurde er mit einer Sanitätskolonne an die galizische Front geschickt. Nach einer schweren Schlacht erlitt er einen seelischen Zusammenbruch und wurde in das Garnisonshospital in Krakau zur Beobachtung seines Geisteszustandes eingewiesen. Dort nahm sich der Siebenundzwanzigjährige am 3. November mit einer Überdosis Kokain das Leben.

»Rondel« wurde zuerst in der 1913 im Kurt Wolff Verlag erschienen Sammlung »Gedichte« gedruckt. Das Bild, so blau und golden, ist doch einer »kranken Seele« abgerungen. »Dämonen durch die kranke Seele gehen«, heißt es in »Wintergang in a-moll«. Es sind die farbigen Bilder, die Musik, die schöne Melancholie, die uns in den frühen Gedichten Trakls anziehen.

http://www.multimania.com/rotzler/

Georg Trakl

Ein Winterabend 267

(2. Fassung)

Wenn der Schnee ans Fenster fällt,
Lang die Abendglocke läutet,
Vielen ist der Tisch bereitet
Und das Haus ist wohlbestellt.

Mancher auf der Wanderschaft
Kommt ans Tor auf dunklen Pfaden.
Golden blüht der Baum der Gnaden
Aus der Erde kühlem Saft.

Wanderer tritt still herein;
Schmerz versteinerte die Schwelle.
Da erglänzt in reiner Helle
Auf dem Tische Brot und Wein.

Von Karl Kraus, dem Herausgeber der »Fackel«, den er 1912 bei Ludwig von Ficker kennengelernt hatte, wurde Trakl in seiner dichterischen Arbeit gefördert und ermutigt. Die erste Fassung dieses Gedichts steht in einem Brief Trakls an Karl Kraus vom 13. Dezember 1913 mit der Anmerkung: »In diesen Tagen rasender Betrunkenheit und verbrecherischer Melancholie sind einige Verse entstanden, die ich Sie bitte, entgegenzunehmen, als Ausdruck der Verehrung für einen Mann, der, wie keiner, der Welt ein Beispiel gibt.«

»Ein Winterabend« wurde noch zu Lebzeiten des Dichters als Teil des Manuskripts »Sebastian im Traum« vom Kurt Wolff Verlag angenommen und erschien posthum.

Gottfried Benn (1886–1956)

268 Einsamer nie –

Einsamer nie als im August:
Erfüllungsstunde – im Gelände
die roten und die goldenen Brände,
doch wo ist deiner Gärten Lust?

Die Seen hell, die Himmel weich,
die Äcker rein und glänzen leise,
doch wo sind Sieg und Siegsbeweise
aus dem von dir vertretenen Reich?

Wo alles sich durch Glück beweist
und tauscht den Blick und tauscht die Ringe
im Weingeruch, im Rausch der Dinge –
dienst du dem Gegenglück, dem Geist.

In Benns Marburger Vortrag »Probleme der Lyrik« (1951) lesen wir sein berühmt gewordenes Fazit eines Dichterlebens: »Keiner auch der großen Lyriker unserer Zeit hat mehr als sechs bis acht vollendete Gedichte hinterlassen, die übrigen mögen interessant sein unter dem Gesichtspunkt des Biografischen und Entwicklungsmäßigen des Autors, aber in sich ruhend, aus sich leuchtend, voll langer Faszination sind nur wenige – also um diese sechs Gedichte die dreißig bis fünfzig Jahre Leiden und Kampf.«

Benn schrieb das Gedicht »Einsamer nie –«, als Deutschland 1936 in Berlin die Olympischen Spiele ausrichtete, »Heldenklamauk«, wie Benn sie verächtlich nannte. »Der Oberbürgermeister von Marathon und der Landrat von Salamis werden ja persönlich die Schulterpartien der Diskuswerfer mit Niveasportöl massieren«, spottete er in einem Brief an F. W. Oelze. Das Bild vom »Ringe-Tauschen« mag von den Spielen inspiriert sein.

Das Gedicht erschien 1936 in den »Ausgewählten Gedichten«. Der Gegensatz von lockendem Leben »draußen« und der Einsamkeit des Dichters, »allein und in mich verbissen«, bestimmt viele, besonders aber die späten Gedichte Benns. Niemals ist ihm die Darstellung dieses Mit- und Gegeneinanders von Glück (der Sinne) und Gegenglück (des Geistes) so gelungen wie in »Einsamer nie –«.

Sprechen Sie diese Verse, und spüren Sie bis in die Vokale und Konsonanten hinein, was ein »vollendetes Gedicht« ist. Dies ist die »Erfüllung«, die »Ernte«, das »Gegenglück« des Dichters, dessen Arbeit Benn einmal so beschrieben hat: Ein »Gedicht ist die unbesoldete Arbeit des Geistes, der Fonds perdu, eine Art Aktion am Sandsack: einseitig, ergebnislos und ohne Partner.«

Gottfried Benn

270 Astern

Astern – schwälende Tage,
alte Beschwörung, Bann,
die Götter halten die Waage
eine zögernde Stunde an.

Noch einmal die goldenen Herden
der Himmel, das Licht, der Flor,
was brütet das alte Werden
unter den sterbenden Flügeln vor?

Noch einmal das Ersehnte,
den Rausch, der Rosen Du –
der Sommer stand und lehnte
und sah den Schwalben zu,

noch einmal ein Vermuten,
wo längst Gewißheit wacht:
die Schwalben streifen die Fluten
und trinken Fahrt und Nacht.

»Astern« gehört zu den sogenannten Stadthallengedichten, die Benn im September 1935 auf den Terrassen der Stadthalle Hannover schrieb und an seinen Freund, den Bremer Kaufmann F. W. Oelze, schickte. Das Gedicht entstand offenbar auch in Erinnerung an Benns Zeit als Militärarzt in Belgien während des Ersten Weltkrieges, wie die Unterschrift zu einem eingeklebten Foto erkennen läßt: »Der Autor in den Rönnejahren 15/16 in Brüssel.« »Rönne« ist die zentrale Figur in »Gehirne« (1915).

Gedruckt erscheint »Astern« zuerst in »Gedichte« (1936) und im selben Jahr in »Ausgewählte Gedichte« zum fünfzigsten Geburtstag Benns. Im »Schwarzen Korps«, dem offiziellen SS-Blatt, hieß es dazu (anonym!): »Gib es auf, Dichter Benn, die Zeiten für derartige Ferkeleien sind endgültig vorbei ... Verwunderlich ist noch der Mut der Deutschen Verlags-Anstalt, die es im Jahre 1936 wagt, eine derartige Geistesverblödung ins Volk zu tragen.« Um seinen Posten als Militärarzt zu behalten, sah sich Benn gezwungen, mit positiven Kritiken nachzuweisen, daß es sich nicht »um Ferkeleien«, sondern um »wertvolle Gedichte« handelt, und eine »ehrenwörtliche Erklärung (abzugeben), daß ich nicht schwul bin«.

Gottfried Benn

272 Nur zwei Dinge

Durch soviel Formen geschritten,
durch Ich und Wir und Du,
doch alles blieb erlitten
durch die ewige Frage: wozu?

Das ist eine Kinderfrage.
Dir wurde erst spät bewußt,
es gibt nur eines: ertrage
– ob Sinn, ob Sucht, ob Sage –
dein fernbestimmtes: Du mußt.

Ob Rosen, ob Schnee, ob Meere,
was alles erblühte, verblich,
es gibt nur zwei Dinge: die Leere
und das gezeichnete Ich.

Das Gedicht erschien 1953 in dem Band »Destillationen. Neue Gedichte«.

In »Probleme der Lyrik« (1951) schreibt Benn: »Wir werden uns damit abfinden müssen, daß Worte eine latente Existenz besitzen, die auf entsprechend Eingestellte als Zauber wirkt und sie befähigt, diesen Zauber weiterzugeben. Dies scheint mir das letzte Mysterium zu sein, vor dem unser immer waches, durchanalysiertes, nur von gelegentlichen Trancen durchbrochenes Bewußtsein seine Grenze fühlt.«

Gertrud Kolmar (1894–1943)

Die Fahrende 273

Alle Eisenbahnen dampfen in meine Hände,
Alle großen Häfen schaukeln Schiffe für mich,
Alle Wanderstraßen stürzen fort ins Gelände,
Nehmen Abschied hier; denn am andern Ende,
Fröhlich sie zu grüßen, lächelnd stehe ich.

Könnt ich einen Zipfel dieser Welt erst packen,
Fänd ich auch die drei andern, knotete das Tuch,
Hängt es auf einen Stecken, trügs an meinem Nacken,
Drin die Erdenkugel mit geröteten Backen,
Mit den braunen Kernen und Kalvillgeruch.

Schwere eherne Gitter rasseln fern meinen Namen,
Meine Schritte bespitzelt lauernd ein buckliges Haus;
Weit verirrte Bilder kehren rück in den Rahmen,
Und des Blinden Sehnsucht und die Wünsche des Lahmen
Schöpft mein Reisebecher, trinke ich durstig aus.

Nackte, kämpfende Arme pflüg ich durch tiefe Seen,
In mein leuchtendes Auge zieh ich den Himmel ein.
Irgendwann wird es Zeit, still am Weiser zu stehen,
Schmalen Vorrat zu sichten, zögernd heimzugehen,
Nichts als Sand in den Schuhen Kommender zu sein.

274 Gertrud Käthe Chodziesner wurde als Tochter eines Berliner Rechtsanwalts geboren, besuchte eine haus- und landwirtschaftliche Frauenschule bei Leipzig und machte 1916 das Sprachlehrerinnendiplom für Französisch. Unter dem Pseudonym Gertrud Kolmar erschien 1917 bei Egon Fleischel & Co. ihr erster Band »Gedichte«. Kolmar ist der deutsche Name des Posener Ortes Chodziesen, aus dem die väterlichen Vorfahren stammten. Sie arbeitete im Ersten Weltkrieg als Briefzensorin in einem Gefangenenlager, lebte anschließend als Erzieherin in Privathaushalten in Berlin und Hamburg und führte später den Haushalt ihres Vaters. 1941 wurde Gertrud Kolmar zur Zwangsarbeit in der Rüstungsindustrie verpflichtet und am 2. März 1943 nach Auschwitz deportiert. Es gibt kein weiteres Lebenszeichen der Dichterin.

Vermittler der ersten Publikationen ab 1928 war ihr Cousin Walter Benjamin, der auch als Kritiker Anteil an ihrer Arbeit nahm. Das Gedicht »Die Fahrende« wurde zum erstenmal 1933 in der von Elisabeth Langgässer herausgegebenen Anthologie »Herz zum Hafen. Frauengedichte der Gegenwart« gedruckt. Später erschien es in »Die Frau und die Tiere« (1938), ihrer letzten Veröffentlichung, jetzt schon unter dem Namen Chodziesner im Jüdischen Buchverlag Erwin Löw, die nach dem Novemberpogrom eingestampft wurde.

Nelly Sachs lernte die Dichtung der Kolmar erst aus dem Band »Welten« (1947) kennen, sie »ergriff mich tief«. In ihrem Gedicht »Wer aber leerte den Sand aus euren Schuhen« nahm sie die letzten Zeilen des Gedichts der Kolmar auf: »O ihr Finger/ Die ihr den Sand aus Totenschuhen leertet,/ Morgen schon werdet ihr Staub sein/ In den Schuhen Kommender!« (In: »Glühende Rätsel«, 1964)

Neben Else Lasker-Schüler und Nelly Sachs steht, ihnen ebenbürtig, Gertrud Kolmar.

http://www.beloit.edu/~mll/German/uhahn/kolmar.html
http://www.b.shuttle.de/finkenkrug/ort/kultur/kolmar/htm

Paul Celan (1920–1970)

Todesfuge *275*

Schwarze Milch der Frühe wir trinken sie abends
wir trinken sie mittags und morgens wir trinken sie nachts
wir trinken und trinken
wir schaufeln ein Grab in den Lüften da liegt man nicht eng
Ein Mann wohnt im Haus der spielt mit den Schlangen der schreibt
der schreibt wenn es dunkelt nach Deutschland dein goldenes Haar Margarete
er schreibt es und tritt vor das Haus und es blitzen die Sterne er pfeift seine Rüden herbei
er pfeift seine Juden hervor läßt schaufeln ein Grab in der Erde
er befiehlt uns spielt auf nun zum Tanz

Schwarze Milch der Frühe wir trinken dich nachts
wir trinken dich morgens und mittags wir trinken dich abends
wir trinken und trinken
Ein Mann wohnt im Haus und spielt mit den Schlangen der schreibt
der schreibt wenn es dunkelt nach Deutschland dein goldenes Haar Margarete
Dein aschenes Haar Sulamith wir schaufeln ein Grab in den Lüften da liegt man nicht eng

Er ruft stecht tiefer ins Erdreich ihr einen ihr andern singet und spielt
er greift nach dem Eisen im Gurt er schwingts seine Augen sind blau
stecht tiefer die Spaten ihr einen ihr andern spielt weiter zum Tanz auf

Schwarze Milch der Frühe wir trinken dich nachts
wir trinken dich mittags und morgens wir trinken dich abends
wir trinken und trinken
ein Mann wohnt im Haus dein goldenes Haar Margarete
dein aschenes Haar Sulamith er spielt mit den Schlangen

Er ruft spielt süßer den Tod der Tod ist ein Meister aus Deutschland
er ruft streicht dunkler die Geigen dann steigt ihr als Rauch in die Luf
dann habt ihr ein Grab in den Wolken da liegt man nicht eng

Schwarze Milch der Frühe wir trinken dich nachts
wir trinken dich mittags der Tod ist ein Meister aus Deutschland
wir trinken dich abends und morgens wir trinken und trinken
der Tod ist ein Meister aus Deutschland sein Auge ist blau
er trifft dich mit bleierner Kugel er trifft dich genau
ein Mann wohnt im Haus dein goldenes Haar Margarete
er hetzt seine Rüden auf uns er schenkt uns ein Grab in der Luft
er spielt mit den Schlangen und träumet der Tod ist ein Meister aus
Deutschland
dein goldenes Haar Margarete
dein aschenes Haar Sulamith

Als Adorno in New York den Satz schrieb, »nach Auschwitz ein Gedicht zu schreiben ist barbarisch« und »unmöglich« – eine Ansicht, die er später revidierte –, verfaßte Paul Celan die »Todesfuge«. Celans »Todesfuge« erschien zuerst in rumänischer Übersetzung unter dem Titel »Tanguol mortii« (Todestango), wie Helmuth Kiesel berichtet, 1948 dann in deutscher Sprache in dem Band »Sand aus Urnen«; dieser Gedichtband wurde – übrigens wie »Sternverdunkelung« (1949) von Nelly Sachs – bald nach seinem Erscheinen wieder eingestampft.

Fürwahr ist die »Todesfuge«, sind die Gedichte dieser beider Autoren – so wie die der Kolmar und der Lasker-Schüler – »Gedichte fürs Gedächtnis«!

Paul Celan wurde als Paul Antschel in Czernowitz als Sohn bukowinischer Juden (der Vater war Bautechniker) geboren (Celan ist ein Anagramm seines Namens Ancel). 1942 wurden seine Eltern aus dem Czernowitzer Ghetto in ein Vernichtungslager deportiert, Celan selbst in ein Arbeitslager in Rumänien. Nach dem Krieg arbeitete er in Bukarest als Übersetzer und Lektor, 1947 ging er nach Wien, anschließend nach Paris. Mit dem Gedichtband »Mohn und Gedächtnis« (1952) wurde er bekannt und geehrt; weitere Gedichtbände und zahlreiche Ehrungen folgten. 1970 nahm er sich ein halbes Jahr vor seinem fünfzigsten Geburtstag in der Seine das Leben.

Die »Todesfuge« scheint mir wegen ihres Inhalts und ihrer fast zum Zerreißen gespannten Sprache eher ein Gedicht zum Inwendiglernen als zum Auswendigsagen. Und doch hat die Schauspielerin Ida Ehre 1988 mit dem Vortrag dieser Zeilen in einer Gedenkstunde des Deutschen Bundestages die Zuhörer im Plenum und am Fernsehen tief ergriffen.

http://polyglot.lss.wisc.edu/german/celan/

Paul Celan

278 Fadensonnen

über der grauschwarzen Ödnis.
Ein baum-
hoher Gedanke
greift sich den Lichtton: es sind
noch Lieder zu singen jenseits
der Menschen.

Erich Fried griff »Fadensonnen« mit seinem Gedicht »Beim Wiederlesen eines Gedichts von Paul Celan« (1972) an. Er verstand es – doch wohl sehr an der Oberfläche – als eine Einladung »ins Nichts« und widerspricht: »Lieder/ gewiß/ auch jenseits/ unseres Sterbens/ Lieder der Zukunft .../ Doch nicht ein einziges Lied/ jenseits der Menschen.«

»Das Gedicht kann«, so Celan, »da es ja eine Erscheinungsform der Sprache ist und damit seinem Wesen nach dialogisch, eine Flaschenpost sein, aufgegeben in dem gewiß nicht immer hoffnungsstarken Glauben, sie könnte irgendwo und irgendwie an Land gespült werden, an Herzland vielleicht. Gedichte sind auch in dieser Weise unterwegs: sie halten auf etwas zu. Worauf? Auf etwas Offenstehendes, Besetzbares, auf ein ansprechbares Du vielleicht, auf eine ansprechbare Wirklichkeit.«

Auch die »Lieder jenseits der Menschen« werden vom Menschen, dem Dichter, für Menschen, seine Leser, geschrieben. Oder, um mit Shakespeare zu sprechen: »Noch ist das Schlimmste nicht, solang wir sagen können: Dies ist das Schlimmste.«

»Wirklichkeit ist nicht, Wirklichkeit will gesucht und gewonnen sein.« Das ist Paul Celans poetisches Credo. Celan ist damit nahe bei Franz Kafka: »Dichtung ist eine Expedition nach der Wahrheit.« *Die* Wahrheit aber läßt sich niemals in *einen* Satz, in *ein* Gedicht bannen. Wahrheit meint: die Suche nach ihr (vgl. Lessing, S. 174). Eine noch nicht begriffene Wirklichkeit zu gewinnen: das ist – und bleibt –, was ein Gedicht immer wieder versucht.

Ingeborg Bachmann (1926–1973)

Die große Fracht 279

Die große Fracht des Sommers ist verladen,
das Sonnenschiff im Hafen liegt bereit,
wenn hinter dir die Möwe stürzt und schreit.
Die große Fracht des Sommers ist verladen.

Das Sonnenschiff im Hafen liegt bereit,
und auf die Lippen der Galionsfiguren
tritt unverhüllt das Lächeln der Lemuren.
Das Sonnenschiff im Hafen liegt bereit.

Wenn hinter dir die Möwe stürzt und schreit,
kommt aus dem Westen der Befehl zu sinken;
doch offnen Augs wirst du im Licht ertrinken,
wenn hinter dir die Möwe stürzt und schreit.

280 Ingeborg Bachmann, in Klagenfurt als Tochter eines Schuldirektors geboren, studierte Philosophie, Psychologie und Germanistik in Innsbruck, Graz und Wien und promovierte über Martin Heidegger. Als Redakteurin bei einem österreichischen Rundfunksender schrieb sie zunächst Hörspiele. 1953 erhielt sie für das Gedicht »Die große Fracht« und drei weitere Gedichte aus ihrem ersten Gedichtband »Die gestundete Zeit« (1953) den Preis der »Gruppe 47«. Freundschaften mit dem Komponisten Hans Werner Henze und dem Schriftsteller Max Frisch waren bedeutsam für ihr Leben und Schreiben. 1965 übersiedelte sie nach Rom, wo sie 1973 an den Folgen eines Brandunfalls starb. In den letzten Jahrzehnten hat vor allem die feministische Literaturwissenschaft eine neue Sichtweise auf ihr Werk, insbesondere die Prosa, eröffnet.

Spätere Gedichte der Bachmann werden karger, schließlich verstummt sie als Lyrikerin ganz. »Die Vorzüge jeder Sprache wurzeln in ihrer Moral«, zitiert Ingeborg Bachmann einmal zustimmend Karl Kraus. In ihrem Gedicht »Wahrlich« schreibt sie: »Einen Satz haltbar zu machen,/ auszuhalten in dem Bimbam von Worten.// Es schreibt diesen Satz keiner,/ der nicht unterschreibt.«

http://www.uni-sb.de/philfak/fb8/fr81/afoelk/oea2intn.htm
http://art-bin.com/art/abachmanneng.html
http://www.cs.uchicago.edu/%7Eschaefer/pi/bachmann.html
http://www.k.shuttle.de/whv/kaethekollwitz/deutsch/bartels.htm
http://www.cs.uchicago.edu/~schaefer/pi/bachmann.html

Nachwort

von Klaus von Dohnanyi

Wie die harten Hölzer des Waldes bedarf alles Beständige in unserem Leben vieler Jahre des Wachstums. Wurde es früh gepflanzt, so wird keine Kraft der Welt es uns später wieder entreißen können.

Seit über fünfzig Jahren trage ich in meinen Aktentaschen und Koffern, auf allen Dienstreisen und Urlaubswegen, eine in grünes Leder gebundene, auf federleichtem Papier gedruckte Anthologie des Rainer Wunderlich Verlages aus Tübingen mit mir. »Das Buch der deutschen Lyrik«, eine kostbare Ausgabe des Jahres 1947. Kaum zu glauben, daß damals, mitten in den Hungerjahren und vor der Währungsreform 1948, so etwas Schönes überhaupt herstellbar war. Das Buch ist heute verschlissen (ich bewahre es jetzt in einem Schuber); es ist veraltet: Was die Nazis verbannt hatten, steht wieder da, aber die letzten Strophen der chronologisch aufgebauten Sammlung sind von Stefan George. Und doch ist es mein liebstes Buch. Gedichte als tägliche Diät.

Es mag sein, daß ich meine stete Liebe zur Lyrik einer sehr banalen Tatsache verdanke: Meine Mutter konnte Verse und Gedichte immer auswendig, wenn ich begann, danach zu fragen; und ich habe sie viel danach gefragt. Ihr Repertoire war nahezu unerschöpflich. Es reichte von den Volksliedern oder Chorälen, die wir in der Familie sangen, bis zur »Ilias« oder »Odyssee«, als ich anfing, die ersten griechischen Zeilen in der Quarta (so nannte man damals die dritte Klasse des Gymnasiums) zusammenzustottern. Ihr Gedächtnis war phänomenal; und – wie sie später erzählte – ein großer Schatz während der Nazi-Haft; die Contrebande im Kopf.

Aber so wichtig diese frühe Begegnung mit Gedichten und Versen war, am Ende reichen die Wurzeln meiner Lyrik-Liebe wohl tiefer. Ich wuchs auf zwischen wissenschaftlichem Verstand und den Künsten. Für mich war zunächst die Malerei am wichtigsten, für meinen Bruder und für meine Schwester die Musik. Sie sangen, jeder für sich oder auch im Duett, Arien und Lieder von Mozart und

Beethoven, von Schubert und Schumann, Brahms und Cornelius, Hugo Wolf und Richard Strauss. In dem vorliegenden Band finden sich viele Texte dieser Vertonungen. Auch die Musik öffnete mir also schon früh einen Zugang zum Gedicht.

Wort, Gesang und Malerei haben sehr früh einen prägenden Einfluß auf meine Seelen-Bedürfnisse gewonnen. Mein Vater war eher auf der Seite der Musik und des Bildes, meine Mutter eher beim Wort. Sie las uns Kindern mit einem solchen Vergnügen vor aus den »Buddenbrooks« oder aus »Ut min Stromtid«, Wilhelm Hauffs Erzählungen oder Grimms Märchen. Und sie kannte eben die Gedichte.

Erst als ich erwachsen wurde, habe ich gespürt, wie nahe Musik, Malerei und Lyrik einander verwandt sind. Lyrik kann die drei Dimensionen: Wort, Musik und Bild vollkommen vereinen. Wo Sprachmelodie, Rhythmus und phantasievolle Bilder verschmelzen, dort wird das gelungene Gedicht zu einem »Gesamtkunstwerk«. Gemalte Aphorismen, so habe ich deswegen die großen Gedichte der Gedankenlyrik einmal genannt.

Ich liebe es, die Gedichte vom Autor selbst zu hören. Brechts knarrenden Ton, Benns kühles Berlinern seiner Hannoverschen Strophen, aber auch Dylan Thomas oder T. S. Elliot in ihrer Sprache. Da ich immer auch eine historische Neugier verspüre (ein väterliches Erbe), fand ich den Gedanken Ulla Hahns, ihrer Anthologie Kommentare zur Entstehungsgeschichte mitzugeben, eine wundervolle Idee; sie lassen das einzelne Gedicht auch (die Betonung liegt auf *auch*!) aus einem biographischen Zusammenhang verständlich werden.

Mein Gedächtnis ist leider nicht wie das meiner Mutter. Ich denke, daß ich ihr meine Liebe zum Vers verdanke, eine Liebe, die mich nun ein langes Leben begleitet hat. Ich hoffe aber, daß »Gedichte fürs Gedächtnis« nicht nur von einer älteren Generation gelesen werden wird, die daran nostalgische Erinnerungen knüpfen kann. Ich hoffe, daß diese Anthologie auch junge Menschen an die Schönheit und Tiefe deutscher Lyrik führt, damit früh gepflanzt wird, was dann im Sturm des Informationszeitalters Bestand haben soll.

Quellenverzeichnis

Unbekannter Dichter: Du bist mîn
In: *Deutsche Gedichte. Eine Anthologie. Herausgegeben von Dietrich Bode. Reclam Verlag, Stuttgart 1984.*

Unbekannter Dichter: Verschneit
In: *Deutsches Lesebuch. Von Luther bis Liebknecht. Herausgegeben von Stephan Hermlin. Carl Hanser Verlag, München 1976.*

Unbekannter Dichter: Es waren zwei Königskinder
In: *Das große Liederbuch. 204 deutsche Volks- und Kinderlieder. Gesammelt von Anne Diekmann, unter Mitwirkung von Willi Gohl. Diogenes Verlag, Zürich 1975.*

Ingeborg Bachmann: Die große Fracht.
In: *Ingeborg Bachmann: Werke. Erster Band. Herausgegeben von Christine Koschel, Inge von Weidenbaum und Clemens Münster. Piper Verlag, München 1978 (© Piper Verlag GmbH, München).*

Gottfried Benn: Astern
Einsamer nie –
Kommt –
Nur zwei Dinge
Reisen
In: *Gottfried Benn: Gedichte in der Fassung der Erstdrucke. Mit einer Einführung herausgegeben von Bruno Hillebrand. Fischer Taschenbuch Verlag, Frankfurt/M. 1995 (© Verlag Klett-Cotta, Stuttgart; © für »Astern« und »Einsamer nie –«: Arche Verlag, Zürich).*

Dietrich Bonhoeffer: Von guten Mächten
In: *Dietrich Bonhoeffer: Werke. Band 8. Herausgegeben von Eberhard und Renate Bethge. Christian Kaiser Verlag, München 1998 (© Gütersloher Verlagshaus, Gütersloh).*

Bertolt Brecht: Ballade von der Hanna Cash
Das Lied von der Moldau
Die Liebenden
Die Seeräuber-Jenny
Erinnerung an die Marie A.
Liebeslied (1)
In: *Bertolt Brecht: Gesammelte Werke in 20 Bänden. Suhrkamp Verlag Frankfurt am Main 1982 (© Suhrkamp Verlag Frankfurt am Main).*

Clemens Brentano: Der Spinnerin Nachtlied
In: *Clemens Brentano: Werke. Herausgegeben von Wolfgang Frühwald, Bernhard Gajek und Friedhelm Kemp. Carl Hanser Verlag, München 1968.*
Lureley
In: *Clemens Brentano: Gedichte, Erzählungen, Briefe. Herausgegeben von Hans Magnus Enzensberger. Insel Verlag Frankfurt am Main 1981.*

Paul Celan: Fadensonnen
In: *Paul Celan: Gedichte in zwei Bänden. Zweiter Band. Suhrkamp Verlag Frankfurt am Main 1975 (© Suhrkamp Verlag Frankfurt am Main).*
Todesfuge
In: *Paul Celan: Mohn und Gedächtnis. Deutsche Verlags-Anstalt, Stuttgart 1952 (© Deutsche Verlags-Anstalt GmbH, Stuttgart).*

Matthias Claudius: Abendlied
In: *Matthias Claudius: Ausgewählte Werke. Herausgegeben von Walter Münz. Reclam Verlag, Stuttgart 1990.*

Simon Dach: Perstet amicitiae semper venerabile Faedus!
(Der Mensch hat nichts so eigen)
In: *Simon Dach und der Königsberger Dichterkreis. Herausgegeben von Alfred Kelletat. Reclam Verlag, Stuttgart 1986.*

Annette von Droste-Hülshoff: Der Knabe im Moor
Im Grase
In: *Annette von Droste-Hülshoff: Werke in einem Band. Herausgegeben von Clemens Heselhaus. Carl Hanser Verlag, München-Wien 1989.*

Joseph von Eichendorff: Der Abend
Der frohe Wandersmann
Mondnacht
Zwielicht
In: *Joseph von Eichendorff: Gedichte. Herausgegeben von Peter H. Neumann. Reclam Verlag, Stuttgart 1997.*

Paul Fleming: An Sich
Wie er wolle geküsset sein
In: *Deutsche Barocklyrik. Herausgegeben und eingeleitet von Herbert Cysarz. Reclam Verlag, Stuttgart 1978.*

Theodor Fontane: Herr von Ribbeck auf Ribbeck im Havelland
John Maynard
In: *Theodor Fontane: Gedichte in einem Band. Herausgegeben von Otto Drude. Insel Verlag Frankfurt am Main 1998.*

Stefan George: Es lacht in dem steigenden jahr dir
Komm in den totgesagten Park und schau
Wir schreiten auf und ab im reichen flitter
In: *Stefan George: Werke. Ausgabe in vier Bänden. Herausgegeben von Robert Boehringer. Deutscher Taschenbuch Verlag, München 1983 (© Verlag Klett-Cotta, Stuttgart).*

Paul Gerhardt: Sommerlied
In: *Evangelisches Kirchengesangbuch. Gütersloher Verlagshaus Gerd Mohn, Gütersloh o. J.*

Johann Wolfgang Goethe: An den Mond
Das Göttliche
Der Schatzgräber
Der Zauberlehrling
Ein gleiches
Erlkönig
Feiger Gedanken
Gesang der Geister über den Wassern
Gefunden
Grenzen der Menschheit
Harfenspieler
Heidenröslein
Im Atemholen sind zweierlei Gnaden
Mailied
Natur und Kunst, sie scheinen sich zu fliehen
Wandrers Nachtlied
Willkommen und Abschied
In: *Johann Wolfgang Goethe: Gedichte in zeitlicher Folge. Herausgegeben von Heinz Nicolai. Insel Verlag Frankfurt am Main 1982.*
Freudvoll
Osterspaziergang
Zum Sehen geboren
In: *Johann Wolfgang von Goethe: Werke. Hamburger Ausgabe. Deutscher Taschenbuch Verlag, München 1982.*

Franz Grillparzer: Entsagung
In: *Franz Grillparzer: Gedichte. Eine Auswahl. Herausgegeben von Peter von Matt. Reclam Verlag, Stuttgart 1970.*

Andreas Gryphius: Es ist alles eitel
In: *Andreas Gryphius: Gedichte. Eine Auswahl. Herausgegeben von Adalbert Elschenbroich. Reclam Verlag, Stuttgart 1996.*

Albrecht Haushofer: Schuld
In: *Albrecht Haushofer: Moabiter Sonette. Deutscher Taschenbuch Verlag, München 1976 (© Verlag Langewiesche-Brandt KG, Ebenhausen).*

Friedrich Hebbel: Herbstbild
Sommerbild
In: *Friedrich Hebbel: Gedichte. Eine Auswahl. Mit einem Nachwort von U. Henry Gerlach. Reclam Verlag, Stuttgart 1977.*

Heinrich Heine: Belsatzar
Der Asra
Doktrin
Du bist wie eine Blume
Ein Jüngling liebt ein Mädchen
Ich weiß nicht was soll es bedeuten
Leise zieht durch mein Gemüt
In: *Heinrich Heine: Sämtliche Schriften. Herausgegeben von Klaus Briegleb. Deutscher Taschenbuch Verlag, München 1997.*

Hermann Hesse: Stufen
In: *Hermann Hesse: Sämtliche Gedichte in einem Band. Herausgegeben von Volker Michels. Suhrkamp Verlag Frankfurt am Main 1998 (© Suhrkamp Verlag Frankfurt am Main).*

Friedrich Hölderlin: Abendphantasie
An die Parzen
Guter Rat
Hälfte des Lebens
Lebenslauf
Menschenbeifall
Sokrates und Alcibiades
Patmos

In: *Friedrich Hölderlin: Werke und Briefe. Herausgegeben von Friedrich Beißner und Johann Schmidt. Insel Verlag Frankfurt am Main 1969.*

Hugo von Hofmannsthal: Die Beiden
Manche freilich
In: *Hugo von Hofmannsthal: Sämtliche Werke. Band I. Herausgegeben von Eugene Weber. S. Fischer Verlag, Frankfurt am Main 1984 (© Insel Verlag Frankfurt am Main).*

Erich Kästner: Sachliche Romanze
In: *Erich Kästner: Lärm im Spiegel. Atrium Verlag, Zürich (© Atrium Verlag, Zürich, und Thomas Kästner).*

Gottfried Keller: Abendlied
Die Zeit geht nicht
In: *Gottfried Keller: Gedichte, Der Apotheker von Chamounix. Herausgegeben von Gustav Steiner. Diogenes Verlag, Zürich 1978.*

Gertrud Kolmar: Die Fahrende
In: *Gertrud Kolmar: Gedichte. Herausgegeben und mit einem Nachwort von Ulla Hahn. Suhrkamp Verlag Frankfurt am Main 1983 (© Suhrkamp Verlag Frankfurt am Main).*

Else Lasker-Schüler: Mein blaues Klavier
In: *Else Lasker-Schüler: Helles Schlafen – dunkles Wachen. Gedichte. Deutscher Taschenbuch Verlag, München 1981 (© Suhrkamp Verlag Frankfurt am Main).*

Nikolaus Lenau: Die drei Zigeuner
In: *Nikolaus Lenau: Gedichte. Herausgegeben von Hartmut Steinecke. Reclam Verlag, Stuttgart 1993.*

Gotthold Ephraim Lessing: Die Ringparabel
In: *Gotthold Ephraim Lessing: Werke. Erster Band: Dichtungen. Herausgegeben von Jost Perfahl. Winkler Verlag, München 1974.*

Friedrich von Logau: Heutige Welt-Kunst
In: *Deutsche Barocklyrik. Herausgegeben und eingeleitet von Herbert Cysarz. Reclam Verlag, Stuttgart 1978.*

Conrad Ferdinand Meyer: Der römische Brunnen
Zwei Segel
In: *Conrad Ferdinand Meyer: Sämtliche Gedichte. Mit einem Nachwort von Sjaak Onderdelinden. Reclam Verlag, Stuttgart 1978.*

Eduard Mörike: Der Feuerreiter
Er ists
Gebet
Im Frühling
September-Morgen
Um Mitternacht
Verborgenheit
In: *Eduard Mörike: Gedichte. Auswahl und Nachwort von Bernhard Zeller. Reclam Verlag, Stuttgart 1994.*

Wilhelm Müller: Der Lindenbaum
In: *Das große Liederbuch. 204 deutsche Volks- und Kinderlieder. Gesammelt von Anne Diekmann, unter Mitwirkung von Willi Gohl. Diogenes Verlag, Zürich 1975.*

Friedrich Nietzsche: O Mensch! Gib acht!
Vereinsamt
In: *Friedrich Nietzsche: Gedichte. Mit einem Nachwort herausgegeben von Jost Hermand, Reclam Verlag, Stuttgart 1964.*

Novalis: Wenn nicht mehr Zahlen und Figuren
In: *Novalis: Die Lehrlinge zu Sais, Gedichte, Fragmente. Herausgegeben von Martin Kiessig. Reclam Verlag, Stuttgart 1978.*

August von Platen: Es liegt an eines Menschen Schmerz
Es sehnt sich ewig dieser Geist ins Weite
Tristan
Wer wußte je das Leben recht zu fassen
In: *August von Platen: Gedichte. Auswahl und Nachwort von Heinrich Henel. Reclam Verlag, Stuttgart 1968.*

Prediger Salomo: Ein jegliches hat seine Zeit
In: *Die Bibel. Württembergische Bibelanstalt, Stuttgart 1970.*

Rainer Maria Rilke: Archaïscher Torso Apollos
Der Panther
Herbsttag
Römische Fontäne
In: *Rainer Maria Rilke: Die Gedichte. Herausgegeben von Ernst Zinn. Insel Verlag Frankfurt am Main 1997.*

Friedrich Rückert: Amaryllis I
In: *Friedrich Rückert: Gedichte. Auswahl und Nachwort von Johannes Pfeiffer. Reclam Verlag, Stuttgart 1963.*

Nelly Sachs: VÖLKER DER ERDE
In: *Nelly Sachs: Gedichte. Herausgegeben und mit einem Nachwort von Hilde Domin. Suhrkamp Verlag Frankfurt am Main 1977 (© Suhrkamp Verlag Frankfurt am Main).*

Friedrich Schiller: An die Freude
Der Handschuh
Die Bürgschaft
Die Teilung der Erde
Die Worte des Glaubens
Nänie
In: *Friedrich Schiller: Sämtliche Gedichte. Herausgegeben von Jochen Golz. Insel Verlag Frankfurt am Main 1991.*

Theodor Storm: Abseits
In: *Theodor Storm: Gedichte. Herausgegeben von Gunter Grimm. Reclam Verlag, Stuttgart o. J.*

Georg Trakl: Ein Winterabend (2. Fassung)
Rondel
In: *Georg Trakl: Das dichterische Werk. Deutscher Taschenbuch Verlag, München 1985.*

Ludwig Uhland: Der gute Kamerad
Frühlingsglaube
In: *Ludwig Uhland: Gedichte. Auswahl und Nachwort von Peter von Matt. Reclam Verlag, Stuttgart 1974.*

Walther von der Vogelweide: Under der linden
In: *Deutsche Lyrik des Mittelalters. Auswahl und Übersetzung von Max Wehrli. Manesse Verlag, Zürich 1984.*

Verzeichnis der Gedichttitel und Gedichtanfänge

Ulla Hahn, aufgewachsen in einem Dorf nahe Köln. Abitur auf dem zweiten Bildungsweg. Studium der Germanistik, Geschichte und Soziologie. Promotion. Lehraufträge in Hamburg, Bremen und Oldenburg. Bis 1991 Redakteurin in der Literaturabteilung bei Radio Bremen. Seither freie Schriftstellerin. Lebt in Hamburg.

Veröffentlichungen u.a.:
Herz über Kopf. Gedichte. 1981.
Spielende. Gedichte. 1983
Freudenfeuer. Gedichte. 1985
Unerhörte Nähe. Gedichte. 1988
Liebesgedichte. 1993
Epikurs Garten. Gedichte. 1995
Galileo und zwei Frauen. Gedichte. 1997
Ein Mann im Haus. Roman. 1991
Stechäpfel. Gedichte von Frauen aus drei Jahrtausenden. 1992
Poesie und Verantwortung – Poesie und Vergnügen. Überlegungen zum Lesen und Schreiben von Gedichten. 1994

Literaturpreise u.a.: Leonce-und-Leona-Preis, Hölderlin-Preis und die Roswitha-von-Gandersheim-Medaille.
Poetik Dozentur an der Universität Heidelberg.